致青春

沒有人像你

（上）

歲見　著
夏青　繪

高寶書版集團

目錄
CONTENTS

第一章　殘夏的涼風

阮眠跟隨母親搬來平江西巷這天，恰好是二〇〇八年那一屆奧林匹克運動會開幕當天。

巷子裡家家戶戶敞著門、開著窗，電視機裡的歌聲和歡呼聲混雜著傳出來，屋裡人影晃動，月光從頂上盤旋交織的天線，和樓上各家隨意懸掛的衣服縫隙裡穿透而下，照亮這一方狹窄的天地。

母親方如清細聲交代著已經說過很多遍的話，「到了趙叔叔家裡記得叫人，懂事一點。」

阮眠垂著眼走在後面，看著行李箱滾輪從青石板路面軋過去的痕跡，語氣平淡地應了聲，「知道了。」

方如清聽出女兒話裡的勉強，回頭看了她一眼，又折回去繼續往前走，五公分高的跟鞋「噠噠噠」地精準避開了路面各處的坑坑窪窪，身影纖瘦且幹練，「我知道妳還在怪我和妳爸離婚，但是眠眠，經營一段婚姻並沒有妳想像中那麼簡單，有些事情妳現在還不懂。」

阮眠的父親阮明科是做科學研究的，當初和方如清是同一所大學的校友，在迎新晚會上一見鍾情。方如清大學一畢業，兩人就決定結婚，不到兩年，阮眠出生，一家三口過了七年的幸福生活。

大概到了婚姻的倦怠期，阮眠八歲那年，父母開始頻繁吵架冷戰，家裡總是烏煙瘴氣。這一吵就沒停過。

直到三年前，阮明科因為工作原因調離平城，在臨走前和方如清開誠布公地談了一次，夫妻倆有了短暫的緩和期。

但這個緩和期也只持續了半年，阮明科的工作性質常年沒辦法回家，之前多年頻繁的爭吵早已將夫妻之間的愛意消磨殆盡，如今再加上時間和距離拉大，這段婚姻已經是名存實亡，離婚是他們兩個最終也是最好的結果。

去年十月底，夫妻倆和平離婚，房子和車子歸阮明科，方如清只要了阮眠的撫養權。離婚之後，在國際貿易公司當財務組長的方如清行情好，很快就有了新戀情，對象是同公司業務部門的主管趙應偉。

方如清在今年春節的時候，帶著阮眠和趙應偉見了一面。之後的事情就順理成章了，趙應偉開始頻繁出入阮眠和母親的生活裡，一個星期前，兩個人正式結為夫妻。

對於父母的決定，阮眠向來不參與也不發表意見，早在阮明科和方如清第一次毫無顧忌地當著她的面吵起來的時候，阮眠就已經猜到將來會有這麼一天。

她看著母親的背影，過了很久才說：「我沒有怪妳。」

方如清沒再繼續這個話題，在經過巷子裡的一家水果攤時，她停下腳步，讓阮眠去挑了兩顆西瓜。

老闆在幫西瓜秤重的時候，趙應偉帶著兒子趙書陽來迎接她們。四十多歲的中年男人，穿著一身灰白色的襯衫和西裝褲，身姿挺拔頎長，身形未走樣，氣質儒雅。

他朝著水果攤走過來，動作自然地接過了方如清手裡的行李箱，「我不是讓妳和眠眠在巷口等我過來接妳們嗎？」

「又沒有多遠。」方如清拿過阮眠肩上的書包，提醒她叫人。

「趙叔叔好。」不等方如清多說，阮眠又看向躲在趙應偉身後的小男孩。她從口袋裡摸出兩顆牛奶糖遞過去，「要吃糖果嗎？」

趙應偉和阮眠對視一眼，意外之餘還有些欣慰，他握著兒子的肩膀，「還不快謝謝姐姐。」

趙書陽拿了糖果，怯生生地說：「謝謝姐姐。」

「不客氣。」阮眠順勢摸了摸他的腦袋，笑得並不明顯。

趙家的兩層樓在巷子深處，幾十年的老房子，和政府當初下令的拆遷線只差了幾十公尺。

趙應偉家裡除了已故前妻留下的兒子趙書陽，還有他的女兒趙書棠和母親段英。

趙書棠和阮眠年紀一樣大，聽趙應偉的安排，新學期開學之後，阮眠會轉到她的班級。

晚上兩家人坐在一起吃完飯，趙應偉和方如清帶著阮眠去了二樓的臥室，房間不大，但勝在向陽光線充沛，布置的也很溫馨。

書桌上放了幾個沒拆封的盒子，方如清解釋道：「這是趙叔叔專門託人從國外帶回來給妳的模型。」

阮眠走過去拆開一個，回過頭說了聲謝謝，「麻煩趙叔叔了。」

「不麻煩，妳喜歡就好。」趙應偉沒在房間久待，交代了幾句家裡的布置就先出去了。

方如清替阮眠鋪了床，在床邊坐著，「八中的教學水準和六中不相上下，趙叔叔已經聯絡好了老師，八月三十號報到，妳在六中那邊的補習班要上到幾號？」

「十六號。」

「那也沒幾天了，不然我打電話跟周老師說一聲，妳就別去上了，從這裡坐車過去也挺遠的。」

阮眠眨了下眼睛，「不用了，我還是過去吧，反正只剩下七八天了，況且我還有試卷和資料放在那裡。」

「也好。」方如清沒強求，站起身，「那妳等會兒去洗個澡，晚上早點休息，明天我會叫妳起床吃早餐。」

「好，媽媽晚安。」

「嗯。」方如清摸了摸她的腦袋，「晚安。」

方如清出去後，阮眠打開自己的大行李箱，把裡面的衣服拿出來放進衣櫃裡，等聽不到外面的說話聲，才拿著睡衣去樓下洗澡。

老房子除了主臥室有獨立衛浴，樓上和樓下只有一間公用的廁所，阮眠才洗到一半，就聽見趙書陽在外面敲門說想上廁所。

她應了聲「馬上」，連沐浴乳都沒用，拿浴巾隨便擦了擦身上的水，就套上睡衣走出來讓趙書陽進去。

門沒關緊，阮眠聽到裡面的動靜後皺了下眉，轉身回到樓上，從行李箱裡找出一個小型的吹風機把頭髮吹乾，隨後關了燈躺在床上。

走廊外不停有人走動的聲音，阮眠翻了個身，聞到枕頭上並不熟悉的洗衣精味道，長長地嘆了口氣。

隔日一早，阮眠並沒有和趙家人一起吃早餐。從平江西巷到補習班要花一個半小時，她沒時間坐下來吃。

方如清送她出去坐車，白天的平江西巷比晚上還要熱鬧，巷子裡各種雜貨店、理髮廳、水果攤琳琅滿目，鋁合金框的塑膠招牌在風吹日曬下，褪去了原有的顏色。

早晨陽光很好，照得整條巷子亮堂堂的。

等到了公車站，方如清不放心地交代道：「要是因為考試晚下課，就打電話給我，我會過來接妳。」

「知道了。」公車到站，阮眠提著豆漿和油條坐上車，路邊商店接壤，和平江西巷一路之隔的平江公館露出了輪廓的一角。

公車越走越遠，逐漸遠離了這片繁榮和老舊交錯的天地。

之後的一個星期，阮眠差不多都是這樣朝九晚五地來回跑，直到最後一天，補習班約聚餐，她比平常晚了四個小時回來。

下公車的時候已經接近九點，阮眠拎著書包，在路邊的雜貨店買了支冰棒，邊吃邊往巷子走。

這個時間街坊鄰居都已經關門熄燈，只有幾家還能從窗戶窺見一點電視機的光亮，月光成了這處唯一的照明。

巷子錯綜複雜，稍不留神就走錯路了，阮眠停在一個陌生的十字路口，猶豫該往哪邊走的當口，兩個有說有笑的男人突然從右邊的巷子走出來，目光在她身上停了幾秒。

阮眠下意識攥緊書包背帶，沒等人走遠，便轉身朝著另一條亮著光的巷子走去。

身後只安靜了幾秒，很快就有不緊不慢的腳步聲傳來，阮眠整個人頭皮發麻，也不敢回頭看，只得加快步伐。

到最後她甚至跑了起來，耳邊出現呼嘯的風聲，帶著夏天的氣息，燥熱而沉悶。

這條巷子裡的光是從路邊一家網咖裡透出來的，門口的臺階處站了幾個男生，旁邊還有人在賣燒烤。

阮眠一口氣跑到燒烤攤前，正站在烤肉架前幫羊肉串刷醬料的李執被她嚇了一跳，

「妳……」

她喘了口氣，「老闆，我要二十串烤羊肉。」

說完這句，阮眠裝作不經意地朝來時的路看了一眼，那裡空無一人，好像剛才的驚心動魄都是她一個人的獨角戲。

她收回視線，對上男生有些莫名其妙的目光，抬手摸了摸自己的臉，「怎麼了？」

李執笑了下，「沒事，要二十串是吧？馬上好。」

等燒烤的間隙，阮眠摸出手機打給方如清，可對面並沒有接通。她又打了三通，還是同樣的結果。

她手機裡沒有存趙應偉的號碼，更沒有存趙家的座機號碼，只能每隔幾分鐘就打一次電話給方如清，但直到二十串燒烤出爐，阮眠都沒有打通她的電話。

阮眠拎著打包好的燒烤站在路邊，猶豫著是要繼續在這裡等她，還是大膽地往回走。

一旁的李執將烤好的肉串端上桌，招呼站在旁邊的幾個男生，「你們先吃，烤魚馬上就好。」

阮眠聞聲回頭看了眼，目光在不經意間掃過一旁，一眼就看見站在臺階上看手機的男生。

他的個子很高，頭髮在網咖的光影下，看起來有點像棕色或栗色，總之不是黑色。他穿著一件黑色的短袖，下面是同色系帶白槓的運動褲，腳上踩著雙白色淺口帆布鞋，一雙眼眸帶著刻骨銘心的深邃和凜冽。

人對注視的目光是敏感的，男生有所察覺地抬起頭，朝周圍看了一圈，阮眠在他看過來之前先一步低下頭，手腳都僵硬得不像是自己的。

陳屹並沒有朝阮眠這裡看過來，他沒怎麼在意地收回視線，抬腳往下走了兩階，「璐姐說網咖裡面沒菸了，我去店裡拿兩條。」

「那正好，我跟你一起去搬一箱酒回來。」李執把手裡的工具遞給別人，叮囑了句，「幫我顧一下烤魚。」

有人接話，「遵命！」

李執摘下胸前的圍裙丟到椅子上，「走吧。」

陳屹從臺階上走下來，李執搭上他的肩膀。走了幾步，李執又回頭看著阮眠，「妹妹，這麼晚了還不回家嗎？」

阮眠攥緊手裡的塑膠袋，看到站在他旁邊的男生，瞬間呼吸不順，「這就回去了。」

「妳是最近才搬過來的吧？以前都沒見過妳。」李執撓了下脖子，皺著眉問，「妳住在哪裡啊？」

阮眠想了下，「巷子裡的趙家。」

「趙應偉？」

阮眠點頭，「嗯。」

「那妳怎麼會走到這裡？是不是迷路了？」李執笑了聲，鬆開搭在陳屹肩膀上的手臂，偏頭和他說話，「趙家是不是在前面那條巷子裡？」

陳屹抬眼，目光從阮眠臉上一掠而過，聲音乾淨透澈，像是空谷裡緩緩流淌過的流泉，「沒印象。」

「我記得好像是。」李執看著阮眠，「妳知道『李家超市』嗎？從那個路口轉過去就看得到趙家了，不過那間超市八點多就關門了，妳路過的時候大概沒注意到。走吧，我們順路帶妳一起過去。」

「謝謝。」阮眠提著已經沒什麼熱氣的燒烤跟著他們往前走，手心和後背都出了一層汗。半路上，阮眠接到方如清的回電，說了幾句，趙應偉在電話旁聽明白是怎麼回事，讓她在超市門口等著，他們現在就過來接她。

李執回頭看了她一眼，又繼續和陳屹閒扯。等到了超市門口，他問阮眠，「家人會來接妳嗎？」

「對，今天謝謝你了，我下次會再去你家買燒烤的。」

李執笑了聲，點頭說：「好。」

一旁的陳屹收起手機，彎下腰，手在捲簾門底下摸索著，然後一鼓作氣將門掀上去。超市裡原來還有人，也亮著燈，只不過大門關得太嚴實，沒露出來。這會兒門一開，照亮了門口的一大片。

李執沒和阮眠多聊，跟著陳屹轉身進了超市，阮眠站在外面，聽見他們兩個和超市裡的人在說話。

「都跟你說了多少遍，我是李執，他是陳屹。」李執扯著嗓子喊完，有些不滿地抱怨道：「怎麼連自己的孫子都能認錯啊？」

「陳屹，誰是陳屹？」這是老人的聲音。

還有一個中年男人在說話，「就是平江公館陳家的孫子，您的老朋友陳平鴻老先生。」

老人連「哦」了三聲，像是明白了又像是沒明白，「那你是哪個陳哪個屹啊？」

屋裡安靜了幾秒，阮眠忍不住回頭，男生側身對著門口，在他面前的是一位坐在輪椅上的老人，看樣貌已過古稀。

他略彎著腰，鼻梁在這個角度顯得尤為高挺，聲音懶散卻好聽，「耳東陳，屹立浮圖可摘星的屹。」

那晚的羊肉不怎麼好吃，涼掉之後帶著很重的羊騷味，肉質很硬，阮眠只吃了一串，剩下的全被方如清拿去丟掉了。

「都涼了就不要吃了。」方如清去廚房端了碗綠豆湯給她，「喝完洗個澡，早點休息。」

「知道了。」阮眠幾口喝完，回房間拿了睡衣，洗完澡出來的時候，剛好碰見下樓上廁所的趙書棠。

她擦頭髮的手頓了下，在猶豫要不要開口打招呼的幾秒內，趙書棠已經目不斜視地從旁邊走了過去，還將廁所的門關得很響。

阮眠腳步碾動，鼓著臉頰吐了口氣，扯下毛巾拿在手裡，放輕了上樓的腳步聲。

慢慢來吧。她想。

隔日，阮眠恍惚地以為還要補習，不到七點就起床了，下樓漱洗的時候，在廚房準備早餐的方如清探出頭來，「怎麼起得這麼早？」

「記錯時間了。」阮眠收拾好後往廚房走，「要幫忙嗎？」

「妳幫我把碗筷拿出去，等一下就可以吃早餐了。」

「好。」阮眠捲起衣袖，將乾淨的碗筷拿出去，按照座位一一擺好，早晨的陽光落在桌角。

沒一會兒，趙應偉和段英從外面回來，趙家的兩個孩子都還沒起床，趙應偉要去喊，段英攔著他，「馬上就要開學了，難得有這個時間，就讓他們多睡一會兒吧。」

趙應偉想想也是，在坐下來的時候看著阮眠，「眠眠現在補習結束了，以後早上也可以多睡一會兒。」

沒等阮眠開口，方如清就從廚房出來接了話，「她也就是記錯了時間才起得這麼早，如果是以前，不到中午是不會起床的。」

趙應偉笑了聲，「現在的學生壓力大又辛苦，放假能多睡一點是一點。」

早餐有了一個看似和諧的開端，飯桌上，段英也和阮眠說了幾句話，看起來倒是親切。

很快吃完飯，方如清和趙應偉還要上班，阮眠沒什麼事，就跟著一起出去重新認路。

經過李家超市時，店門口正在卸貨，阮眠只看到昨晚那個中年老闆在旁邊指揮，並沒有看到李執和那個叫陳屹的男生。

等走到巷口，趙應偉把車停在路邊，方如清塞了兩張鈔票給阮眠，「要是中午不想待在家，就出去找朋友玩，晚上回來吃飯。」

阮眠覺得母親有些擔心過度，卻還是收了錢讓她放心，「好，出去會和妳說的。」

「注意安全。」

「知道了。」

車走了，阮眠把錢塞進褲子口袋，抬頭看著頭頂盤旋交錯的天線，轉身沿著路邊的商店街走去。

她花了一整個上午的時間，把平江西巷這一片的弄堂巷道都走了一遍，範圍其實不大，只是巷子多。

快十一點的時候，阮眠從東邊的巷口進來，準確無誤地走到了李家超市門口，老闆正站在櫃檯旁邊用電腦，看她進來，露出一個純樸的笑容，「同學，要買點什麼嗎？」

阮眠朝裡面走了兩步，「買點零食。」

超市不大，也就放了四排貨架，最裡面還有個門通往後面的四合院，此時門簾被捲起來掛在牆上，阮眠看到院子中間置了一口井，井口邊放著一個紅白色的瓷盆，旁邊是花架的一角。

她沒在裡面停留太久，用方如清給的錢買了些零食和一顆西瓜，拎著往趙家走。

趙書棠和趙書陽姊弟倆都已經起床，坐在客廳看電視，段英則在廚房準備午餐。見她回來，只有趙書陽從沙發上爬起來看了一眼。

阮眠把東西放在桌上，站在那裡想了一會兒，還是鼓起勇氣走去廚房，「奶奶，需要幫忙嗎？」

段英頭也沒抬，「不用。」

阮眠掐了掐手指，突然不知道該說什麼。

段英放下菜刀，手在圍裙上擦了下，「廚房油煙重，妳去客廳和書棠他們看會兒電視吧，等一下就吃飯了。」

「好。」阮眠鬆了口氣。

吃過飯，阮眠把買來的零食放到客廳的茶几上，拎著西瓜去了廚房。

中間趙書棠來過一趟，她抱著手臂站在廚房門口，眼神冷淡而犀利，「妳不用做這些來討好誰，不管怎麼樣，我都不會接受妳跟妳媽的。」

阮眠瞥她一眼，沒有說話。

趙書棠大概也覺得沒什麼意思，就轉身離開了。沒過多久，趙書陽不知道從哪裡鑽了出來。阮眠切了一小塊西瓜給他，「吃吧。」

他拿著西瓜跑出去了。

阮眠把切好的西瓜放進冰箱裡，把手洗乾淨後回到二樓的臥室，老舊的風扇對著床尾直吹。

她閉著眼睛橫躺在床上，在涼風浮動之中，莫名想起那個叫陳屹的男生，想起他那雙漆黑的眼睛，在似醒非醒間格外的清晰。

之後的一個星期，阮眠總在傍晚的時候出門，隨便沿著一條巷子走下去，有時會路過李家超市，有時也會路過那間網咖，認識了李執，認識了他的朋友，卻再也沒有見過那個叫「陳屹」的男生。

八中開學那天因為是月末，方如清和趙應偉都沒辦法請假，只能把阮眠託給和她同班的趙書棠。

在去學校的路上，趙書棠毫不掩飾自己的態度，「妳是我爸花錢買進我們班的，除了周老師，我不希望班裡其他人知道我們兩個的關係，也請妳在學校和我保持距離。」

八中現在這一屆高二總共有三十四個班，一班到二十二班是理組，其中一班和二班是理組實驗班。剩下的二十三班到三十二班是文組，最後兩個班則是美術班。

阮眠的成績雖然還過得去，但在這個時候轉來八中，也只能去到一般的資優班，只是趙應偉在學校有認識的人，花了點錢，把她塞進了趙書棠所在的理組實驗班。

轉到實驗班這件事阮眠事先不知情，等知道的時候事情已成定局，她不可能再去麻煩趙應偉。

現在趙書棠這麼說，她也沒什麼太大的反應，「好，我知道了。」

高二的教學大樓單獨一棟，上面四層是理組，下面兩層是文組。到學校後，趙書棠把她帶到班導周海的辦公室門口，自己就先回了教室。

「阮眠是吧？我看過妳的成績，挺好的。」周海讓她先進辦公室坐一會兒，「現在班上有些同學還沒來，等上課我再帶妳過去。」

「好的，謝謝周老師。」阮眠背著書包坐在桌子旁，和這位看起來並不年輕的班導大眼瞪小眼。

周海搓了搓手指，從桌上拿出她在八中的資料，「我看妳之前好像參加過不少生物比賽，對競賽感興趣？」

阮眠不敢說這裡面大部分的比賽，都是老師硬性要求報名，折衷地說：「只是對生物比較感興趣。」

周海點了點頭，「那正好，我就是你們這學期的生物老師。」

沒聊多久，上課鐘響，整棟教學大樓很快展現出作為資優班學生的水準，阮眠跟著周海沿途路過的每個班級，基本上都很安靜，很少出現嬉笑打鬧的情況。

趙書棠所在的高二一班在三樓走廊的轉角，周海推門進去，班裡有一部分的學生從高一就是周海的學生，見到他，調皮地吹了聲口哨，「老周，好久不見啊。」

周海敦厚一笑，讓阮眠站到自己的身邊，「新學期了，也就意味著我們離升學考又近了一步。現在這個班上有一部分的同學，從高一就是我帶的，有一部分可能只是聽過我的名字，另外還有一些人大概連我是誰都不知道，不過這些都不重要，重要的是從現在開始，我們就是一個新的團體了。在這裡我先自我介紹一下。我叫周海，周公的周，大海的海，是你們這學期的班導兼生物老師，請大家多多指教。」

底下響起一陣熱烈的掌聲，其中也摻雜著口哨聲。

周海抬手讓他們消停，拍了下阮眠的肩膀，讓她上前一步，「這位是這學期轉到我們班的轉學生，大家掌聲歡迎。」

底下又鼓掌，等停下來，周海讓阮眠做個自我介紹。

「大家好，我叫阮眠，阮貂換酒的阮，睡眠的眠。」阮眠停下來，在想還要說些什麼的時候，之前吹口哨的那個男生突然帶頭鼓掌。掌聲打斷了阮眠的思緒，也將她從困境中解救出來。

周海讓她下去找一個空位坐下。在實驗班，越靠後面的位置越不吃香，班級裡大部分的座位都有人了，只剩下第一組最後一排還空著，阮眠選擇了靠近走廊的這邊。

有了她這個自我介紹的開頭，周海又讓班上的其他人從第一排順著往下開始做自我介紹。

等全班的人都說完，阮眠也只記住了幾個比較特別的同學，比如那個吹口哨的叫江讓。

開學第一天，普通班沒什麼事情，但實驗班不同，下午就安排了模擬考試，單考理科。

阮眠一聽到不用考英文和國文，整個人都鬆了口氣，她偏科嚴重，理科和數學每次能考接近滿分，但國文和英文卻時常在及格線的邊緣，讓人十分頭痛。

下午考完試，成績在晚上第二節自習結束後就公布了，阮眠的三科總成績在班級排名第五。

江讓看完成績回來，特意繞到她面前，「厲害啊，新同學，生物那麼難，妳竟然考了滿分，太強了。」

阮眠翻著書，「等下次考全科，你就不會這麼認為了。」

「什麼？」

「沒什麼。」她抬頭笑了下。

很快第三節自習課的鐘聲響起，周海帶來了剛出爐的生物考卷，按照分數高低發考卷。

阮眠第一個，上去領考卷的時候得到了不少誇獎，周海更是直接把生物小老師的頭銜交給她，「繼續努力。」

「謝謝周老師。」拿考卷下去的時候，阮眠看到坐在中間第三排的趙書棠，兩人對視一眼，又各自挪開了視線。

實驗班的節奏又緊又快，放學後，阮眠提著書包先一步從後門走下樓。

一直走到趙家附近的巷口，在那裡等到姍姍來遲的趙書棠，兩人一起回了家，假裝是一起從學校回來的。

到家後，方如清過來問阮眠今天在學校的情況，她挑撿著說，完了又提了一句，「媽，妳和趙叔叔說一聲吧，以後不用趙書棠特地等我上學，她有她的自由，我也有我要做的事情，這樣太麻煩了。」

「也好。」方如清猶豫道：「書棠今天在學校……」

阮眠說：「我們挺好的，妳不用擔心，沒起什麼爭執，趙書棠不是那麼無理取鬧的人。」

方如清鬆開皺起來的眉頭，溫聲笑了笑，「這樣我就放心了，那妳早點休息吧。」

「嗯。」

隔天，趙書棠果然沒再等阮眠一起上學，一大早就出門了，阮眠樂得自在，漱洗完，出門在巷口買了早餐，邊吃邊往學校走。

她出門的時間算晚，差不多是踩著鐘聲進到教室的，坐到位子上的時候才發現，自己旁邊的座位放了個黑色書包。

看來是新同學。阮眠沒怎麼在意，從書包裡拿出生物課本攤在桌上，順著之前看到的地方繼續往後看。

早自習的第二次鐘響，後門的走廊外傳來了一陣急促的腳步聲，隨後有幾個男生走進來。

阮眠旁邊的空位有人坐下來，餘光裡最先出現的是兩條筆直的長腿，桌底不夠放，他只能往前伸直。

男生的手肘在無意間挪到阮眠眼前，她看見上面有一道類似於月牙形狀的疤，視線順著手臂往上，越過平直流暢的肩線和稜角分明的下頜，在看清臉的一瞬間，阮眠愣住了。

男生的臉色有點差，眼底還有熬夜過度留下的痕跡，睫毛不是很長卻很濃密，垂下來的時候像鴉羽一樣漂亮。

陳屹放下書包，抬眼對上女生呆滯的目光，隨意問道：「怎麼了？」

男生的聲音依舊乾淨慵懶，帶著些漫不經心，穩穩地落進阮眠耳裡，在無意間攪亂了她的心跳。

阮眠猶如被巨大的驚喜砸中，回過神後有一陣短暫的侷促和緊張，課本書頁的邊緣被她無意識地捲出許多皺褶。

陳屹顯然已經不記得阮眠，久久等不到她的回答，又加重語氣，疑惑地「嗯」了聲，尾音上揚。

阮眠的心跟著往上跑，在抵達一個至高點時猛然下降。她鬆開攥緊的手，搖搖頭說：「沒事。」

大概是見多了這樣的事情，陳屹也沒怎麼在意，扯了幾本書墊在手臂下當枕頭，直接睡了過去。

他這樣瀟灑肆意，旁邊的阮眠卻如坐針氈，面前熟悉的生物符號頓時猶如天書，她一個字都看不進去。

窗外的梔子花花期將停，殘餘的淡雅香氣隨著微風飄進教室，阮眠垂著頭，在一片嘈雜混亂的讀書聲中，聽見陳屹舒緩均勻的呼吸聲。

那天的早自習對於阮眠而言是漫長的，亦是格外難忘的，那是獨屬於她一個人的重逢之喜。

和這殘夏的涼風一樣，久久不能停歇。

陳屹睡了一整個早自習，下課鐘聲一響他就醒了。

這才開學第二天，教室裡還沒有形成太濃厚的讀書氣氛，一下課就跟燒開的開水似的，熱鬧沸騰。

他懶洋洋地倚著牆，眼裡帶著睡眠不足的紅血絲，沒什麼精氣神地看著教室裡跑來跑去的同學。

新同學也不在，課本攤在桌上，書頁被風吹得嘩啦作響，寫在扉頁上的名字在風裡一閃而過。

陳屹低頭打了個哈欠，聳了聳肩膀，剛從座位上站起身，身後突然竄出一道人影直接掛在他背後，半個身體的重量都壓了上來。

他被這重量帶著往下彎了一些弧度，及時伸手撐在桌面上才沒被壓垮。

「江讓，你是豬嗎？」陳屹笑罵了句。

江讓嬉皮笑臉地從他背後走到跟前，拿掉阮眠放在桌上的書，直接坐了上去，腳踩著椅子的橫桿，「你暑假去了哪裡啊？昨天開學都不來。」

江讓和陳屹從高一就是同班同學，和他們玩在一起的還有兩個男生，一個叫沈渝，現在在隔壁的二班。另一個叫梁熠然，分組時選了文組，是他們四個人之中唯一的文組生。

「老江舉辦了一個競賽營，過去參加集訓了。」陳屹搓著脖子，「加上比賽正好十天，昨天是最後一天。」

老江全名汪洋，是他們高一的物理老師，放暑假前他手裡有個物理競賽缺人報名，陳屹知道後就去要了張報名表。

江讓對陳屹豎了個大拇指，一張嘴講個不停，「考得怎麼樣啊，能不能拿獎？獎金多少？提前說好，拿獎就請吃飯。」

陳屹沒理他，抬腳挪開椅子坐了下來。

江讓翻了翻手裡的化學課本，看到寫在扉頁的名字，歪著身體湊到陳屹面前，「坐你隔壁的新同學，是個超級學霸。」

陳屹沒怎麼在意地「嗯」了聲，在腦海裡把新同學的臉和名字對上。

「昨天模擬考，她生物竟然考了滿分。」江讓從桌上跳下，「周海出的考卷耶，我們高一考過那麼多次老周出的考卷，你見過幾個考滿分的？」

陳屹挑了挑眉，神情帶著幾分驚訝，「這麼厲害？」

「是啊。」江讓一臉得意，不時拍打著手裡的課本，語氣有些遺憾，「就是長得樸素了點。」

「……」陳屹抽掉他拿在手裡的書，「要是余老師知道你這樣亂用詞語，應該會立刻從一中殺回來。」

江讓笑了出來，眉眼熠熠生輝，「算了算了，不和你說了，是時候去趟老周的辦公室了。」

他早自習沒來的事情，還沒到下課時間就傳到周海那裡了。

江讓離開後，陳屹翻開手裡的生物課本，在扉頁的右下角看到一個名字，筆跡是和文靜長相大相徑庭的龍飛鳳舞。

——阮眠。

陳屹低念出聲，隨即又闔上書放回原位，起身走出了教室。

阮眠一下課就被周海叫去了辦公室，詢問競賽的事情。

八中每年都會培育一批透過競賽直接保送的學生，周海覺得阮眠有這個潛力，打算讓她報名參加這次八中和其他幾所高中，聯合舉辦的一個生物競賽。

「這是報名表，妳拿回去填寫，這週五之前交給我。」周海怕她有壓力，開導道：「不是什麼正式的比賽，妳就當作練習，去感受一下比賽的氣氛。」

阮眠之前不是沒參加過競賽，初來乍到也不想給老師留下不配合的壞印象，點點頭說：「知道了，謝謝周老師。」

交代完競賽的事情，周海又問了她在班上和同學相處的情況。

阮眠不由想起陳屹，卻又不知從何問起，只說：「挺好的。」

「那就好。」周海說，「班上大部分的同學以前都不認識，現在我們就是一個新的班級，妳就當作是分到了一個沒有熟人的班級，多相處幾天就好了。」

「嗯，我知道。」

沒說幾句，門口有人敲門。

阮眠和周海一同看過去，江讓單手插在口袋裡站在門口，臉上笑嘻嘻的，「老周早安。」他又看向阮眠，笑得不太正經，「新同學也在啊。」

阮眠點了個頭，算是回應。

周海連門都沒讓他進，一副恨鐵不成鋼的樣子，「老規矩，一千字悔過書，今天中午前交到我這裡。」

江讓伸手比了個OK的手勢，「遵命，我這就去寫。保證下不為例。」

周海皺著眉，神情嫌棄，「走走走。」

江讓說走就走，十分乾脆。

阮眠震驚地抿了下唇，調整好情緒後遲疑地問：「那……周老師，我也先回去了？」

周海：「好，妳先回去吧。」

阮眠從辦公室出來，走到教室門口，看到陳屹和江讓站在走廊，藍白相間的制服裹著男生如青竹般筆挺頎長的身形。

他手臂搭著欄杆，偏白的皮膚下，手臂上青筋脈絡的走向格外清晰，神情有足夠的漫不經心，也有勾人的慵懶恣意。

等阮眠進到教室，他和江讓的身邊又多了一個男生，三個人有說有笑，說話聲和笑聲幾乎不加掩飾地傳了進來。

「熠然剛才傳訊息給我，他中午要幫老師整理考卷，就不跟我們一起吃飯了。」江讓的聲音格外有朝氣，「聽說他們班這學期的國文老師是吳嚴。」

「教務主任啊？」陳屹問。

「我們學校還有第二個叫『吳嚴』的老師嗎？」江讓的笑聲帶了幾分幸災樂禍，「吳嚴上學期說，這學期打算只帶一個班，沒想到正好就是梁熠然他們班。」

「我們的小梁同學完蛋囉。」沈渝說著說著，沒忍住笑了出來，「這也太慘了吧？」

陳屹也跟著笑了聲，夾在他們兩個的哈哈大笑中並不明顯，可阮眠就像在他的聲音上裝了探測器，總能避開所有紛擾準確捕捉。

很快鐘聲響起，教室如同飛鳥歸巢，但吵鬧只存在一時，鐘聲停下的時候，教室裡已經完全安靜下來。

阮眠身旁有拖動椅子和人坐下來的輕微動靜。她捏著筆，心緒亂成一團，不知所措。

這樣的狀態持續了整整一天，而在這一天裡，阮眠和坐在前面的孟星闌因為一起去了趟廁所，迅速且有效地建立起了友誼。

後來經過時間的鍛造磨煉，這段廁所之誼進化成了革命友誼。

當然，這些都是後話。

孟星闌和陳屹高一不同班，但因為梁熠然的關係，彼此間有過不少交集。

「陳屹他是天之驕子，品學兼優，顏值高又外向，學校裡有不少女生都是他的追求者。」孟星闌的語氣只有單純的欣賞：「他性格隨和灑脫，朋友很多，老師和同學都很喜歡他，女生更是。我敢保證，在我們班十六個女生裡面，有十四個都對他動過心思。」

「那還有兩個呢？」阮眠一時沒反應過來。

「還有兩個就是我和妳啊。」孟星闌關上水龍頭，說得頭頭是道：「喜歡他這樣的天之驕子，難過必定大於欣喜。但喜歡一個人應該是一件開心的事情，我可不想以後再回想起來，記憶裡卻滿是悲哀。」

說者無意，聽者有心。

阮眠在淅瀝的水聲中，隱約看見了未來的自己。她關上水龍頭，甩了甩手上的水，很平靜地說：「走吧，快上課了。」

下午生物課，周海讓陳屹站起來做自我介紹。

其實沒有這個必要，在八中基本上沒有人不認識陳屹。就連剛轉學過來的阮眠，也在孟星闌的說明下，對他大部分的事情有所了解。

陳屹大概也清楚這一點，站起來說了個名字就沒下文了。

周海讓他坐下，又迅速公布起班上其他幹部人選，至於各科小老師，除了被他提前確定的阮眠，其他科的小老師人選都留給各科老師自己做決定。

一節課結束，孟星闌又拉著阮眠去裝水。

兩人的交好很快引起了趙書棠的注意，當晚在放學回家的路上，趙書棠陰陽怪氣地刺了她幾句。

這個年紀無非就是一些幼稚的辱罵，阮眠沒當回事，也沒有把這件事告訴方如清。

重組家庭本來就不容易，想成為真正的一家人並非一朝一夕的事情，她能做的只有少給母親添麻煩。

回到家裡，阮眠從書包裡拿出那張報名表，依序填好資料，停筆的時候，她抬頭看向窗外。

對面是別墅林立的平江公館，黑夜裡，遠處的燈光猶如低垂的星河，璀璨斑斕。

她腦海裡逐漸浮現白天孟星闌說過的話——

「陳屹他們一家人都很厲害。他父親是研究天文學這塊的專家，母親是舞蹈家，有個舅舅在部隊裡當官，外公是退休的老將軍，外婆是醫師，爺爺和奶奶都是文學界有名的前輩。」

「他是家裡的獨生子，在羅馬出生的。」

「他家在平江公館，那裡的房子超貴，而且還不是妳有錢就能買到的房子。」

阮眠在回憶裡聽見自己的聲音，帶著偽裝之後的沉靜淡然，「那他，我說陳屹，他家裡的人這麼優秀，他有想過將來要做什麼嗎？」

「有啊。」孟星闌想了下，「高一新生演講的時候，他說他將來想當兵，男生嘛，不是都有想保衛國家的心嗎？更何況他本來就出生於軍人世家。不過他現在有沒有改變想法，我就不知道了。」

話題被乍響的鐘聲打斷，阮眠回過神，將報名表收進書包後打開抽屜，從裡面拿出一本筆記本。

翻開其中一頁，上面寫了兩行字——

『二〇〇八年，八月十六日。』

『耳東陳，屹立浮圖可摘星的屹。』

阮眠翻過新的一頁，提筆寫了幾個字。

『二〇〇八年，八月三十一日——怎麼了。』

第二章　可有可無的夢

九月一號才是八中正式的開學日，結束軍訓的高一新生換掉廉價的軍訓服，穿上款式刻板的制服，和高年級的學長姐一起在操場上聆聽師長講話。

全年級的制服都是同一種顏色，放眼望去全是晃眼的白和淡雅的藍，混在一起像是波瀾不驚的海。

操場以司令臺為界，往右依次是高二文組和高一新生，往左是高二理組和高三畢業生。

阮眠站在高二理組一班的女生隊伍中間。

九月分的平城暑氣未消，九、十點的太陽曬得人昏昏欲睡，她正閉著眼睛，透過眼皮感受陽光的溫度，肩膀上猝不及防地落下一點重量，人也被推著往前踉蹌了下。

枕著她肩膀的孟星闌跟著往前欠身，腦袋始終沒抬起來，聲音帶著睏意，「他們要說到什麼時候啊，我好想回去睡覺……」

「應該快了。」阮眠說。

孟星闌直起身，一副不太耐煩的樣子。阮眠摸了摸口袋，從褲子口袋裡找到一顆牛奶糖。

「要吃糖果嗎？」她扭頭遞糖，在幾秒的時間內，飛快地瞥了同班男生隊伍的末尾一眼。

陳屹側著頭和江讓說著什麼，笑得有些晃眼。

孟星闌沒注意到阮眠的小動作，伸手接過糖果，拆開吃進嘴裡，還沒嚼完，就聽見臺上的教務主任吳嚴說開學典禮到此結束，她忍不住抬起手臂抻了個懶腰，聲音拖得很長，「終於結束了。」

說是按照班級順序依次離場，但到最後還是亂成一團，人流分東西南北四個方向往外走。

孟星闌挽著阮眠的手臂，朝著離她們最近的東門走去，「下一堂是什麼課？」

「好像是化學課吧，我沒注意。」越靠近出口，人流挪動的速度就越慢，燥熱的天氣，阮眠抬手抹掉鼻尖上的汗珠。

人流緩慢前行，等從操場出來，孟星闌又拉著阮眠去了福利社，「想吃什麼？我請客。」

阮眠很客氣，只拿了瓶水。

孟星闌：「……」

福利社人很多，結帳的時候阮眠先去外面等孟星闌。

校園裡環繞著舒緩老舊的歌聲，一首歌快要唱完，孟星闌才從福利社出來，右手還提著一個黑色的塑膠袋，左手拿著兩支冰棒。

她走過來，將其中一支遞給阮眠，「給妳，陳屹請的。」

「嗯？」阮眠的手才剛碰到冰棒的包裝袋，指尖一片冰涼，心跳卻如擂鼓般轟然，「什麼？」

「我剛才在裡面碰到他了。」孟星闌話說到一半，陳屹他們幾個就從福利社裡面走了出來。

阮眠下意識攥緊了手，差點把手裡的冰棒捏碎。

陳屹並沒有往這裡看，手臂搭著江讓的肩膀往下走了幾個臺階。

反倒是走在最後、戴著細框眼鏡的男生停下腳步，往這裡看了一眼，聲音溫潤如玉，「孟星闌，妳還不走？」

「你們先走吧。」孟星闌剛咬了口冰棒，牙齒被涼得打顫，聲音也跟著變得含糊。

梁熠然沒多說，交代道：「中午跟我們一起吃飯。」

「知道了。」

四個人一前一後下了臺階，等到一群人走遠後，阮眠才從心跳失衡的不適感中掙脫出來，回教室的路上，孟星闌和阮眠解釋道：「剛才那個戴眼鏡的是文組一班的梁熠然，我和他是鄰居，認識很多年了。」

「我們也回去吧。」

「青梅竹馬？」阮眠問。

「差不多。」孟星闌更細緻地說：「他高一的時候和陳屹同班，還有一個叫沈渝，就是剛才站在最底下的那個男生，他現在在我們隔壁班。他、梁熠然、江讓、陳屹，是他們高一那時候感情最好的四個人，現在應該也是。」

阮眠沒想到這中間還有這層關係，一時間除了驚訝便再無其他。

孟星闌晃著手裡的袋子，「妳中午跟我一起去吃飯吧？反正妳現在坐在陳屹的隔壁，遲早都要熟悉的。」

「不了，中午周老師要找我說競賽的事情。」

「好吧。」孟星闌的手背在不經意間，擦過阮眠拿在手裡的冰棒，提醒道：「妳再不吃，等等就要融化了。」

阮眠回過神，拆開包裝一看，雖然沒化完但也吃不了幾口了，她小心翼翼地將剩下的部分拿出來，一口咬下去。

又冰又甜。

像盛夏傍晚的涼風，讓人意猶未盡。

阮眠和陳屹坐在一起的那段時間交流不多，阮眠是有所克制，而陳屹是毫不在意。

國慶日來臨之前，學校舉行了一次月考，考場是按照當初高一期末成績安排的。

阮眠是轉學生，在八中沒有排名，周海把她當初開學時的模擬考成績報上去。

週五下午的生物課，周海拿著分班表走進教室，「班長，把這個貼到教室後面。」

坐在前排的女生起身接過分班表，拿著膠帶徑直走到教室後面。

與此同時，周海又翻開旁邊的資料夾，溫聲說：「這次月考是你們開學以來第一次正式考試，希望大家都能好好發揮，不要丟我們作為理組一班的臉。另外，國慶日結束之後就是運動會，雖然我們是實驗班，但也講究全面發展，所以我希望大家能夠踴躍報名。」周海拿起一疊報名表，「來，體育股長，把這個發下去吧。」

班長傅廣思貼完分班表，還沒回到位子上坐下，就被體育股長林川抓著幫忙發報名表。

阮眠拿到報名表，一目十行掃下來，最後提筆在五十公尺短跑和三千公尺長跑後面寫下了自己的名字。

孟星闌轉過身，問：「眠眠，妳報了什麼？」

阮眠：「五十公尺和三千公尺。」

孟星闌：「……」

同一時刻，一陣急促的咳嗽聲突然從阮眠的旁邊傳來，她和孟星闌同時抬頭看過去。只見陳屹神情淡定地擦掉唇邊的水珠，擰上瓶蓋，裝作一副什麼都沒發生過的樣子。

孟星闌和他雖有交集，但關係不深，平常梁熠然不在的時候，她都不太敢和陳屹開玩笑。這會兒她也裝作什麼都沒發生的樣子，默默收回視線，拿起阮眠的報名表確認過後，神情有些一言難盡，「三千公尺，妳真猛啊。」

阮眠笑了聲：「還好，我以前跑過比這個還要遠的。」

孟星闌說不出話了，握拳對她豎了個大拇指。

阮眠沒再多說，餘光瞥見陳屹桌角殘留的水珠，唇邊的笑意更深了些。

等到下課後，孟星闌拉著阮眠去教室後面看考場。

阮眠的四科成績加起來在一班排名倒數，全校名次也不夠高，排在第四十六個考場，對比起實驗班的學生來說，算是很靠後的。

不過她也沒怎麼在意，抬頭看了下孟星闌的座位號碼後，視線順著往上，最後定格在第一行。

這一行除了姓名「陳屹」二字有所不同，剩下的考場號碼以及座位號碼，全都是數字「1」。

第一考場和第四十六考場差的可不是一星半點兒，阮眠在心裡默默嘆了口氣。

當天是九月最後一個星期五，八中慣例，靠近月底的那個星期五沒有自習課。放學後，阮眠參加完大掃除，孟星闌就帶她去找了下考場的位置。

孟星闌和陳屹在同一個考場，和阮眠所在的第四十六考場相距甚遠，甚至不在同一棟教學大樓。

看完考場，兩人就去校外吃晚餐。

孟星闌的家不在這附近，但也離得不遠，從平江西巷這一站坐車，也就只有兩站的距離。

吃過晚餐，阮眠等她上了車，才轉身朝巷子裡面走，路過李家超市時，她進去買了兩支筆。

今天是李執在顧店，阮眠有一段時間沒見到他了，之前還沒開學那幾天，她一個星期內有五天都能看到他在店裡。

結完帳，李執看到她身上的制服，主動搭話，「妳也是八中的？」

「嗯，這學期剛轉過來。」阮眠站在櫃檯旁邊，手裡把玩著剛找回來的硬幣。

「高二？」李執問。

阮眠點了下頭。

李執「哦」了聲，又問：「文組的？」

「不是，我是理組的。」

李執笑了，說：「巧了，我有個朋友也在八中的高二理組班。」

阮眠猜測他說的應該是陳屹，眨了下眼睛，沒有說實話，「是嗎？那還挺巧的。」

外面又有人進來買東西，李執結束話題，「有時間再讓你們認識一下。」

「好。」阮眠拿起東西，「那你忙吧，我先回去了。」

「回頭見。」

阮眠前腳還沒走遠，陳屹後腳就來到了店裡，李執看到他才突然想起來，阮眠和陳屹應該是見過面的，就在一個多月以前的那個夜晚。

她因為走錯路，誤打誤撞走到自家的網咖門口，接著又錯把他當成賣燒烤的老闆，點了二十串羊肉串。

想到這裡，李執不禁笑了聲，將櫃檯上的錢幣收進抽屜裡，抬頭看著陳屹，「你怎麼過來了？」

陳屹挑眉笑道：「我才要問你，你怎麼這時候回來了？是蹺課還是蹺課啊？」

「都不是。」李執糾正道：「是放假。」

陳屹偷瞄他，顯然不相信。

李執今年高三，十中雖然不及八中管得嚴，但也不至於提前這麼多天就開始放假。

「真的是放假。十中高三的那棟破教學大樓昨天又塌了一塊，學校為了安全著想，打算趁這次假期修一下。」李執撓了下臉，「不說這個了，你吃飯了沒？」

「還沒。」陳屹從櫃檯上拿了根棒棒糖，「走吧，關店，去我家吃。」

「不去。」

「家裡沒人。」陳屹說。

李執動作利索地拿上鑰匙關門，「上次你家阿姨做的那道紅燒排骨，好像還不錯。」

「……」

等到了陳家，李執換了鞋和陳屹一左一右地歪倒在沙發上，陳屹養的橘貓懶洋洋地窩在兩人中間。

阿姨送上水果和果汁。

陳屹交代她晚餐添一道紅燒排骨，回頭就看到李執雙手闔在頭頂上，對他比了個愛心。

他眉心一跳，伸手撈起抱枕砸過去，語氣嫌棄：「別噁心我。」

李執笑著躲開，又彎腰撿起掉在腳邊的抱枕，拍了拍放回原位，「說話就說話，幹嘛動手？」

陳屹在原位坐下來，想起不久前在店門口看到的身影，隨口問道：「剛才我去找你之前，在你店裡買東西的那個女生你認識嗎？」

「認識啊。」提到阮眠，李執也想起一件事，「說起來她也在八中，和你一樣，是高二理組的。」

「我知道。」陳屹看了他一眼，不鹹不淡地說：「她坐我旁邊。」

「啊？這麼巧嗎？」李執的聲音有些大，原先窩在一旁小憩的懶貓被吵醒，他伸手幫牠順了順毛，又說：「還真是沒想到。」

陳屹對這種巧合反應尋常，傾身把貓撈進懷裡，骨節分明的手指搭在貓背上緩緩撫動，手背上的青筋隨著動作若隱若現，半晌才問了句，「你和阮眠是怎麼認識的？」

「你不記得了？」李執露出一副「見鬼了」的神情看著他。

陳屹撫貓的手一頓，抬眸對上李執的臉，想了幾秒才順著他的話往下問：「不記得什麼？」

「我們之前見過阮眠啊，就上次你來網咖吃燒烤那次，她迷路走到網咖門口，還誤把我當成賣燒烤的。」

陳屹暑假去李執家裡的網咖吃過很多次燒烤，每天來往的人那麼多，他對於這段記憶毫無印象。

李執忍不住翻了個白眼，「就你這記性，我真懷疑你是不是偷偷塞錢給學校老師，才拿到了年級第一？」

說到底是無關緊要的人，陳屹沒再費神去回想這段早就沒什麼印象的記憶，用著漫不經心的語氣，一針見血地嗆回去：「那你記著了，我怎麼沒見你考年級第一？」

「……」

吃過飯，李執回去看店，陳屹和他一起過去買東西。臨走前，家裡的阿姨讓他帶幾包鹽回來。

從平江公館出來，轉個彎就到平江西巷，夜間涼風習習，馬路兩側的各色商鋪燈火通明。少年的身影披上一層浮華的光影。

走進巷子裡又像是進入另一個世界，鍋碗瓢盆、家長裡短，暖色調的光亮為這尋常的夜晚平添了幾抹煙火氣。

李執重新打開門。李父帶著李爺爺去鄉下探親，明天才會回來，店裡黑漆漆的，在走之前是什麼樣子，現在就還是什麼樣子。

陳屹走進去，抬手在牆上摸到開關按下去。

「啪嗒」一聲，電燈泡的鎢絲在黑暗裡閃了兩下才接上電源，光線亮堂堂的，很快吸引了不少飛蟲。

李執走去櫃檯，提醒道：「鹽在第三個貨架底下。」

「不急。」陳屹走到牆角把躺椅拿出來，支開放在櫃檯旁邊，人躺下去，手指交叉放在肚子上，閉著眼睛問：「李叔叔什麼時候回來？」

「不出意外的話，明天回來。」李執把抽屜裡的硬幣拿出來，按照十個一組黏在一起，隨口問道：「叔叔和阿姨今天怎麼不在家？」

「我媽團裡有個演出，我爸去捧場了。」

陳屹的母親是舞蹈家，年輕的時候在國防部藝工隊當臺柱子，十多年前跟隨丈夫工作變動調任至平城大劇院，如今是首屈一指的演員。

聊了一會兒，李執覺得口渴，走出櫃檯去廚房倒水，問陳屹要喝茶還是喝開水。

陳屹枕著竹製躺椅自帶的小靠枕，手機舉在臉前，螢幕亮光襯著臉，搖頭說：「不用，我不渴。」

「那你先看店。」

「嗯。」

這個時間點，人人都急著回家吃飯，自行車的鈴聲從超市門口穿過，時而還伴隨著幾聲摩托車的轟鳴。

阮眠下午到家睡了一覺，醒來去樓下洗完澡，溼著頭髮從浴室出來的時候，碰上了剛從外面回來的趙書棠。

阮眠清楚趙書棠不待見自己，但到目前為止，她也沒見過這個人真的對自己做出什麼出格的事情，頂多把她當作是住在同一個屋簷下的陌生人，所以在趙書棠沒有踩到自己底線的前提下，阮眠基本上不會主動理她。

兩個人默契地在客廳擦肩而過。

阮眠提前吃了晚餐，這會兒有點餓了，擦著頭髮去廚房，冰箱裡除了西瓜和剩菜也沒其他東西。

她踩著拖鞋去樓上換掉睡衣，拿了些零錢出門。

趙家在巷子的最深處，往外走才能看見熱鬧，阮眠在半路上碰到帶著趙書陽在外面串門子的段英，停下來叫了聲「奶奶」。

周圍交談的聲音頓時變小，段英拍掉腿上的瓜子殼，抬頭看她：「這麼晚了還出門啊？」

「嗯，去前面超市買點東西。」阮眠說。

一聽到要去超市，原先蹲在地上玩彈珠的趙書陽，立刻站起來跑到阮眠面前，叫嚷著：「我也要去。」

段英訓斥他：「你去什麼去！」

聞言，趙書陽嘴一撇就開始抱怨，阮眠摸了摸他的腦袋，笑著說：「沒事，超市就在前面，我帶他一起去吧。」

「別寵壞他。」話是這麼說，但段英最終還是鬆口，「別他要什麼就買什麼。」

「知道了。」

坐著的人看著姐弟倆走遠，重新嗑起瓜子，八卦卻從某家兒子和媳婦不孝把老父親趕出家門換成了阮眠。

穿著涼感衫的阿姨問：「這就是大偉的新對象帶來的女兒？看起來滿懂事的，還知道叫人。」

段英垂著眼，拍了拍褲腳沾上的灰，說：「懂事什麼，這裡都是長輩，也不見她叫一聲。」

幾個婦女互看一眼，附和著說了幾句，便結束了這個話題。

李家超市轉個彎就到，阮眠牽著趙書陽走過去，門口有兩層臺階，趙書陽甩開她的手，手腳並用地爬了上去。

店裡亮著燈，阮眠走近才看到有個人躺在櫃檯旁邊，一公尺寬的玻璃櫃檯擋住了上半身，卻遮不住下半身。

兩條腿筆直修長，大剌剌地敞著，褲腳和鞋口中間是一截精緻漂亮的腳踝，腕骨鋒利分明。

她以為是李執，喊了聲，「李執。」

「李執不在。」躺著的人聽見說話聲，邊答話邊坐起來，整張臉猝不及防地暴露在燈光下，也猝不及防地暴露在阮眠眼前。

他從躺椅上站起來，身高的緣故，眼簾微微往下垂，像是完全不驚訝在這裡看到阮眠，「要買什麼自己拿。」

阮眠完全愣住了，腦袋也跟著凝固，好半天才想起來要說話，可陳屹已經重新躺回去了。她錯失了良機，貿然再開口便顯得突兀和尷尬，只好被趙書陽牽著往貨架那邊走。

在這裡突然見到陳屹的衝擊太大，阮眠已然完全把段英的交代拋到腦後，任由趙書陽拿了一些東西，導致結帳的時候才發現錢帶得不夠多。

李家超市不同於一般的超市，有專門的收銀機器，需要把刷過條碼的商品全部刪除，才能重新結帳。

阮眠捏著不多的紙鈔，緊張的臉都紅了，手心出了一層汗，「不好意思，能不能退掉一些東西？我今天帶的錢不夠多。」

「可以。」陳屹點了幾下鍵盤，把商品全部清除，「妳看看要退掉什麼。」

阮眠拿掉桌上近三分之一的東西，「好了。」

陳屹掃了桌上剩下的東西一眼，又把幾樣東西拿出去後，才重新開始刷條碼，整個過程阮眠都沒有抬頭，視線一直落在他手上。

最後結帳金額是一百零三塊，陳屹還要找阮眠兩塊錢，他從盒子裡摸出兩個硬幣放在桌上。

阮眠伸手去拿，不知道是緊張過度還是怎麼的，兩個硬幣就像長了爪子一樣，緊緊地扒在上面，怎麼樣都拿不起來。

陳屹見狀，又從盒子裡拿了兩塊錢，這次沒放在桌上，是直接拿在手裡遞過去，「別拿了，給妳。」

越著急越拿不起來。

阮眠不得已抬起頭，碰上他的目光，強忍著沒躲開，伸出手說：「謝謝。」

陳屹卻沒直接給，手指捏著硬幣搓了兩下，聲音分外平靜，「阮同學。」

「嗯？」阮眠沒想到他會突然叫自己，一個單音節的回應都能聽出幾分緊張感。

「妳好像很緊張，是在怕我嗎？」話音剛落，陳屹就鬆開手指，兩枚硬幣掉在阮眠攤開的手心裡，硬幣相撞，發出清脆的聲音。

「……沒有。」阮眠闔上手，指腹壓著硬幣，像是還能感覺到陳屹幾秒前留下的溫度。

「沒有嗎？」陳屹盯著阮眠的眼睛。

她強裝鎮定，實際上連呼吸都快停止：「嗯，沒有。」

陳屹沒有接話，伸手將桌上多餘的兩枚硬幣拿起來，輕而易舉的動作像是在嘲諷阮眠的不坦蕩。

「早點回去吧。」說完這句，他將硬幣放回抽屜，轉身走到躺椅重新躺下，身形被遮去大半，這次長腿是支在地上。

阮眠愣了將近十幾秒才提起東西，牽著趙書陽從店裡走了出去，在門口又朝裡面看了一眼，男生依舊維持著那個姿勢。

趙書陽急著要回去，走在前面拽著阮眠的手臂。

她如同失去靈魂似地被拉著往前走，說不出是什麼感覺，只覺得心口那一塊悶悶的，好像有些喘不過氣。

那天的夜很涼，月色靜謐，阮眠頭一次嘗到心跳隨人一句話、一個動作就能失控的苦澀。

阮眠從店裡離開沒多久，李執才從後面的院子進來，他剛才去倒水，還順便去了趟廁所。

「有人來買東西嗎？」他問。

陳屹「嗯」了聲，收起手機，「總共一百零三塊，錢放在抽屜裡。不早了，我先回去了。」

「好。」李執放下杯子，走到貨架前幫他拿了幾包鹽，「別忘了這個。」

陳屹抬手接住，另一隻手往口袋掏錢卻沒摸到錢包，這才想起晚上回去換了身衣服，忘了把錢包拿出來。

他拽了個袋子把鹽裝進去，「忘了帶錢，明天再拿給你。」

不過幾塊錢的事情，李執覺得他小題大做，「算了，今晚這一頓飯都夠你買一箱鹽了。」

「一碼歸一碼。」陳屹往外走，順手在門口拿了根棒棒糖，「明天一起結。」

陳屹從店裡出來，鬼使神差地往旁邊的巷子看了一眼，這是一條直巷，一大半都是店面，路上人很多，一眼也看不到盡頭。

他收回視線，提著鹽往前走，莫名想起李執下午說的話，又回頭看了一眼，超市門口亮起一片光，人影晃動。

燈光恍惚，陳屹沒再深想。

那晚的回憶對他來說，終究只是一場可有可無的夢。如今夢醒，連隻言片語都不曾留住。

月考那兩天，平城下起了雨，溫度也跟著猛降，阮眠前天晚上睡覺忘記關窗戶，第二天早上就發現嗓子有些乾澀疼痛。

方如清和趙應偉一大早就出門了，她在家裡找不到感冒藥，回房間吞了兩片潤喉糖就去了學校。

一班的教室已經被布置成考場，偌大的教室只放了三十張桌子，剩下的全都擺在教室後面。

阮眠找到自己的位子，才剛坐下沒多久，周海就進來說早自習時間沒有變，讓沒座位的同學和有座位的同學擠一下。

孟星闌立刻搬了張椅子坐到阮眠旁邊。

當時教室已經來了不少人，阮眠環顧了一圈，也沒看到陳屹的身影，不由嘆了口氣。

自從上星期五的晚上，阮眠在李家超市和陳屹見過一次後，她整個週末都處在自我埋怨之中，覺得自己在面對他的時候失了該有的禮數。

更別提陳屹當時看她的眼神，諷刺又冷淡，令阮眠如鯁在喉，久久不能釋懷。

想到這裡，她又忍不住嘆了口氣。

一旁的孟星闌從快節奏的默讀中抽出幾分關注給她：「妳怎麼了？一大早就這樣唉聲嘆氣的。」

「沒什麼。」阮眠撓了下臉頰，「就是我國文不好，第一堂就考這科，有點緊張。」

孟星闌笑了聲，安慰道：「別緊張，我們國文老師很好說話的，就算妳考不及格，他頂多讓妳站一個星期的國文課，不會動手的，放心。」

阮眠抿了抿唇，欲言又止：「……」

孟星闌被她的反應戳中笑點，趴在桌上笑個不停，「唉唷，我不行了，阮眠妳怎麼這麼可愛啊。」

這樣的情形，就算是頭一次被人誇可愛，阮眠也笑不出來。

正無奈間，她餘光突然瞥見門口的身影，忙不迭地坐直了身體，提醒道：「周老師來了。」

孟星闌倏地收了笑，拿起課本開始大聲朗讀。

裝的還挺像一回事的。

周海在教室裡轉了兩圈後，就走到走廊外面和其他班級的老師閒聊，直到早自習快結束的時候，才進來提了幾句和考試有關的事情。

阮眠又趁這個時候看了教室一眼，在靠門邊的位置看到了坐在人群中間的陳屹。

他今天沒穿制服，穿了件純白色的帽T，胸前是一小串辨別不出花樣的黑色字母，膚色的白皙本來就偏冷質感，被衣服凸顯得越發清冷。

阮眠從沒見過比他還白的男生。

她收回視線，周海也交代完事情了，班裡突然一陣嘈亂。

在同一個考場的人結伴走出教室，不在同一考場的，像阮眠和孟星闌，走到教學大樓底下就分開了。

四十六號考場在思政樓的多媒體教室，同一個考場的學生基本上都是普通班的吊車尾，阮眠是唯一一個實驗班的學生。

監考老師在核對名單的時候，還特意多看了她兩眼，像是納悶她一個實驗班的學生，怎麼會跑到這個考場。

阮眠全當看不見，接過前面同學遞來的考卷，匆匆掃了一遍，在鐘聲響起的時候，提筆開始答題。

第一科考試結束後，學校不會強制要求學生午休，阮眠就在校外吃了飯，回家裡睡了一覺。

這一覺醒來，原本的喉嚨痛逐漸變成發燒頭痛，她在去學校的路上去了趟藥局，出來的時候，看見陳屹和江讓他們幾個人從路邊的一家手搖店走出來。

男生有說有笑，走在他們中間的幾個女生人手一杯奶茶，同樣也是笑盈盈。

阮眠站在路邊，被巷子裡穿堂風一吹，忍不住低頭咳了幾聲，冷風順著嘴巴竄進喉嚨裡，咳得她滿臉通紅。

兩天的考試轉瞬即逝，原本隔天就是國慶連假，但不巧的是，那段時間病毒性感冒肆虐，阮眠不幸中招，長假全耗在了醫院。

孟星闌在假期最後一天得知阮眠生病的消息，說什麼也要過來探望她。

阮眠還記得開學時和趙書棠的約定，沒把人約到家裡，而是在家裡附近的一家火鍋店和孟星闌碰面。

孟星闌一放假就和父母去了南邊的城市旅遊，回來還帶了當地的名產給阮眠。

送完禮慰問完後，她把手伸到阮眠面前，跟獻寶似地，「我剛做的指甲，好看嗎？」

女生的手指白皙細長，指甲飽滿圓潤，塗了一層肉粉色的指甲油，上面點綴著珍珠和斑點，顯得俏皮又可愛。

阮眠點點頭，發自內心地誇讚道：「很好看。」

孟星闌收回手，笑咪咪的：「這家美甲店就在我家樓下，如果妳喜歡，我下次帶妳去。」

阮眠點頭說好。

吃完火鍋，孟星闌沒急著回家，拉著阮眠去了路邊的手搖店，一人點了一杯奶茶坐在店裡閒聊。

從海濱城市的人文地理聊到最近的月考，孟星闌突然想起一件事，匆匆咽下嘴裡的珍珠，「對了，我前兩天聽江讓說這次月考結束後，老周要重新調換班級的座位。」

阮眠猝不及防，一顆珍珠卡在喉嚨裡，低頭猛咳了幾聲才緩過來，「換座位？」

「是啊，老周打算按照成績重新排一下座位，按照他高一的習慣，應該會把第一名和倒數第一名排在一起，第二名和倒數第二名排在一起，以此類推。」

這對阮眠來說無疑是晴天霹靂，她愣了足足有半分鐘，才找回自己的聲音，「不知道誰會坐到我旁邊。」

「別擔心啦，不管是誰，肯定比陳屹那個傢伙還要好。」孟星闌坐在阮眠的前面，這一個月下來，幾乎很少聽到阮眠和陳屹有什麼交流。

她先入為主地認為是陳屹不待見阮眠，自然希望阮眠能換到一個真心相待的新鄰居。

可孟星闌不知道的是，對阮眠來說，哪怕是不待見，也總比不是他要好很多。

阮眠和孟星闌在外面一直待到天黑，到了分別的時候，孟星闌搭公車回家，上了車坐在窗邊和她揮手：「明天見！」

她也跟著揮了兩下：「嗯，明天見。」

公車門關上，車燈在夜色中逐漸遠去，混入斑斕的霓虹之中後變得模糊，再也看不見。

阮眠還提著孟星闌給她的各種名產，椰子粉、椰子糕、椰子酥餅等一系列由椰子衍生出來的食品。

她轉身朝巷子走去，路過李家超市，李執站在店裡，抬頭看到失魂落魄的女生，叫了聲：「阮眠。」

阮眠回過神，走進店裡，「李執。」

「嗯。」李執看著她：「妳剛才去哪裡啊？」

「剛和朋友吃完飯回來。」阮眠從袋子裡拿出兩盒糕點遞給他，「朋友給的名產，你吃吃看。」

李執沒收下，朝旁邊努了努嘴：「真巧，我朋友剛才也給了我名產，這些妳帶回去自己吃吧。」

阮眠往櫃檯旁邊一看，那裡放了和自己手裡一模一樣的紙袋，她又把手收了回來。

李執指腹點著玻璃櫃檯的邊緣，「說起來，這個朋友妳也認識。陳屹，知道嗎？」

阮眠說知道，又說：「我和他是同班同學。」

「不只是同學吧？」李執笑了下：「他跟我說你們坐在一起。」

阮眠不知道陳屹是怎麼跟李執說自己的，但大概不會是什麼好印象，畢竟她敏感又虛偽，平常也說不上幾句話。

她目光閃了閃，聲音淡淡的：「確實坐在一起，不過很快就不是了。」

李執：「怎麼？他欺負妳？」

阮眠不知道他是從哪裡得出這個猜測，飛快地否認道：「不是，是老師要按照成績重新調整座位。」

「這樣啊。」

後來兩個人沒聊幾句，阮眠接到方如清的電話，一邊說著馬上回去，一邊和他示意自己要先回去。

李執點點頭，用嘴型回她「再見」。

阮眠接著電話往外走，李執看著她的背影，神情若有所思。

阮眠到家的時候，方如清正在廚房幫忙段英做菜，聽見開關門的動靜，她從廚房走出來，「怎麼這麼晚，不是說會早點回來嗎？」

「不小心忘了時間。」阮眠換了鞋，把手裡的袋子遞給方如清：「朋友帶的名產。」

方如清接過去，問了她幾句，便提著東西去了客廳，「書陽，你看姐姐帶了什麼東西給你？」

這個年紀的孩子愛吃又愛玩，名產本就包裝成奇形怪狀，格外吸引人，趙書陽一連拆開幾個，結果全都吃了一口就不吃了。

阮眠走過去，看到被他隨便丟在桌上的糕點，唇瓣動了動，對上方如清的目光，最終還是什麼都沒說。

吃過飯，阮眠回到房間看書，照例等到外面沒了動靜，才換上衣服去樓下漱洗。

夜裡外面又起了風，捲著秋雨砸在玻璃上，滴滴答答的動靜，阮眠被吵醒，她打開手機看了一眼。

才剛過四點。

她裹著被子翻了個身，閉上眼睛聽著外面的雨聲，卻再無半分睡意，就這樣一直耗到了天亮。

阮眠比平常起得還要早，下樓碰見方如清在廚房準備早餐，她沒過去，徑直走進了廁所。

等漱洗完出來，方如清就站在外面，手裡提著昨晚她帶回來的紙袋，「留了一些給妳，妳拿回房間吧。」

阮眠說不用了。

方如清把袋子遞到她手裡，轉身往廚房走：「吃完早餐再去學校吧，我煮了妳愛吃的皮蛋瘦肉粥。」

因為這一年突如其來的金融危機，方如清和趙應偉所在的貿易公司遭受了不小的衝擊，這段時間一直大幅裁員，方如清為了保住這份工作，每天都加班到深夜。

阮眠看著母親明顯瘦了不少的身形，還是沒忍下心拒絕。

吃過早餐，阮眠和往常一樣獨自一人出門，等到了教室，班級裡已經恢復成原樣，座位還是考試前的順序。

但阮眠清楚，很快就不是這樣了。

月考成績在國慶連假結束的第一天就出來了。

阮眠的偏科情況一如既往得嚴重，數學拿了滿分，理科總分兩百八十分，英文這次走運過了三位數，而國文正好掛在及格邊緣。

成績出來後，她不出意外地被國文老師趙祺請去了辦公室。

趙老師帶過的實驗班學生不在少數，見過偏科的，還沒見過這麼偏科的。

他看完阮眠的作文，推了推架在鼻梁上的眼鏡，好半天才開口：「要是這次的作文是我改的，我連三十分都不會給妳。」

阮眠低垂著頭，露出一小截白皙的後頸，不敢接話。

趙祺把她的考卷翻過來，從頭到尾看了一遍。末了，他用手指戳著考卷，詰問道：「妳看看兩個實驗班，將近一百多位同學，有誰的國文考得比妳低？妳要是能把放在數學上的心思分一點到國文上，也不至於考這樣的分數。」

學生時期老師在訓話時，你多說一個字，他都會覺得你是在頂撞他，阮眠之前在六中經常碰上這種情況，早就摸索出一套應付老師的方法。

她先是由著趙老師訓個夠，才開口認錯說「以後會勤加練習，下次再努力考個好成績」。

趙老師看她認錯態度誠懇，撇除國文這科，其他科的成績都不算差，說到底還是個人才，也就沒再繼續責問，「我聽你們周老師說了，妳是這學期才轉來八中的，我也不管妳以前學校的國文老師是怎麼教妳的，現在在我這裡，我沒其他的要求，只要妳好好學，爭取每次都能進步一點就好。」

阮眠點點頭說：「知道了，謝謝趙老師。」

「讀書不能只是埋頭苦幹，有時候也要看看別人是怎麼學的，多聽、多看、多學，總歸不會錯。」趙祺端起茶杯喝了一口，「妳看看妳隔壁同學，這次理科和數學成績和妳不相上下，但他國文考了一百三十分，人家是怎麼做到的？」

趙祺上一秒才剛提到陳屹，下一秒這人就剛好從辦公室外面走過，趙祺眼尖，捧著茶杯對外面叫了聲：「陳屹。」

阮眠下意識扭頭往窗外看。

男生手裡拿著一疊考卷，毛茸茸的頭髮在陽光下襯得柔軟蓬鬆，視線在趙祺熱情的招呼下落了過來。

那張臉的輪廓俐落乾淨，全是蓬勃坦蕩的少年氣，眼神帶著莫名其妙的茫然。

趙祺放下茶杯，又招招手，「陳屹，來，你來一下。」

阮眠看著他轉身往裡面走的時候，整個身體都是僵著的，如果趙祺那會兒讓她先回教室，她大概都能走出同手同腳的姿勢。

幸好趙祺沒有這麼做，陳屹也很快走了進來，筆挺高瘦的身影佇立在阮眠身旁。周圍全是他的味道，清洌乾淨，像是烈陽天兜頭澆下的暴雨，讓人猝然清醒又讓人婉轉沉醉。

趙祺從桌上拿起阮眠的考卷遞給他：「這是你隔壁同學寫的作文，你看看有什麼想法。」

考卷攤在堆積不平的課本上，窗外的風將考卷的一角掀起，陳屹伸出手壓在上面，骨節鋒利分明，手背上的青筋若隱若現。

阮眠的餘光從他的手指看到手腕，又垂下腦袋，像是等著審判的罪犯，明知前方等待著自己的是什麼，卻依舊恐慌不安。

陳屹一目十行掃下來，忽略了旁邊碩大的三十分，自顧自地笑了下：「這不是寫得挺好的嗎？」

趙祺瞪他一眼，恨不得拿膠帶黏住他的嘴。

「我說的是字，字寫得挺漂亮的，至於內容……」陳屹輕「嘖」了聲，說：「都離題了還能拿三十分，這閱卷老師當時是不是還沒清醒啊？」

「匡噹」一聲，懸在阮眠頭頂上的那把無形刀，伴隨著男生若有若無的笑意穩穩落下。

殺人不過頭點地，他輕描淡寫的一句玩笑話卻已然將阮眠擊潰，她整個人如坐針氈，恨不得直接挖個洞把自己埋進去。

趙祺沒理睬他的玩笑話，只是告訴他把他叫過來的目的：「你隔壁同學的偏科情況有點嚴重，你沒事多幫幫她，有什麼技巧性的學習方法都跟她說說，一個大男生別那麼小氣。」

阮眠還沒從這句話中回過神，就聽見少年惺忪慵懶的聲音：「好，知道了。」

她覺得詫異，抬頭看過去。

但從這個角度，也只能看見男生高挺的鼻梁和濃密捲翹的睫毛，辨不清神情，話裡也聽不出情緒。

阮眠一時弄不懂他到底是真心實意地應承，還是虛情假意地敷衍。

陳屹哪知道自己隨便一句話，就能成為別人晦澀難懂的理解，依舊是那副漫不經心的姿態：「趙老師，要是沒有其他事情的話，我就先回去了。」

「好，你先回去吧。」等陳屹走後，趙祺又交代阮眠：「和妳鄰座同學好好學，他可是唯一一個在全國作文大賽上蟬聯三屆一等獎的人。」

阮眠臉上是藏不住的驚訝。

趙祺笑道：「看不出來吧？」

「有一點。」

「正常，他這個人看起來就不像那麼文藝的人，這種氣質在他身上太矛盾了。」趙祺說：「但人家家裡有兩個研究文學的長輩，他從小耳濡目染，在文字方面的功底肯定比你們強很多，妳好好跟他學，以後在作文上肯定會有進步。」

阮眠點頭說「知道了」。

從文組的辦公室出來後，阮眠又去了周海的辦公室一趟，拿了這次月考的生物答題卷。

八中這次月考的理科考試雖然和升學考模式一樣，但三科答題卷是分開的，這樣既方便各科老師閱卷，也方便後期講解考卷。

周海知道她剛才被趙祺叫過去，還特意安慰了幾句：「你們趙老師就是嘴巴比較毒，其實人很好的，他要是說了妳什麼，妳也別放在心上。」

阮眠點點頭說：「我明白。」

「這次月考，妳總體上考得還不錯，你們數學老師都跟我誇了妳好幾遍，下次再努力一點，把國文成績拉上來就好。」

阮眠：「好，我知道了，謝謝周老師。」

「沒事，那妳先回去吧，等會兒也該上課了。」

「好的。」

阮眠剛回到教室，上課鐘聲就響了，教室後排圍著陳屹的那幾個男生紛紛散開。

她回到座位上，桌上放著剛發下來的物理答題卷，一百〇四分。

陳屹的物理答題卷也攤在桌上，阮眠抬頭瞟了一眼。

滿分。

閱卷老師像是生怕別人看不見，將「110」三個數字寫得很大，筆末甚至因為用力過猛將考卷刮破了。

陳屹察覺到女生的視線，抓起考卷往她面前一放，語調淡淡的：「想看就拿去看，說句話我又不會吃了妳。」

「……」

阮眠在面對他的時候，總是反應不及，英文老師都拿著考卷進教室了，她才在班裡同學齊聲的「老師好」中對他說了聲「謝謝」。

其實阮眠也沒什麼要看的，一百〇四分的考卷和滿分考卷，也只是一題選擇題的差距。但她還是看得很認真，男生的字跡非常漂亮，蒼勁有力，藏鋒處微露鋒芒，露鋒處亦顯含蓄，一看就是有特別練過，一般人是寫不出這種字的。

講臺上的英文老師宋文讓大家把考卷拿出來，阮眠把答題卷還回去，又說了聲「謝謝」。陳屹「嗯」了聲，隨手將考卷塞進了抽屜裡。

宋老師講考卷的速度非常快，一節課結束只剩下作文沒說，他占用了幾分鐘下課時間，稍微提了下作文的寫作方向和立意，「作文低於二十分的同學，中午來我辦公室一趟。」

聽到這裡，阮眠不由鬆了口氣，她這次英文走運，之前在補習班寫過同類型的題目，頭一次拿了二開頭的分數。

上午的課結束後，阮眠和孟星闌去校外吃飯，期間她提到了趙老師要陳屹教她寫作文的事情。

孟星闌嘴裡咬著排骨，聲音含糊：「陳屹答應了？」

「他當時說『好，知道了』。」阮眠用筷子戳著碗裡的米飯，「我也不確定這到底是答應了還是沒答應。」

「哎呀，那就別管了，妳要想學我也能教妳啊，我曾經也拿過小學生作文大賽的一等獎。」

「……」

兩人你一言我一語地笑不停，也沒注意到樓梯間有人下來，三個男生一前一後朝這裡走。此時有一隻手突然在孟星闌的頭頂揉了一把，男生調笑的聲音緊隨其後，「孟星闌，妳還吃啊？都快胖成豬了。」

阮眠聽見聲音，一抬頭看見站在江讓身後的陳屹和沈渝，稍稍放下了手裡的筷子。

「你放屁！」孟星闌叫嚷著揮開男生的手，回頭沒看到熟悉的人，皺著眉問：「梁熠然呢，他又沒來吃飯？」

「他現在是學生會的副會長，為了運動會的事情都忙死了，哪有時間出來吃飯？」江讓把手裡打包好的飯菜放在桌上：「我們等一下要去剪頭髮，妳幫忙送一下吧？」

「滾，我才不去。」

「那怎麼辦，難不成讓梁熠然一直餓著肚子等我們回去？」江讓笑道：「妳捨得嗎？」

「……」明知是假話，可孟星闌還是忍不住上當，不耐煩地揮了揮手：「走走走，剪你們的頭髮去。」

「遵命！回來請妳喝奶茶。」江讓收回手，又和坐在對面一直沒說話的阮眠打了聲招呼。

等走出餐廳，沈渝搭著江讓的肩膀問：「剛才坐在孟星闌對面的女生，是不是坐在陳屹隔壁的同學？」

江讓覷著他：「是啊，你之前不是見過嗎？」

「也沒見過幾次。」沈渝拍了下陳屹的肩膀：「你都不知道，老嚴今天早上在我們班誇了你隔壁同學多少次。」

嚴何山是理組實驗一、二班共同的數學老師，這次的數學考卷難度高，阮眠是兩個實驗班裡唯一拿到滿分的人。

陳屹抬眸：「誇什麼？」

「誇她厲害啊。」沈渝清了清嗓子，學著嚴何山的語調：「一班那個阮眠，解題思路非常通透簡潔，如果有認識她的同學，下課後可以把她的考卷借來看看。」

「說歸說，人家確實厲害，這次連陳屹都沒拿到滿分。」江讓毫不吝嗇地展現出自己對阮眠的誇讚：「而且人家理科考了兩百八十分，甩我們班其他女生一大截，不過她好像偏科滿嚴重的，國文低空飛過。」

「這偏科偏到大西洋了吧？」沈渝笑著說。

「是啊，老趙還因為這件事把她叫去了辦公室。」說到這裡，江讓倏地想起一件事，神情恍然：「難怪當初開學考模擬考的時候，我說她厲害，她卻說等下次考全科的時候，我就不會這麼認為了，搞了半天原來是這樣。」

沒怎麼搭上話題的陳屹，想起上午在老趙辦公室看過的那篇作文，莫名覺得好笑，那不只是偏到了大西洋的程度。

作文要求根據現有的關鍵字自擬標題，她從頭到尾都沒寫到一句和關鍵字相關的內容。

鬼知道她當時在想什麼。

第三章　泛黃的相片

孟星闌找梁熠然還有別的事情，沒讓阮眠陪她一起去文組班找他，兩人在二樓樓梯口分開。

阮眠走到教室門口，伸手推門，正巧裡面有人出來，兩人一拉一推，誰也沒注意到誰，冷不丁撞在一起。

女生手裡的杯子沒拿穩，「啪嗒」一聲掉在地上，杯底僅剩的一點水都濺在阮眠的鞋上。

阮眠往後退了一小步，彎腰撿起杯子和散在旁邊的杯蓋遞過去：「不好意思，剛才沒注意到有人出來。」

女生叫劉婧宜，是班上的國文小老師。

她從阮眠的手裡接過杯子，微不可察地撇了下嘴角，神情和眼神都帶著赤裸裸的厭惡，語氣也不是很好：「下次走路注意一點。」

臨走前，還故意用肩膀撞了下阮眠的肩膀。

阮眠揉著肩膀看向她走遠的身影，覺得有些莫名其妙，但也沒多想，抬腳進了教室。

她才剛坐下沒多久，劉婧宜裝完水回來，身旁跟著有說有笑的趙書棠，阮眠這才明白，大概是趙書棠在這中間使壞。

這種無聊的把戲，阮眠壓根兒就看不上眼，轉了轉手裡的筆，沒什麼意思地收回了視線。

不遠處的趙書棠聽完劉婧宜的話，也抬頭往阮眠這裡看了一眼，而後不鹹不淡地說：「她這個人就是這樣，平時裝的跟小白兔一樣，實際上和她媽一樣，一肚子壞水，我爸就是這樣被騙的。」

劉婧宜嘆氣：「真替妳感到不值。」

早在暑假的時候，劉婧宜就聽趙書棠說她爸再娶之後，就不怎麼管她了，心裡想著顧著的只有她後媽的那個女兒，還花錢把人塞進了她們班。

她和趙書棠從國中就是同學，到現在也認識了五六年了，感情相當深厚，對於趙書棠說的話深信不疑。

當時的她氣不過又心疼好友，就把自己存下的大部分零用錢送給趙書棠，還說以後不管怎麼樣都有她在。

趙書棠沒收劉婧宜的錢，還請她在外面吃了頓飯，之後在家裡受到什麼委屈都會和她說。

開學之後，劉婧宜因為在暑假聽了太多趙書棠她後媽和後媽女兒幹的壞事，對阮眠的印象自然就好不到哪裡去。

她拍了拍趙書棠的肩膀，安慰道：「好了，別想那麼多了，反正我永遠都會和妳站在同一陣線。」

趙書棠輕笑了聲，「還好有妳。」

阮眠對這些毫無所知，埋頭寫完半張物理試卷，便枕著手臂趴在桌上睡了一會兒。

迷迷糊糊間，她感覺身旁有人影晃動，想醒來但是眼皮猶如千斤重，最後也只是顫了顫眼睫，又睡下去了。

再醒來是聽見了上課鐘聲。

今天成績才剛出爐，學校排名還沒出來，周海來不及提起調換座位的事情，阮眠依舊坐在教室最後一排。

後門一開，涼風直接灌入，她剛睡醒，還沒緩過神就忍不住打了個寒顫。

不過這麼一折騰，人也澈底醒了。

阮眠揉著發麻的手臂，想著下午第一堂的國文課，左想右想都覺得不得勁，就怕趙祺等一下上課會讓她當眾把作文讀一遍。

正胡思亂想間，身旁的椅子被人挪開，一道高大的身影走了過來，呼吸間全是清爽乾淨的洗髮精香味。

她揉著手臂的動作逐漸慢下，猶豫著要不要說話的當口，男生突然放了杯奶茶到她桌上。

阮眠愣住了。

陳屹傾身把另一杯放到孟星闌的桌上，坐下來的時候才開口道：「江讓買的。」

「哦，謝謝。」阮眠這次反應很快，沒再錯過說話的時機，說完還抬頭看了他一眼。

這一看又被攝住了神魂。

男生剃短的頭髮薄薄一層，額前沒了碎髮遮擋，五官有稜有角越發分明，那雙眼深邃而冷淡，眉骨硬朗。

蓬勃的少年氣被初露鋒芒的桀驁不馴，硬生生壓退了幾分。

陳屹抬眸看過來，薄薄的眼皮上被壓出一道深刻的摺痕，回得漫不經心：「不客氣。」

說話間，趙祺已經進到教室，阮眠壓下狂竄的心跳，伸手將奶茶放到抽屜裡，心不在焉地跟著大家喊「老師好」。

大概是上午已經訓過人，趙老師這節課沒找阮眠的麻煩，只是在看到她發愣時，慢悠悠地走過來敲了敲她的桌子：「注意聽課。」

阮眠耳根一熱，把試卷往上提了提。

陳屹之前也沒聽課，聽見趙老師的聲音，往旁邊看了一眼。

秋日蓬鬆的陽光薄薄一層，穿過透亮乾淨的玻璃落進來，淡薄的光影裡，勾勒出少女瘦弱的身形。

她其實長得不像江讓說的那麼「樸素」，皮膚細白，一雙眼清亮乾淨，像是盛著月夜螢火的淺泊。

只是性格過於溫吞內斂，兩人坐在一起這麼久，說過的話加起來都不超過十句。

說不怕他，好像又不是那麼一回事，不過說到底，她是什麼性格和他也沒多大的關係。

陳屹翻開課本，又是那副什麼都不在意的模樣。

教室外的天空風捲流雲，空中留下飛機駛過的淺淡痕跡，被風一吹，散成過眼雲煙。

到了晚上自習課，這次月考的總排名也出來了。

陳屹總分七百〇四分，位列班排第一、年級第一，第二名是二班的一個女生，總分和他咬得很緊。

阮眠被國文和英文影響，總分只有六百二十一分，班排四十六名，年級排名正好是第一百名，屬於不上不下的位置。

拿到成績之後，阮眠被周海叫去了辦公室，她剛開學那會兒報名參加的生物競賽，過幾天就要開始比賽了。

周海把准考證拿給她：「這競賽時間正好，回來就是運動會，我聽體育股長說妳報了五十公尺和三千公尺，這幾天就先不要去訓練了，好好複習，到時候努力爭取個好成績。」

阮眠點點頭說：「好，我知道了。」

交代完競賽的事情，周海翻開桌上的年級榜單，「妳看過這次月考的排名了嗎？」

「看了。」

周海抬起頭：「妳有什麼想法嗎？」

阮眠認真想了一會兒：「我偏科有點嚴重，國文和英文在前一百名裡面的排名都很靠後。」

「是這樣的，國文應該是妳所有科目裡面分數最低的，英文稍微好一點，但也是倒數，我下午的時候打了通電話給妳媽媽，她說妳之前在六中偏科就很嚴重，我想問問，妳是不想學還是學不進去？」

「想學，但學了好像又沒什麼用。」阮眠抿唇：「暑假也有去補習，但效果不是很明顯。」

「這樣啊……」周海嘆了口氣，沉思了一會兒說：「學校一直有個作文輔導班，是為了高一學生成立的，不收費，妳要是想去的話，我幫妳報名吧？」

阮眠猶豫了幾秒，「好的。」

「好，就先這樣，至於英文這部分，我之後再和你們宋老師聊一下，看看有沒有什麼針對性的學習方法，到時候再說。」

「好，那就麻煩周老師了。」

這才第一次月考，阮眠就因為偏科的事情被老師約談了幾次，回到教室的時候，整個人都無精打采的。

孟星闌坐到陳屹的位置，「怎麼了，老周又把妳叫去訓話了？」

「沒訓話，不過他打算讓我報名參加高一的作文輔導班。」阮眠把競賽准考證塞進抽屜裡：「妳高一的時候去過這個輔導班嗎？有效果嗎？」

「普通吧，畢竟不是收費的輔導班，老師管的也不嚴，我們上到後面就不怎麼去了。」

「……」

孟星闌湊過來：「上午老趙不是說讓陳屹多教妳嗎？妳沒問問他？」

阮眠壓著筆，搖搖頭：「不敢問。」

「那就算了，讓他教還不如去輔導班。」上課鐘響，孟星闌站起身，拍拍她的肩膀：「妳也別太擔心，這才第一次月考，後面的時間還很長呢。」

「嗯。」

晚上九點半，伴隨著最後一堂自習課的鐘響，漫長而繁忙的星期一終於畫上了句點。

阮眠晚上一回到家就看到母親坐在客廳，看樣子應該是在等她。她換了鞋走過去，叫了聲「媽」。

方如清回過神，放下遙控器後抬頭看她：「妳回來了。」

「嗯。」阮眠從桌上拿了個橘子剝開，「我聽周老師說他下午打電話給妳了，是嗎？」

方如清點點頭：「他跟我說了妳這次月考的成績，誇妳考得不錯，就是有點偏科。」

阮眠往嘴裡塞了瓣橘子，沒接話。

方如清瞥她一眼：「書棠這次考得怎麼樣？」

「還可以，比我高幾名。」阮眠低頭吐籽。

方如清：「我聽趙叔叔說書棠的理科不太好，妳沒事放假在家，也多幫幫她。」

「……」

「聽到了嗎？」

想喝。」

「聽到了。」阮眠拿起書包，「今天作業多，我先上樓了，不用送牛奶給我，我這兩天不太

回到房間後，阮眠翻出競賽准考證，考試時間是這週五，她沒和方如清提這件事，考試那天也像平常上學一樣，從家裡出發去學校，跟著學校安排的巴士去了考場。

這次的生物競賽是八中和其他幾所高中聯合承辦的，最後考場定在了擁有兩個校區的十中。十中的兩個校區只隔著一條馬路，高三的教學大樓、操場、學生餐廳和宿舍在南邊，剩下的高一高二教學大樓和其他辦公大樓在北邊，為了這次競賽，十中讓高一和高二放了一天的假，將北校區空出來。

考完試已經接近十二點，阮眠早上沒吃東西，這會兒餓得不行，和帶隊老師打了聲招呼，不打算跟學校的巴士回去。

當時因為下午放假，好多人都沒跟車，阮眠在麵店外面排隊的時候，看到巴士裡面只有幾個人。

麵店人多，阮眠買到了麵卻沒排到位子，正準備讓服務生打包一下帶走，卻突然被人從後面拍了下肩膀。

她回頭，看見男生，語氣驚喜：「李執！」

李執伸手幫她端住快灑出來的麵碗，笑問：「妳怎麼會跑來我們學校？今天不用上課嗎？」

「我來這裡考試，就是七校聯合舉辦的生物競賽。」阮眠摸了下脖子：「沒想到你們學校

吃飯時間人這麼多。」

「那是因為學生餐廳難吃。妳跟我來吧，我這裡有空位。」李執帶著她走到角落的一張桌子前，那裡已經坐了三個男生。

見李執帶著女生回來，三個男生皆露出了八卦的神情，「什麼情況啊，執哥？」

李執將碗放在桌上，讓阮眠坐到裡面，淡笑著說：「就是我鄰居家的妹妹，今天來我們學校比賽，你們在想什麼？」

在場的人普遍都比阮眠的年紀還要大，叫聲妹妹也沒錯，互相認識了下，阮眠一邊吃麵，一邊聽他們幾個抱怨高三作業多、壓力大、時間少。

阮眠明明是最先開始吃的，卻是最後一個吃完的，李執讓另外三個男生先回去，自己則坐在那玩手機等她吃完，之後又送她去公車站。

初秋的風恰到好處，乾爽清涼，阮眠站在公車站旁，手撥弄著外套拉鍊，「你們高三的事情真的這麼多啊？」

「沒有，他們成績不好，所以事情才多。」李執收起手機：「聽陳屹說，你們前段時間月考了？」

「嗯。」阮眠看著他：「你該不會是要問我的成績吧？」

「怎麼，不能問嗎？」李執靠著後面的看板，男生高高瘦瘦，長相和氣質都格外出挑，路過的女生不停回頭。

「沒有，只是覺得大家好像一聽到考試，下一句就是問成績。」

「那妳覺得還有什麼可以問的？」

阮眠想了幾秒：「確實沒有其他可以問的了。」

李執抿唇笑了下：「妳這種性格，倒是挺適合跟陳屹當同學的。」

「……」阮眠不好意思和他說，自己跟陳屹已經坐在一起將近一個多月，說過的話都不超過十句。

後來公車到站，阮眠上了車，車子在路口轉彎的時候，她從窗戶看到李執往回走的身影。

陽光明明就在前方，他卻好像被什麼束縛著，看起來有種漫不經心的消沉和頹喪。

週末那兩天是八中的運動會，天公作美，氣溫不高不低，沒什麼風，一點也不冷。

阮眠參加的五十公尺和三千公尺在同一天的上下午舉行，開幕式一結束，廣播就傳出「高一女子組五十公尺開始檢錄，請高二女子組做好準備」。

孟星闌不擅長運動，什麼項目都沒參加，進了志工組，成了阮眠的專屬志工，全程為她跑前跑後，就差幫她參加比賽了。

阮眠今天穿著黑白相間的運動服，她在參加五十公尺的時候脫掉了外套，只穿著裡面的白色T恤。檢錄完站在跑道前，她象徵性地動了動腳當熱身，孟星闌站在跑道旁，懷裡抱著她的衣服。

不僅如此，孟星闌還把班上能叫來的人都叫來了，就連陳屹也站在人群後面。

他戴著一頂白色的棒球帽，帽簷壓得很低，看不清神情，露出一截鋒利分明的下巴，喉結凸出。

阮眠的心怦怦跳。

蹲下身預備的時候，她閉了閉眼睛又睜開，抬頭看著前方的終點，從未有任何一刻比此刻還想拿到第一名。

耳邊槍聲響起，阮眠幾乎是不受控制地衝了出去，耳邊是呼嘯犀利的風聲和激動的吶喊聲。

她向著光、向著藏在心裡的那個少年一往無前。

高二女子組五十公尺短跑初賽和決賽的第一名都是阮眠。

她上午只有這個項目，比賽結束後在班級休息區和孟星闌她們一起玩遊戲的時候，突然接到了父親阮明科的電話。

阮明科是科學研究的工作者，工作性質使然，一整年也放不到幾天假，這次也是臨時抽出一天的時間回來平城，他在電話裡提出想和阮眠一起吃頓飯，另外還有些東西要給她。

阮眠沒拒絕，和周海請完假便離開了學校。

阮明科的車停在學校門口，一輛黑色的桑塔納，是阮眠三歲那年買的，有十幾年了。

阮眠和父親的關係一直都很好，在她還小的時候，阮明科的工作還沒有現在這麼忙，經常帶著阮眠參加各種田徑類比賽，她上國中那年，和阮明科一起參加了那一屆的平城環湖十公里路跑，分別拿下了當時成人組和青少年組的冠軍。

當初他和方如清離婚，阮眠也有想過跟著父親一起生活，但因為方如清的堅持和阮明科的工作性質，她的撫養權最終還是歸母親所有。

阮眠朝車子走過去的時候，阮明科正在接電話，聽起來像是專案上的事情，看見阮眠的身影，他急忙推開車門下車，聲音帶著笑意：「不跟你說了，我見到我女兒了，具體的資料等我回去再修改。」

阮眠有一年多沒見到他，發現他好像曬黑了，阮明科以前常年待在實驗室，底子很白，加上樣貌清俊儒雅，身上總帶著些書卷氣，現在曬黑了，反而多了些英氣，看起來也更有精神。

她笑了下，喊道：「爸爸。」

阮明科應了聲，瞇著眼笑起來，眼角有很清楚的細紋。上了車，他問阮眠：「今天不是週六嗎，怎麼還在學校？」

「學校舉辦運動會。」阮眠低頭繫上安全帶。

阮明科看她的穿著，笑著問道：「妳參加了什麼項目？還是跑步？」

阮眠點點頭，「報了五十公尺和三千公尺，你打電話給我的時候，我剛跑完五十公尺。」

「第一名？」

「嗯，老師說差零點零三秒就破了全校記錄。」阮眠說：「我下午還有三千公尺，爸爸有時間來看嗎？」

阮明科在路口掉頭，說：「當然有時間。」

阮眠和父親去了以前常去的粵式餐廳。飯後，服務生送來飯後甜點，阮明科不愛甜食，就全都給了阮眠。

他喝了口水，盯著阮眠清瘦的臉龐看了一會兒，才出聲喊道：「眠眠。」

「嗯？」阮眠捏著湯匙抬起頭。

阮明科從包包裡拿出一個文件夾遞過去：「爸爸的工作團隊過段時間就要調去西部了，大概兩年之內都不能回來，也不能和家裡的人聯絡。這裡面是南湖家園那套房子的過戶手續，另外還有一張提款卡，密碼是妳的生日，妳收著。」

南湖家園是阮明科和方如清還沒離婚時，他們一家三口一直住著的地方。

阮眠很吃驚，又有些說不出來的難過，手捏著湯匙的長柄摩挲了幾下，「那今年過年，你都不會在平城了嗎？」

「應該是。」阮明科看著她，眼眶微紅，「是爸爸沒用，沒能守住這個家，現在還要放妳一個人在這裡。」

阮眠眼眶一酸，但她又不想當著阮明科的面哭，拿手揉了下，聲音發澀：「沒有，媽媽說得對，離婚這件事沒有誰對誰錯，只是你們兩個的緣分不夠深。」

阮明科別開視線，沉默了片刻才說：「妳媽媽無論是作為妻子還是母親，都是非常稱職的，她現在帶妳去了新的家庭，有時候可能會顧不著妳，妳也別埋怨她，她一個人也不容易。」

「嗯。」

「家裡的門鎖都沒換，妳隨時都可以回去看看，今年過年妳要是不想留在那裡，就去奶奶家，奶奶一直都掛念著妳。」阮明科勉強笑了下，「爸爸離開這兩年，就把兩個媽媽都託付給妳了。」

阮眠吸了吸鼻子，「……嗯。」

吃完飯，阮明科送阮眠回學校。

三千公尺長跑是下午最後一場比賽，四點鐘才開始，阮明科五點有個會議，等不到比賽開始就走了。

阮眠心裡難受，只送他出了操場，「爸爸再見，路上注意安全。」

「好。」阮明科摸了摸她的腦袋，「那妳回去吧。」

「嗯。」阮眠走了幾步回頭，發現阮明科還站在原地，又和他揮了揮手，收回視線往回走的時候，眼淚猝不及防地掉了下來。

操場四周迴盪著輕快的歌聲，人潮湧動，阮眠抬手抹掉眼淚，快步從人群中穿過。

那天的三千公尺比賽，阮眠是唯一一個跑完全程的女生，也是唯一一個哭得最凶的女生。

從三分之二圈開始，一直半陪半跑的孟星闌就發現她不對勁，眼淚和汗水糊滿了整張臉。

孟星闌又驚又急，「眠眠，妳怎麼了？是不是哪裡不舒服啊？」

阮眠只是搖頭，腳下的速度始終沒有慢下，風從四面八方湧過來，吹散了奔跑帶來的熱意。

進入最後的衝刺，阮眠突然加速，孟星闌跟不上，穿過大半個操場跑向終點。

這時候已經是傍晚時分，操場上的人只多不少，孟星闌拽著忙完來找她的梁熠然，「快快快，跟我來一下。」

梁熠然被她拉著手臂往前走，長腿輕鬆地跟上她奔跑的步伐，身後跟著江讓和沈渝。

江讓問：「怎麼了？」

「阮眠不知道怎麼了，一直在哭。」說話間，幾人已經走到終點，不遠的距離外，是阮眠邁過終點線的身影。

計分老師按下碼錶，孟星闌衝過去把人扶住，耳邊是女生失控的哭聲，完全卸力的身體壓著她往後倒。

梁熠然在她背後扶了一把，「先去旁邊。」

周圍的老師看到這裡的情況，說了聲：「別坐下來，扶著她走一走，難受是正常的，過一會兒就好了，哭一哭也沒事。」

老師這麼一說，孟星闌就沒那麼擔心了，拿紙巾擦掉阮眠臉上的溼意，「好了好了，沒事了。」

班級裡的其他同學拿著混了葡萄糖的水走過來，「喝一點吧，會比較舒服的。」

阮眠哭夠了，接過去喝了幾口就沒再喝，手裡的水沒地方放，站在旁邊的江讓伸手接了過去。

她也沒在意，低頭吞咽了下，嗓音仍舊沙啞，「我沒事了，你們去忙吧，我在這裡休息一下就好了。」

「沒事，妳繼續休息，反正妳等一下也沒有其他比賽了。」孟星闌鬆了口氣，往後靠著臺階問：「陳屹呢，怎麼沒看到他？」

「在教室補眠呢。」江讓把玩著手裡的礦泉水瓶：「打個電話叫他過來吧，等等一起去吃個飯。」

「好。」沈渝拿著手機走去旁邊。

阮眠閉著眼睛休息，聽見打完電話回來的沈渝說陳屹等一下就會過來，她眼皮一跳，睜開眼睛說：「孟孟，我想先回去了。」

「啊？妳不跟我們一起吃飯了？」

「我有點難受，想早點回去休息。」才剛跑完三千公尺的阮眠臉色蒼白、眼眶溼紅，頭髮亂糟糟的，渾身都是汗，實在不是能一起去吃飯的樣子，而且難受也是真的，她確實沒什麼胃口。

孟星闌說：「那我送妳回去吧。」

阮眠沒拒絕。

她們兩個離開了一陣子後，陳屹才從教室過來，他的項目都在明天，今天來學校也是因為不想留在家裡面對囉嗦的父母。

他看起來就是一副剛睡醒的樣子，倦怠都寫在臉上，夕陽昏黃的光影將他的影子拉得很長。去吃飯的路上，幾個男生聊起剛才的事情，沈渝搓著脖子，「我還是頭一次見女生哭成這樣。」

陳屹不知內情，沒怎麼在意地問了句：「誰哭了？」

「坐你隔壁的同學啊，跑完三千公尺的時候哭得上氣不接下氣，我還以為她怎麼了。」沈渝說。

陳屹沒看到阮眠哭起來的樣子，卻記得她上午奔跑時勇往直前的模樣，垂著眼問：「為什麼哭了？」

「不知道，大概是難受吧，她是唯一一個跑完全程的。」沈渝笑了下：「我看其他班級沒跑完的女生也哭了。」

一旁的江讓打了個岔：「晚上要吃什麼？」

「吃火鍋吧，我想吃了。」梁熠然說。

沈渝上前勾住他的肩膀：「說清楚啊，到底是你想吃，還是你的青梅竹馬想吃？」

梁熠然彎唇笑起來，「她想吃。」

人群裡發出鄙視的長音。

那時候路的盡頭是懸在地平線之上的夕陽，暖橙色的餘暉灑滿大地，少年並肩前行的身影無畏而無懼。

孟星闌將阮眠送到家，當時家裡沒人，阮眠去廁所洗了把臉，出來又去廚房幫孟星闌拿了瓶優酪乳。

她肩上搭著毛巾，在沙發的另一側坐下，見孟星闌對放在電話桌上的相簿發楞，主動開口解釋道：「這裡是趙書棠的家，我媽媽在今年夏天和她父親再婚了。」

孟星闌驚呆了，「那妳和她……」她一言難盡，用手比劃了下。

「就是妳想的那樣。」阮眠抿了抿唇角：「我不是故意要瞞著妳的，是趙書棠不想讓班上其他同學知道我們的關係，所以我一直都沒有說。」

「哇。」孟星闌無意識地咽了咽口水，眨眨眼說：「那我會替妳保密的。」

阮眠笑了下：「謝謝。」

孟星闌沒在趙家久留，在收到梁熠然傳來的吃飯地點就離開了，她走後，阮眠回房間拿衣服下來洗了澡。

熱水將小腿在運動過後的酸澀引出來，她回房間捏了一下腿，坐在床上打開阮明科給她的文件夾。

裡面除了阮明科提到的過戶資料和提款卡，還有三封信，分別是寫給十六歲、十七歲和十八歲的阮眠。

離阮眠十六歲的生日還有一個多月，她把東西收起來鎖進抽屜裡，吹乾頭髮後躺在床上。疲憊和睏意如潮水般湧來，阮眠沒能支撐太久，迷迷糊糊地睡了一覺，醒來時已經天黑了。

方如清和趙應偉的說話聲從門外傳來，她揉了揉眼睛，起床走到門邊開了燈。

大概是屋裡的亮光從門縫底下透了出去，沒一會兒，方如清就過來敲門了，「眠眠，妳醒了嗎？」

「醒了。」阮眠穿上拖鞋去開門。

方如清走進來，手裡提著一個包裝袋：「今天下午我和趙叔叔去商場買了一條裙子給妳，妳試試看。」

「好。」

阮眠接過衣服，方如清拉上窗簾後背對著她站在桌邊，「妳爸爸今天來找妳了？」

「來了，我們中午還一起吃了飯。」

「他最近還好嗎？」

阮眠拉上側腰的拉鍊：「挺好的，就是過幾天要調去西部，這兩年大概都不會回來。」

「這麼久啊。」方如清問：「穿好了嗎？」

「好了。」

方如清買的是一條淺藍色的格子長裙，阮眠皮膚白、身材適中，穿起來讓人眼睛為之一亮。

「滿好看的。」方如清走過來替她整理領子，「真不錯，晚上就穿這件出去吃飯吧。」

「出去吃？」

「對啊，難得今天我們一家人都有空，趙叔叔特意預約了一間餐廳。」方如清摘掉裙子上的吊牌，「晚上外面還是有點涼，妳多穿件外套吧。」

「好。」阮眠從衣櫃裡拿了件牛仔外套。

晚上大概是一家人都在，趙書棠沒給人什麼壞臉色，只是話比較少，阮眠也一樣，不怎麼主動開口。

倒是趙書陽，一下姐姐一下媽媽的，叫得很親熱，偶爾說一些童言童語，惹得桌上的人都笑了起來。

阮眠沒什麼胃口，吃了幾口後，放在外套裡的手機連續震動了幾下，她停下筷子，拿出來在桌底看了一眼。

是孟星闌傳來的訊息。

孟星闌：『新的座位表出來了。』

孟星闌：『老周太離譜了！竟然把妳和趙書棠安排在一起！』

相較於最近發生的所有事情，和趙書棠成為鄰座同學，無疑是阮眠轉到八中以來最讓她糟心的一件事。

上次月考她和趙書棠的名次只差幾名，按照周海以往排座位的模式，她們兩個不可能會坐在一起。

但沒想到，周海這次改了換位子的順序，只有前十名和到數十名會按照順序被分配在一起。至於剩下的一部分學生，是根據學生各科情況綜合排出來的。

理組一班共有五十六名學生，阮眠上次月考剛好排在四十六名，倒數第十一個，不在第一種模式之內。而上次月考趙書棠的國文和英文都排在年級前十，但數學卻和阮眠的國文一樣，堪堪掛在及格線上。

在周海看來，趙書棠和阮眠在生活上是一家人，在學習上又互補，坐在一起再適合不過。

但他不知道的是，這兩人表面看起來和諧，私底下卻是針尖對麥芒，爆發只在一瞬間。

趙書棠是在當晚吃完飯回去後，才知道座位的事情，那時候他們全家人都坐在客廳看電視，她看完消息，一臉難以置信的模樣像極了阮眠之前的樣子。

阮眠全當看不見，坐在原地按兵不動，打算等明天去學校再找周海聊這件事。

但等到第二天，阮眠到學校正準備去找周海的時候，趙書棠卻告訴她：「妳不用去了，我已經找周老師聊過了，是妳媽建議他把我們的位子安排在一起。」她嘲諷地笑了聲，「真有意思。」

方如清的目的顯而易見。

兩個年紀相仿的孩子，想要成為真正的一家人，勢必要先有近距離的相處和接觸的機會才行。

阮眠心裡憋著一口氣：「不管妳對我或是對我媽有什麼意見，她現在已經是趙叔叔的合法妻子，在法律意義上是妳的長輩，妳沒必要這麼陰陽怪氣的。現在是妳爸和我媽過日子，將來要走一輩子的也是他們，不是和妳，懂嗎？」

趙書棠翻了個白眼，「不過就是貪圖我們家的房子，有必要說得這麼冠冕堂皇嗎？」

「……」阮眠覺得自己沒辦法和她溝通，丟下一句「妳愛怎麼想就怎麼想」就下樓去操場了。

陳屹上午有跳高比賽。

阮眠到操場的時候，才知道他在八中的人氣有多高。整個跳高場地，裡三圈外三圈站著的全是女生。

她沒往裡面擠，和孟星闌站在不遠處的看臺上，正好可以看到被人群圍起來的那一小片場地。

陳屹今天穿了身黑色的運動服，起跑跳躍的樣子像一道流暢的拋物線，完美而精準，輕而易舉地贏得了滿堂喝彩。

人群裡不時傳出女生激動的尖叫聲，陽光刺目，阮眠微瞇著眼，視線裡全是男生肆意瀟灑的模樣。

操場的廣播裡又響起那首耳熟能詳的〈晴天〉，歌詞裡唱到「從前從前有個人愛妳很久，但偏偏風漸漸把距離吹得好遠」。

一如此時，他在人群裡閃閃發光，而她不過是臺下芸芸眾生中，毫不起眼的一個。

幾百公尺的距離，卻劃出了兩個世界的悲歡喜怒。

兩天的運動會結束後，班級裡的座位安排也已塵埃落定，阮眠和陳屹短暫的鄰座生活還沒來得及步入正軌，就被澈底掐滅掉所有可能性。

換座位的那天，平城下了場小雨，空氣溼漉漉的，帶著南方城市特有的潮溼和黏膩，阮眠今天比較晚起床，到教室的時候班裡全是搬動課桌椅的動靜，她收起雨傘放在門口，在角落找到自己的桌椅。

她和趙書棠成為鄰座的事情沒有轉圜的餘地，新座位在第三組第四排，和遠在第一組第一排的陳屹相隔甚遠。

好在是他前她後，只要抬頭就能看見。

阮眠剛把椅子架到桌上，路過的體育股長林川就幫她一把，「妳坐在哪裡？我幫妳吧。」

「在那邊，第三排。」

林川不費吹灰之力就把她的桌子搬了過去，阮眠拿著椅子和書包，走過去說了聲「謝謝」。

男生爽朗地笑了笑，擺擺手說「不客氣」。

吵鬧只持續了一會兒，換好座位之後，趙祺就捧著茶杯來到了教室，看見班級的座位變動，他站在講臺下，問坐在中間第一排的女生：「這個座位是你們周老師安排的，還是你們自己選的？」

「周老師安排的。」

他「哦」了聲，抬頭看了一圈，捧著茶杯走到阮眠面前：「聽說你們周老師幫妳報名了高一的作文輔導班？」

「應該是，他之前有提過這件事。」阮眠無意識地捏著書頁邊緣。

「這樣啊，也好，妳先去上看看，有什麼不懂的就來問我。」說完，他低頭看了阮眠攤在桌上的課本一眼，屈指輕敲桌面：「早自習看什麼物理，多背背國文和英文。」

「……知道了。」

班裡書聲琅琅，窗外是綿綢的霧雨，和趙書棠成為鄰座的第一天，阮眠才真正體會到什麼叫「無話可說」。兩人之間像是有一層無形的屏障，阻擋住所有可能性的交流，好在彼此心裡都有數，這樣的情況是最好的結果。

相安無事地過了一週，阮眠按部就班地上課。到了週日下午，她去學校上了兩節作文輔導課。

那天她坐在全是陌生面孔的教室裡，聽著老師講著枯燥無味的內容，也終於明白有些事情只能是奢望。

兩節作文課結束正好是五點，阮眠收拾好東西，和一起上課的學妹交換了聯絡方式。

離開高一的教學大樓，阮眠去校外的餃子店吃晚餐，來八中的這兩個月，這家餃子店是她最常來的一家店。這會兒正是學生返校的高峰期，狹窄的店裡全是學生，阮眠點了一份香菇餃子，和幾個不認識的女生併桌。

無意間聽她們聊起學校裡的風雲人物，阮眠微垂著眼眸，不動聲色地放慢了咀嚼的動作。

很快就聽見了那個熟悉的名字。

「妳們聽說了嗎，今天下午有個女生在球場和陳屹表白被拒絕了。」穿著藍色衣服的女生說。

另一個坐在阮眠旁邊的女生問：「不是吧？真的假的？」

「當然是真的，不信妳們回去用電腦上學校的論壇看看，已經被瘋傳了。」藍色衣服的女生拿出手機看學校群組，群組正好在聊這件事，「妳們看，到現在還有人在說。」

消息較不靈通的兩個女生把臉湊過去，不時發出各種驚嘆聲，「這個女生還真勇敢。」

「妳知道她是哪一班的嗎？」

「好像是高二美術班這學期新來的轉學生。」穿藍色衣服的女生顯然消息比她們還要靈通，「我記得她叫……」，她一時想不起對方的名字，說道：「算了，我忘記了。反正人長得很漂亮，而且身材也很——」

她用手在胸前比劃了一下，惹得另外兩個女生噗嗤一笑。

幾個人聊得熱火朝天，阮眠吃完最後一口餃子，端起湯碗放到門口的桌子上，從店裡走了出去。

那會兒夕陽正好，阮眠隨著人流走進校園，沿途路過熱鬧沸騰的籃球場，她扭頭看了一眼，視線裡全是奔跑的身影，陌生又生動。

回到教室，班上的同學都在討論這件事。

其實有人和陳屹表白，並不是什麼太稀奇的事情，只不過這次表白的女生，平常在學校的行為太過驚世駭俗，以致於大家都沒想到她會和陳屹扯上關係。

孟星闌從江讓那裡得到了第一手消息，見阮眠回來，拉著她聊八卦，「其實這次也不算是表白，我聽江讓說，那個女生的意思只是想和陳屹交個朋友，至於其他的可以等以後慢慢相處。但陳屹這個人呢，是個特別嫌麻煩的人，拒絕各種花裡胡哨，直接不理她，後來被男生亂傳一通，就變成現在這個樣子了。」

「原來是這樣。」阮眠笑了笑，沒怎麼在意地說：「不過那個女生還滿勇敢的。」

「那當然，畢竟人家有資本啊。」孟星闌邊說邊用手在胸前比劃，恨不得自己也擁有那樣傲人的身材。

看著孟星闌的動作，阮眠想起之前在餃子店碰到那個做了同樣動作的女生，以及她口中想不起來的那個名字，手翻了翻書頁，裝作無意問道：「那……那個女生，她叫什麼啊？」

「叫——」孟星闌話還沒說完，餘光看到往這裡走過來的人，立刻抿了抿唇噤聲。

「嗯？」阮眠疑惑地看著她。

話音剛落，陳屹已經走到兩人跟前，高大的身影落在桌上。阮眠下意識抬起頭，看到男生沒什麼表情的臉，目光閃了閃，莫名有些「在別人背後說閒話卻被當場抓住」的心虛。

她咽了咽口水，默默低下頭，一張A4紙突然被從旁邊遞過來，耳邊響起男生的聲音：「這是書單，妳照著這個清單去買書，看完一本就寫一份心得給我。」

「啊？」阮眠還沒反應過來，又抬頭看著他。

陳屹把手裡的紙放到桌上，眼眸漆黑，語氣淡淡：「趙老師之前不是讓我多教教妳作文嗎？這是第一堂課。至於老周讓妳去的那個作文班，妳找個理由退了吧，對妳也沒什麼幫助。」

「……」

陳屹沒多說，把該交代的交代完就先離開了，留下阮眠和孟星闌面面相覷又不知所措。

「妳以後有得受了，陳屹很嚴格的。」孟星闌拿起那張書單看了看，「之前江讓找他補英文，他直接把江讓教到快要放棄這科了。」

阮眠壓著內心的歡喜，不讓它洩露任何一分，面上依舊平靜。

「等妳體會到就知道了。」聽力預備鐘聲響起，孟星闌放下手中的書單，起身的時候又想起了什麼：「對了，我剛才還沒說完，那個女生叫盛歡，美術班的，長得特別漂亮，有機會我再帶妳去美術班看看。」

阮眠笑了下，「好。」

孟星闌剛回到座位沒多久，英文老師宋文便拿著課本進了教室，阮眠收起陳屹給的書單後打開了課本。

那天是阮眠第一次聽到盛歡這個名字。

當時不以為意的她卻從未想到，在之後很多枯寂難熬的漫漫長夜裡，這個名字會成為她千萬遍的耿耿於懷，和無數次的輾轉反側。

阮眠參加的那一屆生物競賽難度不高，獎項也沒什麼價值，十月底公布獲獎學生名單，一等獎有十幾個，阮眠也在其中。

獲獎證書送到學校的那天，八中的校長通知所有獲獎學生的班導，讓其帶著學生去思政樓門口拍照。那會兒還是午休時間，阮眠趴在桌上昏昏欲睡，猝不及防被周海叫去跟學校老師和其他同學站在一起拍合照的時候，整個人都是一臉迷糊樣。

秋日午後的陽光明亮和煦，攝影的老師接連按了幾下快門，停下動作看了照片一眼，笑著跟站在旁邊的教務主任吳嚴說：「第一排右邊這女孩太白了，拍出來的照片都曝光了。」

吳嚴湊到鏡頭前看了一眼，照片裡阮眠的半張臉都是白茫茫的，他抬頭，手在半空中劃了劃，「那個阮眠，妳站到左邊來。」

「哦，好。」阮眠走到最左邊的位置，那裡的光線沒那麼充足，這才勉強拍出幾張能用的照片。

拍完團體大合照，還有每個學生的個人照，用來貼在學校的公布欄櫥窗裡當展出用。

老師們陸陸續續回到了辦公室，剩下的學生嘰嘰喳喳地站在樹蔭下，等著攝影老師叫名字。

高一全拍完才輪到高二，按照班級順序，阮眠是第一個，她捧著證書站在樓前的臺階上，朝鏡頭笑得格外僵硬。

隔天中午，這張照片就被貼在了進入校園的第一個公布欄裡，孟星闌和梁熠然在校外吃完飯回學校路過公布欄的時候，拿手機拍下了阮眠的照片。

回到教室，她把手機拿給阮眠，整個人笑得不行，「妳當時怎麼笑得這麼呆啊。」

阮眠：「……」

孟星闌笑到肩膀直抖，阮眠實在羞赧，忍不住瞟了手機螢幕一眼。

那時候大家用的手機大多都是按鍵式手機，螢幕小，圖片畫質不高，但也不影響觀看。

阮眠看見那張照片靠左邊的邊緣處，拍到了幾行黑色的小字，她放大看了一下，是一個熟悉的名字——

『陳屹。』

『高一一班。』

『日看盡長安花。』

最後一句話沒拍完整，全句是「春風得意馬蹄疾，一日看盡長安花」，出自唐代詩人孟郊的《登科後》。

那是剛開學沒多久的時候，陳屹暑假參加的物理競賽公布的獲獎名單，他拿了一等獎，當時學校也幫他拍了一張照片放在公布欄裡，之後阮眠還去拍下了那張照片。

這中間差不多隔了有一個多月的時間，阮眠也沒想到自己有一天會以這樣的方式，和他出現在同一個地方。

想想，竟然比她拿了獎還要開心。

那天下午最後一節自習課，阮眠去了老周的辦公室一趟，在回教室的路上，她從三樓走廊看到遠處的學校大門，腳步逐漸慢了下來。

幾秒後，阮眠轉回頭，從教學大樓的另一側樓梯跑下樓，徑直往前跑，在靠近校門口的公布欄前停下腳步。

櫥窗裡陳屹的那張藍底照片邊緣已經有些泛黃，男生面龐英俊，眼眸漆黑，臉上沒什麼表情，和旁邊笑得傻裡傻氣的女生形成了鮮明對比。

周圍除了警衛室的警衛以外沒有其他人，阮眠拿出手機，小心翼翼地拍下了她和陳屹的第一張「合照」。

那模樣認真得像是在拍什麼價值珍貴的寶貝，警衛室的警衛在她走了之後，背著手溜達到這裡，視線從左至右看過來。

櫥窗裡全是優秀學生的照片，面無表情的男生和笑起來呆呆的女生夾在其中，只是別人無足輕重的一眼。

第四章　永遠的平行線

週末的時候，阮眠去了趟市區的新華書店，按照陳屹給的書單買了一堆書，另外還拿了兩本《如何閱讀一本書》和《一千篇心得》，以防這些書買回去後無從下手。

從書店出來，阮眠在附近找了家影印店，把之前拍的那張照片印了出來，後來拿回去找不到放的地方，她索性放在那本日記的封面夾層裡。

阮眠不擅長寫作，不是每天都會寫日記，偶爾想起來才寫，也只有寥寥幾句，但每一句都離不開他，也只有在那時候，她才能做到真正意義上的點題。

有了陳屹的幫忙，阮眠就沒有再去作文輔導班上課，之前和她加了好友的學妹，在通訊軟體上問她怎麼不來上課了。

阮眠只說是找了別間補習班，另外也把陳屹給的書單傳給她看，說是老師建議閱讀的書。

學妹對她表示感謝，之後在學校碰面，她塞了幾根棒棒糖給阮眠，阮眠還沒來得及拒絕，人就已經跑掉了。

她盯著跑遠的身影笑出了聲，隨手把糖果放進書包裡，回去之後在通訊軟體上說了謝謝。

十一月底的那個週五，八中照例沒有晚自習。傍晚最後一節自習課，阮眠在教室寫完這週要交的心得，準備在下課時間拿給陳屹，結果周海突然被叫去開會，班裡沒人管，陳屹就和幾個男生跑出去打球，一直到放學都沒回來。

她留在教室等孟星闌打掃完，一起去外面吃了晚餐才回去，路過李家超市，看見穿著黑色球衣的陳屹站在店門口。

那時已經是深冬，平城每日最高溫不過八九度，晚上更是低得嚇人，阮眠怕冷，早早就穿上了薄款的羽絨衣，男生卻好像不怕冷似的，手臂和小腿都露在外面。

蹲在臺階上的李執比背朝路口的陳屹更先看見阮眠，他人蹲在地上沒動，說話時唇邊有一團團白氣，「聽說妳生物競賽拿了一等獎，恭喜啊。」

這都是多久之前的事情了，難為他還記著，阮眠把藏在衣領裡的下巴露出來，說了聲「謝謝」。

李執笑了下，從地上站起來。

陳屹早在他開口說話的時候就轉過了身子，額前的頭髮沾了水，在大冷天裡結成一縷一縷。他抬手把頭髮揉開，手往下放的時候又順手撓了撓後脖頸，問：「妳寫完這週的讀書心得了嗎？」

「寫了。」阮眠捏著書包的背帶：「你現在就要嗎？」

陳屹點了下頭，「嗯，給我吧。」

李執轉身往裡面走，「進來說吧，外面這麼冷。」

三個人一前一後地走進店裡，李執去了後面的院子，陳屹撈起搭在椅子上的制服外套穿上。

阮眠這週帶了不少課本回來，書包有點重，搭在櫃檯邊上，她翻開生物課本，課本中間夾著一支筆和作文本，還有其他亂七八糟的東西。

拿出來的時候，夾在課本最底下的東西掉了下來，砸在玻璃檯面上發出「噹」一聲。

阮眠偏頭一看，是之前學妹給的棒棒糖，一直放在包包裡忘記吃了。

站在一旁低頭回訊息的陳屹聽見聲響，抬頭看過來，「怎麼了？」

「哦，沒事，東西掉了。」阮眠找到作文本遞過去，另一隻手下意識去拿那根掉在桌上的棒棒糖。

陳屹看了她的動作一眼，接過本子隨意看了兩頁，說：「週一去學校再拿給妳。」

「好。」交完作文也沒其他的事，阮眠不擅長和陳屹獨處，李執又久久不回，她猶豫著準備回去了。

陳屹看出她的不安和焦灼，將本子放在桌上，又是那句：「早點回去吧。」

阮眠對這幾個字有陰影，乍一聽到，整個人微微一僵，眼睛眨了兩下，把手裡的糖果遞過去，「我之前把你給我的書單傳給一起上作文課的學妹，這是她後來給我的糖果，給你一個。」

陳屹把糖果接過去，「謝謝。」

「沒事。那我先回去了。」

「嗯。」

阮眠走到門口，又想起什麼，轉回頭。

燈光明亮，男生的臉龐在光影格外清晰。

她抿了下唇角，緩聲說：「陳屹，謝謝你。」

男生愣了兩秒，才抬起頭說：「不客氣。」

阮眠露出一個格外淺的笑容，收回視線從店裡走了出去。夜色摻著昏黃的光影，女生的身影很快消失在人群之中。

陳屹盯著霧氣瀰漫的夜色看了片刻，淡淡收回了視線。

其實說起來，教阮眠寫作文的這件事，他只能算是中間的搭橋者，真正在教阮眠的是他的奶奶沈雲邈。

沈雲邈曾經就讀平江大學人文學院，畢業後一直留校任教，兩年前被平江大學返聘回校，現在在學校的中文系授課。她教書育人大半輩子，帶過的學生如今在業內也都大有所成，可謂是「桃李滿天下，春暉遍四方」的最好詮釋。

那天趙老師讓陳屹教阮眠，陳屹回來之後就把這件事託給沈雲邈，請她收個門外學生，也不用教得多厲害，只要作文不離題就好。

之後的書單和心得也都是沈雲邈替阮眠出的作業，陳屹怕阮眠心裡有負擔，就沒跟她說實情，每次的心得批改也都是沈雲邈先在別處寫好，他再謄到作文上。

阮眠跟著學了這麼長一段時間，雖然沒什麼太大的變化，但也算有進步，起碼在前陣子的期中考試中，她寫的作文沒有離題。

思及此，陳屹拆開手裡的棒棒糖，吃到嘴裡有一股甜得發膩的果香味，他微皺了皺眉頭，囫圇嚼碎地咽了下去。

二〇〇八年的最後一天是阮眠的生日，那天正好也是八中的元旦晚會，學校早在大半個月前就開始籌備晚會的節目。

全校一百多個班級，除了高三，剩下的每個班級都被要求交一個節目，之後再由學校長官審核，砍掉了近二分之一。剩下的都是要在晚會當天上臺表演的，高二兩個理組實驗班受學校扶持，兩個班級合作的節目一路過五關斬六將，最後成功站上了當天的舞臺。

那個時候的快樂和歡鬧只屬於高一和高二，大禮堂和高三教學大樓相距甚遠，他們看不見那個沒有硝煙的戰場，盡情享受這一刻的所有美好。

當晚，高二美術班的盛歡在表演完節目後，沒有按照原定流程從舞臺左側退場。她撿起臺下好友丟上來的大聲公，當著一眾師生的面，公開說要追求高二理組一班的陳屹同學。

八中建校百年，還是頭一次出現這樣的事情，臺下幾千師生在猝不及防的安靜中，突然爆發出一陣能把屋頂掀翻的尖叫聲。

場面幾乎失控，學生們尖叫著、吶喊著、起鬨著，而學校長官臉色各異，神情莫辨，教務主任吳嚴率先反應過來，三步併作兩步衝上臺，奪過女生手裡的大聲公，把人趕下了舞臺。

那是阮眠第一次見到盛歡，女生的妝容精緻，肆意灑脫，廉價劣質的表演服裝在她身上體現出了最好的樣子。

在觀眾席近乎失控的尖叫聲中，她扭頭看向坐在不遠處的陳屹，男生戴著棒球帽，低著頭在看手機，好像這一切的瘋狂都與他無關。

有那麼一瞬間，阮眠有些同情盛歡，可與此同時又很羨慕她。

因為在全校那麼多女生中，沒有人能像她那麼勇敢，那麼的不顧一切，毫無顧忌地說喜歡。

阮眠收回視線，耳邊是孟星闌的激動尖叫：「我的媽呀！盛歡也太酷了吧！我一個女生都要愛上她了！」

是啊，誰能不愛這麼漂亮又不拘一格的女生呢？

阮眠的腦海裡浮現出女生那張漂亮得過分的臉，她忍不住又扭頭往後看，陳屹的座位已經空了出來。

那時候晚會已經在吳嚴的鎮壓下勉強回到正軌，場面沒了之前的轟動，阮眠伸長脖子往四周看。

最後在禮堂出口處看到男生往外走的身影，在他身後，是剛才站在臺上跟他表白的盛歡。

兩人一前一後地走了出去。

阮眠盯著那扇開了又關的門，心神全亂，聽不見周圍的聲音，也不看到別的東西，腦海裡全是兩個人走出去時的背影。

直到晚會結束陳屹都沒再回來，散場後，阮眠和孟星闌隨著人流往外走，周圍的人全都在議論盛歡。

她揉了揉耳朵，整個人都有些心不在焉。

從大禮堂出來後，孟星闌拉著阮眠去校外吃消夜，冬夜的冷風凜冽刺骨，吹得阮眠的眼睛都紅了。

那晚回到家，阮眠在夜裡發起了高燒，隔天早上在家裡附近的診所吊點滴時，她從孟星闌那裡得知陳屹昨天拒絕了盛歡。

當時是方如清在診所陪著她，看見她面露喜色，方如清替她掖了掖被子問道：「遇到什麼好事了？」

「沒什麼。」阮眠收起手機：「就是之前以為丟掉的考卷，又在同學那裡找到了。」

「這麼不小心，下次可要收好啊。」

「知道了，以後會注意的。」

吊完一瓶點滴，方如清請護理師過來換藥瓶，在這個間隙，她問阮眠：「我昨天打電話給周老師，他說妳前段時間跟書棠在班上鬧了點矛盾，是嗎？」

自從那次月考換了座位後，除了每兩個星期的平移挪動，就沒有再動過了。阮眠和趙書棠也一直都是鄰座同學，平常幾乎不太會說話，也沒撕破臉鬧起來，頂多就是些小摩擦。

但上個星期，兩人因為打掃的事情才撕破臉吵了一架。

班裡的值日生是每天按小組輪替的，阮眠和趙書棠是鄰座同學，自然就被分在一起，另外一起的還有同組前兩排的劉婧宜和其他三個女生，以及坐在阮眠後面的兩個男生。

劉婧宜是小組組長，負責分配，每次分給阮眠的都是倒垃圾這種髒活重活，那天班裡正好換了一個新的垃圾桶，比之前大很多，垃圾也比平時堆得還要多，阮眠一個人根本拿不動，同組負責擦黑板和整理講桌的齊嘉就說要幫忙。

劉婧宜當時就不樂意了，說：「齊嘉，妳的黑板還沒擦呢，等一下要是檢查教室的人來了，我們班被扣分的話妳負責嗎？」

齊嘉：「衛生組的人六點才會來檢查，現在才五點半，我就算倒完垃圾也來得及。還有，妳難道看不出來這個垃圾桶比之前那個大很多嗎？就算是兩個女生也很吃力，妳讓阮眠一個人去倒是什麼意思啊？」

劉婧宜：「倒垃圾這個工作一直都是她負責的啊，我們都有自己的事要做。」

齊嘉還想說什麼，阮眠拉住她，自己往前一步，「好啊，妳來試試看，看妳能不能一個人拿起這個垃圾桶。」

這時候，站在一旁的趙書棠冷不丁插了一句，語氣嘲諷：「有的人啊，還以為自己是公主，不想做就直說吧？」

「妳有意思嗎？趙書棠。」阮眠笑了聲，也不想忍了，索性破罐破摔，「不就是我媽和妳爸再婚的事，妳有必要這麼針對我嗎？」

趙書棠當時臉色就變了，周圍站著的同學也驚呆了。在場的兩個男生不想把場面鬧得太僵，出來打圓場說：「這樣吧，阮眠和齊嘉去倒垃圾，我們來擦黑板，再怎麼說妳們也是一家人了，別吵了啊。」

趙書棠吼了句：「誰跟她是一家人！」說完人就跑了出去，劉婧宜瞪了阮眠一眼，也跟著跑了出去。

阮眠垂著眼說：「我沒想和她吵，是她一直這麼陰陽怪氣的，我沒忍住才說了幾句。」

方如清聽完沉默了好一會兒，這才握著她的手說：「我知道妳的性格，妳不是會先鬧事的人。我之前也不知道書棠是這個樣子，只是想著畢竟妳們現在是一家人，就跟周老師提議讓妳們坐在一起，如果早點知道的話——」

「媽。」阮眠打斷她的話：「這不怪妳，是我之前想太多，沒跟妳說清楚。」

「這樣吧，我之後再打電話給周老師，讓他把妳們兩個調開。」方如清嘆了口氣：「總不能讓妳跟著我嫁過來，一直這樣受委屈，不然我以後要怎麼和妳爸爸交代？」

阮眠抿了抿唇，沒說話。

那天吊完點滴回家，阮眠在樓上的房間休息，孟星闌還在通訊軟體上和她聊盛歡和陳屹的事情。

大多聊的都是盛歡。

後來孟星闌又問她下午要不要出去玩，阮眠回她自己生病了，沒辦法出去，對方直接打了通電話過來。

接通後，是孟星闌大呼小叫的聲音：『不是吧，妳怎麼又又又生病了？我記得妳上次國慶連假的時候也生病了，妳跟節日沖犯嗎？』

阮眠笑道：「我體質不好，冬天容易生病。」

『好吧，本來還想叫妳出來玩呢。』孟星闌有些失望：『每次和他們出去玩都只有我一個女生，我好孤單啊。』

「對不起啦，我是真的沒辦法出門，萬一把病毒傳染給你們就不好了。」

『哎呀，妳道什麼歉，我只是在跟妳抱怨，反正以後多的是機會，妳就待在家裡好好休息吧。』

阮眠說：「好，知道了。」

元旦只有三天的假期，短得還沒反應過來就已經結束了，阮眠的感冒沒好徹底，去學校那天穿得比平常還要厚實。

路上碰見班裡的同學，別人都沒認出她，只有齊嘉從後面跑過來拍了下她的肩膀，笑她怎麼穿得這麼多。

那天下午，她在班裡說出自己和趙書棠的關係後，周海很快就從其他同學那裡得知了這件事，還在班會課上特意強調不要議論別人家的私事，別人說是一回事，我們不能說。

之後班裡就少了很多議論，阮眠也因此和齊嘉走得更近，平常孟星闌和梁熠然去吃飯，她都是和齊嘉一起，偶爾也會三人行。

「我怕冷。」阮眠的聲音有些低沉，一說話嘴邊都是白氣。

「都還沒下雪呢。」齊嘉敞開羽絨衣，裡面就只有一件衛生衣，「等到下雪，妳豈不是要裹棉被來學校了？」

「……也沒那麼誇張吧。」

齊嘉張著嘴哈哈大笑，站在校門口的吳嚴冷不丁出聲：「笑笑笑就知道笑，都幾點了，還不走快點！」

兩人加快步伐走進校園，齊嘉轉身朝吳嚴的背影做了個鬼臉，抱怨道：「我好討厭看不見哦，又凶嗓門又大。」

吳嚴，諧音無眼，等於瞎了，等於看不見，八中學生自行研發的代號，安全又保險。

阮眠把手揣在外套口袋裡，低著頭說：「我以前在六中的教務主任，比吳嚴還要更凶、更可怕。」

「好慘，從一個苦海來到了另一個苦海。」

「……」

兩個人邊走邊聊，走到教學大樓底下的時候，一個女生突然從旁邊跑過來，勾著齊嘉的肩膀，語氣格外激動：「嘉嘉！陳屹今天早上通過我的好友申請了！」

「是嗎，恭喜啊，追人之路又近了一步。」齊嘉站直了身體，回頭笑著幫阮眠介紹：「阮眠，這是我朋友盛歡。」

冬日的早晨霧濛濛的，女生的臉龐張揚豔麗，細長微翹的眼裡全是笑意，阮眠忍著喉嚨的不適，和她點了點頭，「妳好。」

「妳好。」盛歡爽朗地應聲，旁邊有同學在催她快點走。她鬆開掛在齊嘉肩膀上的手臂，「那我先走了，之後再去妳家找妳。」

齊嘉語氣無奈，「還是我去妳家吧，省得妳媽又念叨妳。」

「好。」

女生跑遠了。

阮眠忍不住回頭看了一眼。大冬天的，女生穿得單薄，短裙下是兩條筆直修長的腿，身形曼妙多姿。

一旁的齊嘉沒在意，又重新聊起之前被打斷的話題。

阮眠心不在焉地聽著，腦海裡全是女生那句「陳屹在今天早上通過我的好友申請了」。

感情就是這麼蠻橫不講理的，有人想方設法地藏匿住自己的心思，就有人會奮不顧身地去追求。

她是沒勇氣邁出步伐的膽小鬼，但別人不是。

阮眠回到教室，覺得喉嚨的不適越發明顯，邊咳嗽邊起身，拿著杯子出去裝水。

茶水間和廁所僅有一牆之隔。

阮眠站在飲水機前咳得厲害，拿杯子的手也跟著顫抖，熱水猝不及防地抖落出一些。

她趕緊收回手，如注的熱水傾瀉而下，砸在水槽的鐵板上，水濺得亂飛，幸好這時候旁邊有人及時關上了水龍頭。

男生的身形因為這個動作擋在她面前，身上輕淡的味道清晰可聞。

阮眠忍不住偏頭咳了幾聲，臉頰迅速染上幾分紅意，不知是因為咳嗽還是因為難堪導致的。

陳屹拿過她手裡的水杯，裝了大概半杯後遞過去，「喝點水吧。」

「謝謝。」阮眠接過去，保溫杯的杯壁察覺不出溫度，她湊到唇邊喝了一小口，熱水滑過喉管，減輕了不少不適感。

旁邊的窗戶沒關上，呼嘯的冷風從窗縫擠進來，吹得人身體發寒。

「走吧，快上課了。」陳屹把手放回外套口袋裡，率先邁步往教室走，他走路不像別的男生大刺刺的，一步一邁都很筆挺。

阮眠落了兩步走在他後面。

那時候，冬日早晨的陽光薄薄一層，穿過還未散盡的霧氣後落到走廊裡，一前一後的兩人像是電影裡擦肩而過無數次，卻永遠都不會有交集的兩個陌生人。

隔天是週一，上午的升旗典禮照常進行，操場一汪藍白色，廣播裡吳嚴正在對上週違規的同學進行公開處分。

其中就有之前在元旦晚會上做出出格行為的盛歡。女生換上了制服，站在一群男生中格外顯眼。

念到她名字的時候，阮眠聽見四周發出唏嘘的起鬨聲，有人明目張膽地把目光轉到一班的隊伍後排。

江讓拍了下陳屹的肩膀，調笑道：「現在被盛歡這麼一弄，你在我們學校更出名了。」

男生輕描淡寫的目光從臺上一掠而過，語調漫不經心：「無聊。」

喇叭裡的聲音還在繼續，站在人群裡的阮眠悄無聲息地收回視線，看向遠方初升的朝陽。

那之後的很長一段時間，阮眠都能從不同人那裡聽見有關盛歡的事情，好的壞的，離經叛道又張揚灑脫。而盛歡也真的像她說的那樣，正式向陳屹展開了追求。

像她那種性格的人，追起人來也一板一眼，早上送早餐，下午送奶茶，晚上還有護「花」服務。

花不是別人，是陳屹。

她每天結束晚自習就會來一班報到，美術班的教室在教學大樓一樓的最西邊，盛歡每次都會提前十分鐘從教室溜出來，才能在下課之前抵達教室位於教學大樓三樓最東邊的理組一班。

她這樣明目張膽地追求，陳屹卻始終不為所動。

送來的早餐和奶茶不是丟了就是拿給了其他人，後來為了躲她，陳屹甚至開始不來上晚自習。

這樣的日子一直持續到這學期期末結束。

期末考前一週，學校開始對每班晚自習出席率進行審查，有缺席的會扣掉班上的分數，陳屹只好回來上晚自習。

不知道盛歡是從哪裡得知消息，第一節自習課一結束就堵在了一班的教室門口，「陳屹，你出來。」

當時負責看自習的化學老師還沒走，班上就已經有了起鬨聲，門外也有不少圍觀者。

方老師年輕，思想沒那麼古板，他丟掉手裡的粉筆，拍拍手笑著說：「陳屹，人家女生都找上門了，你一個男生別這麼不給面子啊，有什麼事情就出去說，好好解決。」

阮眠看著男生站起來走了出去，走廊外熱鬧的討論聲在很長一段時間內都沒能消停下來。

她低頭看著試卷，再也聽不進任何一道題目。

換了有一個月的新鄰座傅廣思戳了戳她的手臂，「周老師讓妳去一趟他辦公室。」

「好。」阮眠回過神，「謝謝啊。」

「不客氣，快去吧。」

阮眠走出教室，走廊外已經看不到陳屹和盛歡的身影，只剩下八卦在各班之間迅速傳播。

最後一節自習通常都由班導負責看管，周海拿了一疊試卷給阮眠：「隔壁班王老師出的試卷，妳把我們班的那份拿回去發了，最後一節自習課我們要做這份試卷。」

「好的。」阮眠接過來放到旁邊的空位。

周海站起來裝水，問了句：「這段時間和陳屹學的怎麼樣啊？」

她當初聽了陳屹的話，和周海提出不去作文班的事情，周海當時也從趙老師那裡得知了這件事，就沒怎麼過問了。

阮眠動作沒停，低著頭說：「還可以。」

「馬上就要期末考了，這次好好考，看能不能擠進年級前五十。」周海回到座位上坐下，「下學期學校要開設一個數理競賽班，負責數學組的嚴老師讓我問問妳有沒有興趣，如果要去的話，以後就是走競賽保送這條路了，妳看看有沒有什麼想法？」

阮眠一時也拿不定主意，「我想先回去考慮一下。」

「好，反正也不急於一時。」周海笑道：「妳也回去和妳媽媽商量一下。」

「好，我知道了。」阮眠猶豫了幾秒，問：「周老師，我們班現在有其他同學想報名嗎？」

「暫時還不清楚，這件事我還沒通知其他同學，畢竟競賽也不是說拿獎就能拿獎的，學校對學生的成績這塊還要再綜合考察一下。」

阮眠點點頭，沒再多問，拿完試卷就回了教室。

陳屹已經回到教室了，江讓和隔壁班的沈渝圍在他桌旁，阮眠發試卷從旁邊路過，聽見他們在討論今年寒假要去哪裡。

她放了兩張試卷在陳屹隔壁的座位上，江讓突然回過頭，看她捧著一疊試卷，從座位上站了起來，「我來幫妳吧。」

阮眠不好拒絕，分了他一半，「謝謝。」

兩人順著同一條走道往後走。

江讓問：「周老師找妳幹嘛？」

阮眠：「拿試卷，說了些考試的事情，讓我這次期末考試好好考。」

江讓：「他是在擔心妳的國文和英文吧。」

「大概是吧。」

「我聽說妳在和陳屹學作文，那妳要不要讓我幫妳補英文？」江讓看著她，像是怕被拒絕，又補了一句，「作為交換，寒假妳幫我補數學怎麼樣？」

阮眠覺得他的提議有些突然，沒答應也沒拒絕，只說：「我還不確定我今年寒假會不會待在平城。」

「妳不在平城？那妳要去哪裡？」

「可能去我奶奶家，她住在鄉下，我要是回去的話，大概要到開學之前才會回來。」

提到家人，江讓不免想起之前在班級裡傳過、關於她和趙書棠之間的八卦，怕提及她的傷心事，沒再問下去，只說：「那到時候再說，如果妳不回去的話，我們再聯絡？」

阮眠點點頭，「好。」

發完試卷，第二節自習課也開始了。

方老師這節課不講試卷，讓大家自己寫作業，他在教室裡坐了一會兒又起來轉了兩圈，然後就讓阮眠的鄰座、也就是班長的傅廣思來講臺上管理秩序，自己則回到辦公室改考卷。

孟星闌和傅廣思打了聲招呼後坐到她的位置，和阮眠低語：「妳把今天上午的物理考卷借我看一下，我有幾題沒記下來。」

阮眠從物理課本裡翻出試卷拿給她，「我沒記下整個解題過程，只記了解題方法。」

「可以，沒事，我先看看。」孟星闌接過去看了幾眼，然後趴在桌上，拿筆戳了戳坐在前面的齊嘉，「哎！」

齊嘉轉過來，面上一驚，「妳什麼時候換過來的？」

「這不重要。」孟星闌讓她靠近一點，「妳那個朋友，盛歡，還打算繼續追陳屹嗎？這都被拒絕幾次了啊。」

齊嘉往後靠著桌子，朝阮眠這邊側著頭，拿書擋著臉，「肯定會繼續追啊，她這個人不到黃河心不死，勢必要把人追到手才肯善罷甘休。」

說話間，阮眠筆下一劃拉，筆尖在試卷上拉出一道黑線。

「我覺得陳屹不是那麼好追的人。」孟星闌又看向阮眠：「眠眠，妳覺得盛歡能追到陳屹嗎？」

阮眠不動聲色地拿手蓋住剛才的印子，唇瓣動了動，卻沒開口。

能嗎？

她也不知道，但她希望不能。

人都有自私的一面，阮眠也不能倖免。

她抿了抿唇，「我……不知道。」

孟星闌搖頭嘆氣，感慨了句：「不過我還挺佩服盛歡的，她做了我們都不敢做的事情。」

齊嘉脫口而出：「妳也喜歡陳屹啊？」

「妳胡說什麼呢！」孟星闌沒控制好聲音，一驚一乍的動靜在安靜的教室內格外響亮。

傅廣思朝她丟了個眼神，她在嘴邊做了個拉上拉鍊的動作，壓著聲說：「我說的是當眾表白這種事，和人沒關係，主要是這件事。」

齊嘉笑道：「懂了懂了。」

又聊了幾句，門外有巡查老師走過來，兩個人各自坐正，開始忙正事。

等巡查的老師離開後，孟星闌碰了碰阮眠的手臂，歪著頭說：「我聽江讓說，陳屹為了不讓盛歡再來我們班找他，答應這週末和她去市區新開的鬼屋玩。」

阮眠眼皮一跳，聲音有幾分發澀，「是嗎？」

「是啊，陳屹已經答應了，不過那天江讓、沈渝還有梁熠然他們都會去，江讓剛才問我要不要去。」孟星闌嘖了聲，語氣有些苦惱，「我是想去，但就我一個女生，盛歡到時候肯定會帶朋友去，我又和她不熟。」她念叨著，像是突然想起什麼，湊到阮眠面前，「不如……眠眠，妳陪我一起去吧？」

阮眠太陽穴直跳，心裡猶如亂鼓，好半天才應了句，「好。」

第五章　傷心化為烏有

到了週六，平城初雪來襲，阮眠早上起床時，外面已經一片白茫茫的，巷子裡溝沿角落隨處可見被鏟起來的小雪堆，遠處交織的天線也裹了一層白，鳥雀在上面停留，不堪重負的天線搖搖晃晃地墜下雪花。

屋裡沒開窗還好，一開窗凜冽的寒風刺骨扎人，阮眠將窗戶闔上，穿上外套下樓。

方如清和趙應偉難得週末可以休息，兩人一大早就在廚房忙活，見阮眠起床，方如清抬頭往外看了一眼，「今天週末，怎麼不多睡一會兒？」

「睡不著了。」阮眠被吹得人發冷，低頭輕咳了聲，「我先去刷牙洗臉。」

「去吧，多穿一點衣服。」

「知道了。」阮眠穿著拖鞋往廁所走，在門口碰到剛上完廁所出來的趙書陽。

小男生除了第一次見面叫了阮眠一聲姐姐之後，就再也沒叫過第二次，但他平時又特別喜歡黏著阮眠。這會兒，他拽著阮眠的羽絨衣下襬，大眼眨了兩下，「妳想打雪仗嗎？」

哪是問她想不想，分明是自己想玩，又不敢一個人出去玩。

阮眠喉嚨發癢，又怕傳染給他，握拳抵在唇邊，偏頭咳了兩聲才笑著說：「等等就要吃早餐了，吃完之後再去玩，好不好？」

「好。」他鬆開手，「打勾勾。」

阮眠啞然失笑，伸出小拇指和他的小拇指勾在一起蓋了個章。

吃完早餐，阮眠回房間換了身衣服，拿了帽子和圍巾，帶著趙書陽去外面玩雪。

家門口附近的雪還沒被鏟光，阮眠陪趙書陽玩了一會兒，十根手指凍得通紅，最後受不了地站在旁邊看他自己推雪球。

趙書陽人小力氣大，三兩下就推了兩個圓滾滾的雪球出來，阮眠搓了搓手，走過去幫他把兩個雪球疊在一起。

玩得正起勁，旁邊有人喊了聲，「阮眠。」

阮眠聞聲回頭，看到正朝著這裡走過來的李執，她拍拍手站起來，「你們學校高三的學生，週末都不用上輔導課嗎？」

「天氣太冷了。」話是這麼說，他卻跟不怕冷一樣，敞開的羽絨衣裡只有一件單薄的T恤，「妳在幹嘛呢？」

「堆雪人。」

李執挑眉笑了笑，偏頭朝後看了一眼，「那是妳弟弟？」

「嗯。」阮眠把凍得快沒知覺的手塞進口袋裡，和他並肩站在路邊，「你怎麼會從這邊過來？」

李執也把雙手插在口袋，「網咖那邊有個圍牆被雪壓垮，把路堵住了，妳沒發現今早路過這邊的人變多了嗎？」

阮眠笑了下，「我才剛起床，沒注意。」

兩人就這樣有一搭沒一搭地站在路邊聊了起來，趙書陽回頭看到阮眠不搭理自己，搓了個小雪球丟過去，沒想到卻砸到了正在說話的李執。

「那——」

李執的話音戛然而止。他抬手拍掉衣服上的雪，瞄了站在原地的趙書陽一眼，有些好笑，「這個小孩是不是欠打啊？」

阮眠不好意思地摸了摸鼻尖，「趙書陽，過來跟哥哥道歉。」

「算了，我開玩笑的。」說完，他從旁邊的瓦礫上抓起一團雪，朝阮眠砸了過來，砸完還笑著往後退了兩步，「弟債姐償。」

阮眠抿了抿唇，欲言又止：「……」

李執退到趙書陽身邊，手臂搭在他肩上，半蹲下來和他說話：「我們來打雪仗，一起砸姐姐好不好？」

小屁孩重重地點了下頭：「好！」

阮眠：「？」

莫名其妙。

三個人就這樣打了起來，半空中全是亂飛的雪團，阮眠招架不住兩個人的火力，主動投降。玩了大半個小時，李執帶著趙書陽在平地上堆了個大雪人，阮眠把自己的紅帽子貢獻出去。見狀，趙書陽也堅持要把自己的圍巾繫在雪人的脖子上。

拾掇好，李執從外套口袋裡拿出手機，對阮眠說：「站過去，我幫你們兩個拍張照片。」

「啊？」

「留個紀念。」

阮眠無奈地笑了下，「好吧。」

她和趙書陽一左一右地站在雪人旁邊，天空偶爾有雪飄下來，李執舉起手機，看了螢幕一眼，偏頭說：「妳這個表情，好像我拿了把刀架在妳脖子上逼妳拍照一樣。」

阮眠天生就對鏡頭感到恐懼，聽他這麼一說，倒是沒忍住地笑了出來，李執眼疾手快，按下了快門。

舊式手機在拍照的時候，還會發出很響的「喀擦」聲，雪人、小孩和笑得燦爛的女生隨著聲音，一同被定格在畫面裡。

李執把照片遞給她看。

阮眠看了一眼，誇道：「拍得挺好的。」

「回去傳給妳。」李執收起手機，抬頭看向遠方的天空。彼此沉默了一會兒，他開口喊了聲：「阮眠。」

「嗯？」阮眠抬頭看著他。

他扭頭看過來，語氣難得正經，「以後像這樣多笑一點吧。」

阮眠愣了下，目光和他對視了一會兒，低頭錯開了視線，沒接話。

李執垂眸，用腳底碾開旁邊的雪團，「人這一生，活著就已經夠受罪了，有些不重要的事情就別放在心上，不要讓自己這麼累，開心一點。」

阮眠盯著被他踩開的那一塊，過了很久才點了下頭。

李執沒再說什麼，後來他接了通電話就離開了。

他才剛離開沒多久，阮眠就帶著趙書陽回家了。晚一點的時候，李執在通訊軟體上說已經把照片傳過來了。

舊式手機的通訊軟體不能接收圖片，阮眠去了二樓書房，用了下家裡的電腦，在接收照片的過程，李執傳來了一則訊息。

李執：『我能把照片上傳到社群嗎？』

李執喜歡攝影，他的社群帳號裡有很多他拍的照片，阮眠沒拒絕，之後他又傳來一則訊息。

李執：『之後再給妳模特兒費用，我還有事，先下線了。』

阮眠：『不用麻煩，你先忙吧。』

李執：『嗯。』

阮眠移動滑鼠關掉了頁面。

晚上吃過飯，阮眠去書房查資料，順便把通訊軟體掛機。她查完資料看了一下動態，發現李執在一個小時前有上傳一組圖片。

九張圖全是人像。

男女老少，人間百態。

她順著往下看，在底下的點讚區看到一個熟悉的頭貼。阮眠瞬間覺得自己心跳抖了一下，她握著滑鼠點了下頭貼，進入了陳屹的個人檔案。

陳屹不常發文，最近一則還是三個月前發的，他分享了一張照片，是一隻橘貓。一起入鏡的還有右上角的一隻手，手指紋理清晰，骨節分明，食指靠近虎口處那一側有一顆小痣。

阮眠認出那是陳屹的手，當時就把那張照片保存了下來。這會兒她像往常一樣，從頭到尾瀏覽了一遍，離開的時候還習慣性地刪掉了拜訪紀錄。

做完這一切，正當阮眠準備關上手機，孟星闌卻傳了一則訊息給她，問她明天幾點從家裡出發。

阮眠突然有點說不出這種感受，之前答應下來，不過是因為當時被各種情緒困擾，沒辦法做出正確的決定。

她想了一會兒才回覆孟星闌，說自己臨時有事不去了。

她不能這麼卑鄙，在所有人什麼都不知道的情況下，以這種不磊落的方式去見那個女生。

後來阮眠從孟星闌那裡得知，那天的約會最終因為突如其來的大雪被迫取消了。

而陳屹不知道又和盛歡達成了什麼條件，她沒有再來過一班，也沒有再送早餐和奶茶過來。

一切好像又回到了原來的狀態。

這樣平靜的日子過了沒多久，期末考如期而至，阮眠上次月考進步了很多，這次在第三考場，而陳屹依舊是雷打不動的第一考場。

考試那天，平城依舊下著大雪，路上全是五顏六色的傘，為這白茫茫的雪天平添幾抹豔色。

最後一場英文考試結束，一班的學生要回教室開班會和拿寒假作業，阮眠和班上同個考場的同學一起回到教室。

班裡，周海正在指揮幾個男生去搬作業和試卷，因為才剛考完試，教室裡的桌椅亂成一團。

阮眠被孟星闌拉著坐到她那裡，陳屹和江讓當時就站在旁邊，周圍都是人，她卻只聽得見他的聲音。

「今年不在平城。」陳屹說。

江讓靠著桌子，「去你外公那裡？」

陳屹「嗯」了聲，往旁邊挪了一步讓別的同學過來，淡聲說：「大概過完年才會回來。」

「好吧，我本來還想去找你玩呢。」

陳屹覷他一眼，「你爸今年過年該回來了吧？」

「是啊——」江讓「靠」了聲，「那還玩個屁，他如果回來，我能出門都算走運了。」

陳屹嗤笑一聲，彎下腰勾起要掉下來的書包放到桌上，羽絨衣的帽簷從女生腦袋上輕輕擦了過去。

他沒注意到，她整個人卻在那一瞬間繃緊了。

周海發完作業和試卷，又老生常談地交代了幾句假期安全問題，最後笑著道：「祝大家新年快樂。」

底下亂哄哄地應聲：「恭喜發財，紅包拿來！」

老周笑呵呵的：「好，等你們回來拿成績單的那天，我幫你們一人準備一個紅包。」

有男生接了句：「老周，我們拿了成績單的話，根本沒心情要紅包了，能回去過個安穩的年就不錯了。」

或許是假期將至，又臨近新年，直到班會結束，班裡的氣氛始終鬧哄哄的。臨走前，孟星闌和阮眠約好過兩天出來逛街，「這次妳可不許再放我鴿子了。」

阮眠笑了下，「好，不會的。」

孟星闌朝她眨了下眼睛，「那我先去找梁熠然了，之後再聯絡。」

「好。」

班裡的人陸陸續續離開，阮眠收拾好自己的東西，從教室後面走了出去，一路上全是熱鬧聲。

走到一樓大廳，她旁邊冷不丁竄出一道聲音：「之前給妳的書單，還有多少沒看完？」

阮眠被嚇了一跳，抱在懷裡的書全掉在了地上，好在當時沒走出去，大廳全是大理石地磚，書頁只沾上了少許汙漬。

陳屹把書包背到肩上，彎腰幫她撿了一半，「抱歉。」

「沒關係。」阮眠擦掉封面的汙漬，重新攏到一起，「是我走路沒注意。」

他從口袋裡翻出紙巾遞過去，又問了一句，「我之前給妳的書單，妳看了多少了？」

「看了——」

「陳屹！」

阮眠才剛開口，旁邊同時傳來一道更響亮的聲音，直接蓋過了她的聲音。她偏頭往後看。是盛歡。

女生穿著牛仔外套和短裙，化著漂亮的妝，站在那裡笑得瀲灩動人。

陳屹也看見她了，眉宇間的煩躁一閃而過，但他還是和阮眠說：「妳先回去吧，我晚點再傳訊息給妳。」

阮眠呼吸一窒，忍著瞬間湧上的鼻酸說：「好。」

陳屹點點頭，轉身往那邊走。

阮眠看著他的背影，眨了眨眼睛，忍不住叫了聲：「陳屹。」

男生停下腳步，回過頭看著她，「怎麼了？」

阮眠朝他笑了下，幾乎要哭出來，「新年快樂。」

阮眠恍惚著回到家中，段英帶著趙書陽坐在客廳看電視。

趙書陽看見她回來，從沙發上爬起來，小跑到她面前，奶聲奶氣地說：「妳放假了嗎？」

「嗯，放假了。」阮眠從口袋裡翻出幾顆牛奶糖遞過去，「吃嗎？」

趙書陽拿了兩顆，阮眠彎腰把剩下的全放到了他的口袋裡，又直起身摸了摸他的腦袋，「去看電視吧。」

他抓著阮眠的書包背帶不鬆手，嘴裡吃著糖果，臉頰鼓鼓的。

段英回頭看過來，神情是說不出的漠然，「陽陽，過來。」

「不要。」他一說話，嘴裡的糖果包不住，口水順著嘴角流了下來，阮眠拿紙巾幫他擦了下，抬頭朝著沙發那邊說：「奶奶，我帶書陽上去玩一會兒。」

段英看她一眼，點點頭，「去吧。」

趙書陽這才鬆開抓著她書包背帶的手，轉身去扶旁邊的樓梯欄杆，一階一階地爬上去，阮眠輕吐了口氣，小步跟在後面。

阮眠的房間裡堆了五六個樂高玩具，有幾個是剛搬過來的時候趙應偉買給她的，剩下的一部分是從南湖家園那邊帶過來的，都是阮明科之前買的。

趙書陽跳著進到房間，阮眠拆了新的樂高放在地毯上，蹲下來說：「玩這個可以嗎？」

他點點頭，脫了鞋直接坐到地毯上。

阮眠把零件倒在毯子上，從旁邊拖了個地墊坐下，心不在焉地陪趙書陽玩了一會兒。

她扭頭看了窗外的大雪一眼，總忍不住去想陳屹現在在哪裡，在做什麼，是不是還和盛歡在一起。

這麼大的雪，他會不會送她回家？

答案不得而知。

她想得難受，長長地嘆了口氣，拿起旁邊的手機，在通訊軟體上找到陳屹的名字，點進去又不知道傳些什麼，就順手往上翻了翻兩人的聊天記錄。

加到陳屹的聯絡方式是一個多月前的事情，在那不久前，陳屹說要教她寫作，給了她一份書單。

阮眠在那個週末去買了書，回來後就看到通訊軟體上有一個新的好友申請，她點進去，看到申請人是陳屹。

她當時還愣了下，退出去又點進來，發現自己沒看錯後，立刻點了接受。

陳屹的頭貼是他社群上的那張橘貓照，暱稱也很簡單，只有一個「陳」字。

開學這麼久，阮眠和陳屹哪怕是當鄰座同學的時候，也沒想過要和他交換聯絡方式。其實也不是不想，更多的還是不敢。

平常坐在一起都沒話聊了，難道加了好友，就能多說幾句話嗎？

結果當然是不能。

阮眠和陳屹成為好友這麼久，兩人的聊天記錄也只有寥寥幾句，大多都是關於「心得寫了沒」和「什麼時候交」的話題。除此之外，內容實在是匱乏得可憐。

這會兒，阮眠只花了不到兩分鐘的時間，就看完了她和陳屹的聊天記錄，退回來在輸入框打完一句話，手指停留在傳送鍵上，久久都沒能按下去。

冬天的夜晚總是來得比其他季節還要早，阮眠坐在昏暗的房間裡，看著遠處平江公館的路燈一盞一盞地亮了起來。

全部亮起的路燈，有一星微弱的光照拂到這遠處的角落裡，她沒再猶豫，抬手按下，將訊息傳送出去。

阮眠將手機放在桌上，走到門旁開了屋裡的燈。

手機在燈亮的瞬間「嗡嗡」震動了兩聲，機身貼著木質桌面，隨著震動的頻率晃了晃。

她走過去拿起來，是陳屹回覆了訊息。

半分鐘前。

阮眠：『你給的書單，我已經看了一半了。』

半分鐘後。

陳屹：『嗯，剩下的寒假看完吧。』

陳屹：『心得開學一起交給我。』

阮眠回了個「好的」。

陳屹：『嗯。』

阮眠盯著螢幕看了一會兒，沒有再回訊息。

之後的幾天，阮眠的生活過得乏善可陳。除了和孟星闌出去逛街，沒什麼事情的時候，就帶著趙書陽走街串巷，或者在某個下午去李執的店裡待上半天。

李執也真像他之前說的那樣，給了阮眠上次的模特兒費用，和兩根柳丁口味的棒棒糖。

回學校拿成績單是小年夜的前一天，平城接連下了幾日的大雪突停，久違的太陽升起。

到學校，年級榜單已經貼在教學大樓底下的公布欄上。

阮眠到得早，周圍沒什麼人，她喝著豆漿站在那裡一行行掃下來，在第一頁第四十九行看到自己的名字和成績。

國文一百一十二分、數學一百四十九分、英文一百〇九分、理科兩百八十九分，總分六百五十六分，班級排名第二十五名，年級排名第四十九名。

陳屹依舊霸榜年級和班級的第一名。

阮眠喝完最後一口豆漿，正準備離開，卻發現旁邊有個人朝她走來。

「妳怎麼來得這麼早？」是江讓。

阮眠關上豆漿的蓋子，溫聲說：「我家就在這附近，早上起得早，沒什麼事就先過來了。」

江讓「哦」了聲，抬頭看了牆上的排名一眼，笑了下，「妳這次考得不錯啊，國文沒扯後腿了。」

阮眠謙虛了下，「還可以，大概是作文沒再離題了。」

江讓笑了笑，「不過妳這個英文還是不行啊。」

「……」還真是哪壺不開提哪壺。

江讓扭頭看過來，唇紅齒白的模樣俊俏，「我之前和妳說寒假補習的事情，妳考慮的怎麼樣了？」

「大概不行，我已經和我奶奶說好了，明天會回去。」剛放寒假的第二天，阮眠就和方如清提了今年過年不留在平城的決定，方如清雖然不太樂意，但最後還是同意了。

「這樣啊，那就等開學之後再說吧。」江讓有些失望地笑了聲，「本來還想著要好好請教妳，把數學分數往上提一下呢。」

他語氣聽起來可憐，阮眠猶豫了下說：「那我們到時候用通訊軟體聯絡吧。」

她記得奶奶家裝了臺阮明科之前淘汰不用的舊電腦，雖然打不了遊戲，但正常使用還是沒問題的。

江讓笑得眼睛彎了彎，「好啊。」

阮眠盯著那笑容看了幾秒，偏頭錯開了視線。

教室的門還沒開，班上來的同學一部分站在走廊，一部分去了周海的辦公室，阮眠則去了趙老師的辦公室。

趙祺不僅是理組一班的國文老師，同時也是文組二班的導師，學校發成績單，他肯定要來的。

阮眠過去的時候，他剛把幾個班的國文考卷分出來，見她敲門，難得露出笑容，「這次考得不錯啊。」

阮眠從他的笑容裡看出自己這次作文應該沒有離題，一路提著的心終於放下，「謝謝趙老師。」

趙祺把她的考卷翻出來，作文四十一分，雖然不高，但比之前要進步很多了。

他笑著說了句：「看來妳跟著陳屹學習的這段時間，還是很有用處的，回去多謝謝人家。」

阮眠點點頭，「趙老師，我能把考卷拿回去嗎？」

「妳拿回去吧，不要弄丟了，開學還要講解。」趙祺把剩下的考卷收起來放進抽屜裡。

「好的，謝謝趙老師，那我先回教室了。」

他揮揮手，「去吧。」

阮眠回了三樓，教室的門已經開了，班裡座位還是之前考試時的排法，大家就隨便搬了張椅子坐了下來。

孟星闌把阮眠拉到她那裡，一臉的笑意，「妳今天拿完成績單之後還有其他事情嗎？」

「應該沒有。」阮眠折著手裡的考卷，「怎麼了？」

「江讓說下午要去市區的鬼屋玩，讓我問問妳要不要去。」孟星闌撞了撞她的肩膀，神情曖昧、語氣八卦，「他是不是對妳有意思啊？」

阮眠臉一熱，「怎麼可能。」

「怎麼不可能？」孟星闌越想越覺得有這個可能，「我認識江讓這麼久，除了我還沒見他主動邀請過哪個女生，跟我們一起出去玩。」

阮眠無奈，「妳再這麼說，我下午就不和你們出去了。」

「好好好，我不說了。」孟星闌撒起嬌手到擒來，抓著她的手臂說：「眠眠，妳就當我剛才放了屁，好不好？跟我們一起去玩嘛，不然到時候就只有我一個女生了。」

「那也沒關係吧？」阮眠看著她，「反正到時候梁熠然會保護妳。」

孟星闌羞得臉一紅，撒手叫嚷道：「阮眠！」

說話間，班裡的人已經來得差不多了，陳屹也在老周拿著成績單進教室的前幾分鐘，慢悠悠地進了教室。

這個年紀的男生好像都不怕冷，他今天穿了件黑色長款的羽絨衣，內裡搭著白色圓口T恤，底下穿著一條淺灰色牛仔褲，包裹著兩條修長筆直的腿，腳上踩著雙黑白條紋的淺口帆布鞋。

走動時，褲腳底下露出一小截腳踝，跟腱深陷，尤為性感。人像是還沒睡醒，眼皮垂著，一張臉寫滿了倦意。

他跟著江讓坐到孟星闌這邊，背靠著牆，手臂搭在兩側的桌子上，姿態懶散恣意。

孟星闌和江讓聊起下午的行程安排，阮眠坐在陳屹後面，原先放在桌上的手因為男生突然搭過來的手臂，挪到了桌下。

幾天不見，班裡依舊鬧哄哄的，陳屹抓了兩下額前蓬鬆的碎髮，放下手臂，偏頭往右邊看了過來，「妳把國文考卷拿回來了？」

阮眠神情微愣，像是在疑惑他怎麼知道自己把考卷拿回來了。

陳屹搭著桌子的那隻手輕敲了桌面兩下，猜出她在想什麼，「我剛才在樓梯口碰見趙老師了，他說的。」

這樣啊。

阮眠點頭「哦」了聲，便沒了下文。

他驀地笑了下，「妳哦什麼呀，把考卷給我看看。」

阮眠又下意識「哦」了聲。

她微紅著臉把折成方塊的考卷拿出來，陳屹伸手接過去，翻開後從頭到尾看了一遍。

不過兩分鐘的時間，阮眠卻覺得分外煎熬，一方面是因為剛才的出糗，另一方面則是緊張他對於自己這次成績的評判是好是壞。

期間陳屹皺了三次眉頭，她的心跳也跟著抖了三次，生怕這人下一秒就會把考卷丟到她臉上，再冷淡地說一句「妳這寫的是什麼」。

但陳屹看完阮眠的考卷後，按照原來的折痕重新折成方塊遞回去，「作文還可以，閱讀測驗差了點，寒假多花點功夫吧。」

阮眠在心裡鬆了口氣，「我知道了。」

他「嗯」了聲，轉過頭加入旁邊男生的話題中。

領成績單的時候，周海還真的兌現了諾言，幫班上每個學生都準備了紅包，金額不高，只有幾十塊錢。

後來有人發現每個人的紅包數字，都對應著自己這次的考試成績。假如考試成績是六百分，換成紅包就是六塊錢。

男生拍著桌子起鬨，「老周，你夠浪漫的啊！」

周海笑了笑，和大家約定等他們考上了大學，考多少分就給他們多少紅包，絕不虛言。

班裡響起一陣掌聲。

拿完成績單也沒有其他要交代的事情，周海就沒在教室久留。

阮眠答應孟星闌下午要和他們出去玩，在去坐車之前先回家一趟。

她回家拿了手機和錢包，跟段英說了聲今天晚點回來，又打電話跟方如清報備了一聲。

公車站就在巷子口，阮眠拿完東西回來的時候，一大群人正在排隊上車，她接著隊伍後面排隊。

車上孟星闌幫她留了空位，阮眠上車後從人群裡擠過去，坐下來的時候感覺都熱出汗了。

她把窗戶開了條細縫，冷風直鑽，「怎麼這麼多人？」

「啊，妳走了之後，班裡其他同學聽到我和江讓在說下午去鬼屋玩的事情，就說要一起去，然後沈渝帶了二班的幾個同學，梁熠然又帶了他們班的同學。」孟星闌攤手：「結果就變成現在這樣了。」

他們鬼屋一日遊的隊伍龐大到一輛公車都快坐不下了，已經在車上的其他乘客不了解情況，還以為他們出去冬遊，笑著感慨年輕真好。

阮眠在擁擠的人群裡看了一圈，竟然還看到了趙書棠。

她拽了下孟星闌的手臂，「趙書棠也和我們一起去嗎？」

「對啊。」孟星闌的神情有些說不出來的尷尬，「其實趙書棠高一的時候在他們班挺受歡迎的，如果妳和她不是那種關係，她不會這麼針對妳，所以就，嗯……」

阮眠笑了笑，「我知道妳的意思，我不介意，只是有點驚訝。」平常趙書棠給她的感覺就是冷冰冰的，一點都不像是會和大家一起出來玩的樣子。

孟星闌抱著她的手臂，「哎呀，這不重要，反正人這麼多，妳們兩個大概也不會碰上。」

「嗯。」

車子很快啟動。

車裡，阮眠和孟星闌坐在最後一排，前面是陳屹和梁熠然。

中途公車進入一小段隧道，車廂猛然陷入昏暗之中，周圍傳出無數驚呼聲，阮眠藉著車外微弱的光，從窗戶的玻璃上看見陳屹影影綽綽的側影。

男生仰靠著椅背，寬大的帽簷扣下來遮住了整張臉。

車廂內歡鬧嘈雜，阮眠歪頭靠著窗戶，手指搭在玻璃上輕輕敲了幾下，目光所及全是他。

而那些曾經因他泛起的心酸和難過，都隨著車子開出隧道的那一刻，全部化為烏有。

市區這家鬼屋才開了半年，一群人浩浩蕩蕩地下了車，在附近一家肯德基解決了午餐。

期間，江讓和沈渝統計了下總人數，三十九個人，正好符合團體票的要求，索性就買了張團體票。

鬼屋占地面積極大，帶有密室逃脫性質，一個大門有四條入口，一次可以開放四十個人進入，一條通道最多十個人。

阮眠他們那一組以孟星闌為紐帶，男生有陳屹、江讓、沈渝、梁熠然、林川，還有兩個是沈渝的同班同學，剩下一個女生是阮眠的鄰座傅廣思。

他們這十個人是最先組好的，挑了條難度和恐怖指數最高的通道後，就開始排隊進場了。

這是阮眠第一次來鬼屋，但她是理科腦，對這些牛鬼蛇神之類的始終無感。

反倒是孟星闌，還沒進去就開始打退堂鼓，和傅廣思一左一右地抱著阮眠的手臂顫抖。

跟在後面的江讓笑著說，「妳們兩個都這樣，是要阮眠怎麼走路啊？」

走在前面的梁熠然回頭看了一眼，默不作聲地把孟星闌拉到自己身邊。

沈渝帶頭起鬨。

孟星闌極度害羞，本想說些什麼，梁熠然搭在她肩膀上的手突然往上一抬，捂住了她的嘴巴，「走了。」

等完全進入通道，大家散成一團各自找線索，有一搭沒一搭地聊著天。

沈渝手裡拼著道具魔術方塊，低聲問陳屹，「你跟盛歡是什麼情況啊？她找你的消息都傳到我這裡了。」

「沒情況。」陳屹在桌角摸到一串數字，試了下保險箱上的密碼。

沈渝笑道：「你真的不喜歡她？」

「嗯。」

「但我聽江讓說，你前段時間還陪她去看了電影。」

話音剛落，旁邊的阮眠不知道踩到了什麼，狹小的房間裡乍然作響，三個女生都被嚇了一跳。

是牆上的電話。

離得近的江讓接起電話，裡面先是一段詭異的音訊，之後是一個女人在唱戲，唱的是霸王別姬，聽起來像是沒什麼用的線索。

沈渝和陳屹繼續之前的話題。

「我陪她看電影，作為交換，她以後不來一班找我。」陳屹說起這個還有些煩躁。

沈渝：「我覺得盛歡挺好的啊，長得漂亮又大方。對你來說，有這樣的女朋友不是很有面子嗎？」

陳屹覷他一眼，語調聽不出什麼情緒，「我是這麼膚淺的人嗎？」

「說不定哦。」沈渝拼好手裡的魔術方塊，從裡面掉出線索，提示下一步在哪裡、該怎麼做。

陳屹也打開了保險箱，找到了另一條線索。

一切都在有條不紊地進行著。

無意間聽了八卦的阮眠站在原地發呆，被傅廣思碰了下手臂才回過神，她捋了捋心思，走過去和她一起找線索。

前兩個房間過得有驚無險，到了第三個房間，剛一推開門，就有鬼怪從角落衝出來。場面亂成一團。

一片昏暗之中，阮眠被喊叫著亂跑的林川撞了一下，手往後扶沒扶穩，將要倒地的瞬間，一隻手突然從旁邊伸過來，抓著她的衣領把她提起來。

這姿勢實在算不上多唯美。

男生的手勁很大，阮眠被勒了下，幾乎要喘不過氣，他一鬆手，她就跟著低頭咳了起來。

陳屹摸黑往旁邊挪了兩步，踢開她身後的椅子，「沒事吧？」

「沒事。」阮眠緩過來，手握著衣領，低聲說：「剛才謝謝你。」

「不客氣。」說實話，陳屹沒被這屋裡的鬼嚇到，卻被剛才那一幕嚇了一跳。

一分鐘前，他往這邊走，林川從他面前跑過去，他一偏頭就看到女生往後倒，目光往下，牆邊放了張椅子。

如果他剛才沒抓住人，後果不堪設想。

一想到這裡，陳屹又抬腳把椅子往旁邊踢了下，沒想到這樣隨便一踢，原先就有些破損的椅子直接散架了。

「……」

劈里啪啦的一陣響聲。

已經往前走的阮眠回過頭，「怎麼了？」

陳屹面色如常，手放在外套口袋裡，自顧自地往前走，語調一如既往的平靜，「沒事，走吧。」

那天的鬼屋之遊直到傍晚才結束。幾個人在商場吃過晚餐後，就各自組合搭配坐車回家，回程的公車上只有阮眠、孟星闌、梁熠然和陳屹四個人。

剩下的江讓和沈渝跟他們不同路，搭乘了另一輛公車。

孟星闌和梁熠然往得很近，他們兩個比阮眠和陳屹早兩站下車，所以上車時，孟星闌就下意識和梁熠然坐在一起。

而阮眠和陳屹坐在他們的後面。

車外的夜色如墨般黑沉，市區的馬路兩側是鱗次櫛比的高樓大廈，燈光粼粼宛若星河。

阮眠坐在靠窗的位置，整個人都十分拘謹，手腳不管怎麼放都覺得怪異，好像就不該坐在這裡。

反觀陳屹，一上車就扣著帽子在睡覺，長腿微敞，手指交叉放在腹部，睡得一無所知。

回程的路顯然比來時的路要漫長許多，車廂內少了很多吵鬧的動靜，阮眠在窗外一閃而過的景色裡，逐漸聽見男生平穩的呼吸聲。

她也慢慢地放鬆下來，扭頭看向窗外，像是鏡子一般的玻璃上映著她淺淺的笑容。

陳屹睡到梁熠然他們下車才醒，車子重新發動，他撥掉帽子，長腿往外伸著，抬手揉了揉眼睛。

剩下不過兩站，幾分鐘的事情。

阮眠跟在男生後面下了車，冬夜裡的風凜冽刺骨，她剛從全是暖氣的車裡出來，被風迎面一打，忍不住低頭打了個噴嚏。

陳屹回頭看了她一眼，沒說什麼，只是放慢了腳步。

阮眠揉了揉鼻子，把拉鍊往上拉到最頂端，看他往巷子走，忍不住問了句，「你不回家嗎？」

「嗯，去李執那裡。」

阮眠在心裡放煙火，慶幸又可以同走一段路，甚至連步伐都輕快了許多。

從巷子到李家超市有一小段路的路燈是壞的，冬天天黑得早天氣又冷，巷子裡的家家戶戶不像夏天敞著門、亮著燈，全都早早就熄了燈，或者關著門、亮著燈在家裡待著。

一星亮光從窗戶鑽出來。

巷子裡的積雪沒處理乾淨，狹窄的道路兩側還有雪堆，鞋底踩上去，發出悶聲。

沉默著走了一小段。

阮眠努力在腦海裡搜索一切可以聊起來的話題，「那個……」

「什麼？」陳屹問。

「幫我補習作文的事。」阮眠咬了下唇角，「謝謝你。」

「不客氣。」

「……」

又無話可說了。

阮眠皺著眉，抬手抓了下耳後那一片，羽絨衣的材質因為這個動作摩擦出動靜。

她想了又想，還沒想到要說什麼，李家超市已經近在眼前，店裡的燈光照亮了門口的一大片。

他們走到了另一片天地。

這裡算是巷子裡的鬧區，琳琅滿目的商店，穿行走動的人影，肆意奔跑的小孩。

陳屹站在臺階上，回頭看跟在後面的阮眠，想到她和李執的關係不淺，客套了句，「要進來坐一下嗎？」

阮眠搖搖頭，「不，時間不早了，我得回去了。」

「好，明年見。」他語氣平常，把明年見說的好像是明天見。

「……明年見。」

陳屹等她走過去，才抬腳走進店裡，李執站在貨架那邊清點數目，見他進來，抬手指了指牆角，「那是我爸今年替陳爺爺準備的酒，你帶回去吧。」

陳老爺子和李執的爺爺是一起穿開襠褲長大的兄弟，關係匪淺。李家沒落之後，陳老爺子也從沒看輕過李執的爺爺，待他仍舊像是親兄弟，李家沒什麼拿得出手的東西，恰好李執的父親擅長釀酒，而陳老爺子文人雅興，正好偏好這口，每年就靠著這老手藝表示心意。

陳屹還沒走過去，就已經聞到清淡的酒香味，笑了聲，「先替我家老爺子謝謝李叔叔了。」

「不用客氣。」

陳屹靠著旁邊的貨架，「今年過年你們是留在這裡還是回溪平？」

「回溪平。」李執闔上本子，「後天回去。」

「好，我到時候送你們回去。」陳屹看他一眼，補上後半句，「順便去看望一下奶奶。」

李執的爺爺兩年前患上失智症，確診後就一直留在平城治病，而李執的奶奶腿腳不便，就留在鄉下由李執二叔一家照顧。

陳屹小時候跟著李執在鄉下待過一個暑假，吃過不少頓李奶奶做的飯，說去看望也是正常的。

但李執清楚，陳屹只是想找個理由，讓家裡的司機送他們回去，不希望他們一家人大冬天的，還要去車站人擠人。

李執點頭，「好，我之後跟我爸說一聲。」

「後天打算幾點離開？」

「八點吧，也不能太晚，怕路上會塞車。」李執回到櫃檯後面，「你剛才站在門口和誰說話呢？」

陳屹走過來，「阮眠。」

李執挑眉：「你們是一起，還是碰巧遇到的？」

「一起。下午班上同學一起出去玩，回來順路。」陳屹從櫃檯上拿了個泡泡糖，「我先回去了。」

「好，別忘了酒。」

「沒忘。」陳屹走過去把酒拎起來，「後天見。」

「後天見。」

第六章　歲歲長相見

阮眠回到家裡的時候，才知道趙書棠在回來的路上不小心摔傷了，現在人在醫院，方如清和趙應偉才剛下班回來，接到電話正準備去醫院。

兩個人都急匆匆的，段英也跟著著急，等到方如清和趙應偉走了，她質問阮眠：「妳怎麼這麼晚才回來！」

阮眠一愣，「我和同學出去了。」

「天天就知道往外跑，一個兩個都這樣。」段英邊碎念邊往廚房走，在裡面把動靜弄得乒乓響。

阮眠在原地站了一會兒後，默不作聲地走上樓。

她一早就收拾好行李了。按照計畫，明天早上方如清會開車送阮眠回鄉下的奶奶家。

誰也沒想到會出這種意外。

阮眠把行李箱打開，拿出放在夾層裡面的信件，那是阮明科之前留下的，為十六歲的她寫的一封信。

她在過生日那天晚上拆開來看過。

內容也沒什麼，不過就是些關懷的話。但現在仔細一看，阮眠只覺得難過。

如果他和方如清沒有離婚，這些話本來不該這麼讓人難過。

門口傳來開門的動靜，阮眠抬手抹了下眼睛，闔上行李箱，費了半天功夫才打開門的趙書陽，邁著小步走了進來。

阮眠笑了笑：「你幹嘛呀，趙書陽。」

小男孩也不叫她，走過來往她面前丟了樣東西。

阮眠低頭一看，是一顆牛奶糖。

她愣了下，在眼淚掉下來之前抬手捂了捂眼睛，再開口聲音已經帶了哭腔，「給我的嗎？」

趙書陽點了點頭。

她笑了下，「謝謝。」

趙書陽也沒說什麼，轉身在房間裡找到之前玩過的樂高，盤著腿坐在地毯上開始玩了起來。

阮眠看著他的身影，吸了吸鼻子，從地上站起來。

那天晚上，方如清和趙應偉到了後半夜才回來，阮眠失眠，聽見他們在外面的動靜。

沒過一會兒，兩個人又出了門。臨走前，方如清來敲了下阮眠的房門，但只敲了一下就停了。

幾分鐘後，阮眠收到了方如清傳來的一則訊息。

媽媽：『眠眠，我和趙叔叔去醫院了，明天大概晚一點才能送妳去奶奶家，妳早上在家先把東西收拾好。』

阮眠沒有回覆，只是躺在床上一會兒打開螢幕、一會兒又鎖上，重複了幾次後她才放下手機，在黑暗裡閉著眼睛讓腦袋放空。

長夜難眠。

隔日清晨，阮眠隨著鬧鐘聲響起床，家裡一個人都沒有。她漱洗完，回房間拿上行李箱和書包，在巷口攔了輛計程車去了平城轉運站。

現在還不到春節期間，轉運站人不多，但也不算少，阮眠在購票處買好票，按照指示上了去溪平的巴士。

巴士半個小時才來一班，上一班已經走了二十幾分鐘，她在車子啟動時，傳了一則訊息給方如清。

阮眠：『好，我知道了，我已經在回溪平的車上了。』

訊息才剛傳出去，方如清就直接打了通電話過來。

阮眠猶豫著接通：「喂，媽媽。」

『妳怎麼一個人回去了？我不是讓妳等我嗎？』方如清那邊有點吵，過了一會兒又安靜了下來。

阮眠扣著手機殼後的凸起，不答反問道：「趙書棠怎麼樣了？」

方如清靜了幾秒，說：『小腿骨折，左手輕微骨裂。』

「怎麼這麼嚴重，是摔傷嗎？」

『被車撞到。』方如清沒放任她把話題扯遠，『妳現在在哪裡，車子已經開走了嗎？東西都帶好了嗎？』

「車已經走了，東西也都帶好了。」阮眠扭頭看著窗外，「我到了再打電話給妳。」

話筒裡安靜了片刻，只聽見方如清嘆了口氣說：『好吧，妳路上注意安全，回來我去接妳。』

「好，我知道了。」

從平城到溪平有兩個小時的車程，這是阮眠第三次坐巴士回去。

以前方如清和阮明科還沒離婚的時候，每年寒暑假，阮明科都會把阮奶奶接到平城住一小段時間。

偶爾有幾次暑假，阮眠會跟著阮明科去鄉下住，平日也不常出門，就待在院子裡吃西瓜看月亮。

真要說起來，這其實是阮眠第一次一個人坐車回去。

兩個小時的車程不長，阮眠低頭睡個覺的功夫，就聽見了到站提醒：『溪平快到了，要下車的旅客請提前準備好行李。』

坐在阮眠旁邊的阿姨在上一站下車，她當時就先把行李箱拿了下來，這會兒等車子停下，就直接拿起背包下車了。

溪平是個大城鎮，溪水中間的一座橋連著南北兩個溪平，轉運站在北邊，奶奶家則在南邊。

阮眠下了車，旁邊有專門接送人的計程車。她問好了價錢，司機就直接把她送到家門口。

這裡是阮家的老宅，鄉下的建築大同小異，幾間平房加一個院子。

這會兒，老太太一邊在院子裡擇菜，一邊和前來串門子的鄰居聊家常，聽見門口的動靜，她停下手裡的動作走了出來。

「呀！」看見阮眠，老太太的臉上滿是驚喜。

阮眠收了司機找回的零錢，朝著老人笑了聲，「奶奶。」

周秀君上前幾步，接過孫女手裡的行李，「怎麼就妳一個人回來，妳媽媽呢，她不是說要送妳嗎？」

「她早上臨時有事，說下午才能送我過來，但我想早一點來，就先自己坐車回來了。」

周秀君拉著她的手，「這一路上很辛苦吧，來，快進來休息一下。」

坐在院子裡的人都是家門口的鄰居，阮眠輪流和所有人打了聲招呼，個個都誇她長得水靈又懂事。

老太太幫她倒了杯熱水，其他人也沒久留，剩下祖孫倆坐在院子裡。

阮眠捧著水杯，坐在小椅子上，「爸爸去西北那邊了，今年過年都不會回來。」

「我知道，妳爸在走之前有回來一趟，和我說了這件事。」周秀君邊擇菜邊問：「妳媽媽還好吧？」

「嗯，挺好的。」

「那家人對妳怎麼樣？」

阮眠喝了口水，「也挺好的。」

周秀君抬頭看她一眼，「和上次比起來，妳好像瘦了不少。」

「沒有吧，我量體重還是沒變。」

「瘦了。」老太太端起擇好的菜，起身往廚房走，「臉變小了。」

阮眠摸了摸臉，放下杯子跟了過去，沒再繼續這個話題，「奶奶，妳中午要做什麼呀？」

老太太低頭洗菜，「紅燒排骨，妳不是最愛吃這個嗎？」

「那我有口福了。」阮眠笑得眼睛彎了彎，「那我先去打個電話跟我媽說一聲。」

「去吧。」

阮眠走了出去，周秀君回頭看了一眼，轉過身撩起圍裙抹了抹眼睛，又繼續忙活。

站在院子裡打電話的阮眠看見老太太的動作，眼睛一酸，挪開了視線，和方如清沒說幾句就掛斷了電話。

中午阮眠吃到撐，一盤紅燒排骨她吃了一大半。吃完飯，周秀君帶著阮眠去別家串門子。

一整個下午的時間，這一片都知道阮家的孫女回來了，晚餐是在隔壁表叔家吃的，一大家子熱熱鬧鬧。

晚餐結束已經快要八點，阮眠和奶奶挽著手臂回家，漱洗完，她不去自己的房間，非要和奶奶擠同一張床。

「都長這麼大了，還要跟奶奶睡，講不出也不怕別人笑話妳。」話是這麼說，但阮奶奶眼裡卻滿是笑意。

「誰會笑話我呀。」阮眠拿著枕頭躺過去，「奶奶，我明天想吃妳包的香菇餃子。」

阮奶奶：「好，妳想吃什麼我都買給妳。」

「那我們明天早上一起去菜市場買菜？」

「妳不用去，妳早上多睡一會兒，我去買就好。」

「我想陪妳一起去。」阮眠抱著奶奶的手臂，臉頰在她肩上蹭了蹭，「奶奶，我好想妳啊。」

「哎喲，這麼大的人了。」

祖孫倆聊了大半會兒，但幾乎都是阮眠在說，從生活到學習狀況都詳細說了一遍，阮奶奶聽得很認真。

聊到班裡的同學，阮眠想到陳屹，沉默了一會兒，她突然開口：「奶奶。」

「嗯？」

阮眠捏著老太太的手臂，眼眸微垂，「我遇到了一個男孩子，遇見他之後，我有時候會很開心，但有時候又會很難過。奶奶，妳說，我遇見他到底是好事還是壞事呢？」

周秀君笑嘆，抬手摸著孫女的腦袋，語重心長道：「過去的人常說『有些人遇見是福氣，不遇見也是福氣』，那如果有重來一次的機會，妳會想再遇見這個男孩子嗎？」

那天晚上，阮眠想了很久。

對於那時候的阮眠來說，無論重來多少次，她依舊會選擇在那個盛夏的夜晚，走上那條黯淡無光的路。

然後在路的盡頭，遇見了那個讓她只看了一眼，就喜歡到了心尖上的男孩子。

隔日一早，阮眠從久違的安穩睡夢中醒來，周圍的擺設熟悉親切，甚至能聽見隔壁表叔家裡的公雞打鳴聲。

她揉了揉亂糟糟的頭髮，起床穿上衣服走出臥室。

敞亮的院子裡，牆角頹敗的葡萄架在寒冷的冬日，淪為晾曬年貨的好地方，臘肉和香腸在陽光底下泛著勾人胃口的油光。

阮眠站在廊簷下，瞇著眼睛打了個哈欠，整個人從上到下都是睽違已久的放鬆。

另一邊的廚房，周秀君手抹著圍裙從裡面走出來，正要張口喊阮眠起床，看見她就站在不遠處，笑著道：「醒了啊。」

阮眠「嗯」了聲，走下廊簷，聞到從廚房裡傳來的香味，眼睛都亮了，「好香啊。」

「鼻子這麼靈啊。」周秀君邊往裡面走邊說道：「妳表嬸一早送來的老母雞，我燉了一半，留了一半中午做紅燒給妳吃。」

阮眠抬手捏著老太太的肩膀，笑著說：「那我之後去謝謝表嬸。」

「好。」周秀君揭開鍋蓋，回頭問她：「洗臉了沒？等等就要吃早餐了，吃完早餐我們去菜市場買菜。」

「好。」阮眠轉身往外走。

周秀君像是想起什麼，又扭頭喊道，「我已經幫妳把牙刷和毛巾放在架子上了。」

阮眠頭也沒回地說：「知道啦。」

老太太笑著搖了搖頭，放下手裡的鍋蓋，拿抹布擦掉灶臺上的水後繼續準備早餐。

吃過早餐，祖孫倆鎖上門、拎著籃子從家裡出發。

溪平分南北，南溪平住戶少，北溪平多屬鬧區，像菜市場、稍大一些的賣場、醫院等等都在北溪平。

老太太腳步利索，兩個人就沒騎車，步行穿過連接兩個溪平之間的長橋，一路上有說有笑。

到了菜市場，周秀君拿出買年貨的架勢，恨不得把整個攤位都搬回去。

在裡面轉轉買買花了將近大半個小時，出來後，阮眠打算去旁邊的賣場買點東西給表嬸家的堂弟阮峻。

周秀君把手裡大包小包的東西，寄放到附近擺攤的熟人那裡後，和阮眠一起進了超市，「說到阮峻，妳表嬸今早送雞過來的時候，還託我問問妳寒假有沒有空，想請妳幫阮峻補習。」

阮眠拿了兩包洋芋片放進推車裡，「好啊，阮峻今年幾年級了？」

「都國二了，每次都考倒數，妳表嬸都著急死了，打也打了、罵也罵了，一點用都沒有，三天兩頭就只會蹺課往網咖跑。」

阮眠有些遲疑：「那他這樣，我幫他補習，他肯來嗎？」

周秀君笑了聲：「他敢不來嗎？如果妳同意幫他補習，表叔就算是把他的腿打到骨折，也會把他送過來的。」

「……哦。」

既然提到補習，阮眠索性就在賣場幫這個堂弟買了三本講義和一疊練習本，另外又幫表叔和表嬸買了點營養品。

從超市出來已經接近十一點，周秀君去拿寄放的菜，阮眠提著剛買的一堆東西在路邊等她。這幾天氣溫回升，這會兒太陽明晃晃的，帶著蓬勃的暖意，阮眠把東西堆在腳邊，低著頭在看手機。

周圍人來人往，她突然被人從後面拍了下肩膀。

阮眠扭過頭，看到穿得跟雙胞胎一樣的李執和陳屹站在那裡，整個人直接愣住了。

李執笑了聲：「我剛才站在遠處看就覺得很像妳，沒想到真的是，妳怎麼在這裡啊？」

阮眠收起手機，也收斂起驚訝，「我奶奶家在這裡，你們怎麼也在這裡啊？」

「真巧，我奶奶家也在這裡。」李執回頭看陳屹，「他是送我回來，順便在這裡玩幾天。」

阮眠沒想到前天還說著「明年見」的人，今天突然就見到了。她故作鎮定地和他點了下頭，放在口袋裡的手不停摩挲著手機，試圖緩解那陣不斷湧出的緊張。

李執看她大包小包的，「妳這是？」

「陪我奶奶出來買點年貨，她去拿別的東西了，我在這裡等她。」阮眠拿出放在口袋裡的手，不動聲色地用外套擦掉手心裡的汗意。

李執和陳屹出來也還有其他事情，和阮眠沒聊幾句，李執說：「之後再聯絡妳，我們先走了。」

阮眠點點頭：「好。」

街上人來人往，阮眠看著兩人並肩往前走，直到人走遠了才收回視線。

中午吃飯，周秀君叫上隔壁表叔一家，阮眠幫忙擺碗筷，堂弟阮峻湊過來，「姐，妳今天遇到什麼好事了嗎？這麼高興。」

阮眠拿筷子的手一頓，「有嗎？」

「有啊。」阮峻拿手在臉上比劃了下，「妳剛才嘴角都快翹到這裡了。」

「……你也太誇張了。」阮眠繼續手裡的動作，「對了，你爸媽讓我幫你補習，你想什麼時候開始？」

「下輩子吧。」

「？」

阮峻哭喪著臉，「我一點都不想補習。姐，妳跟我爸媽說一聲吧，就我這成績，補習也沒用啊。」

「誰說沒用？只要你想學，任何時候都來得及。」阮眠當機立斷：「那就從明天開始吧。」

「姐……」

「去你家還是我家？」

阮峻嘆氣，「……還是來這裡吧。」

阮眠笑了聲：「早上九點開始，不要遲到啊。」

「哦。」

吃了午餐，阮眠回房間休息，沒一會兒，阮峻就拿著這學期的成績單和寒假作業走了進來。

「自己去搬張椅子過來。」阮眠看了他的成績單一眼，所有科目的成績都不及格，甚至還有兩科是零分：「……」

搬了椅子進來的阮峻見她神情驚訝，摸了摸鼻子在遠處坐下，「姐，我這樣真的還來得及嗎？」

阮眠回頭看他：「在還沒看到你的成績之前，我覺得都還來得及。」

阮峻：「……」

「零分是怎麼回事，就算選擇題全選C，也能矇對一兩題吧？」

「我全選C了啊，誰知道我們學校老師有規定，選擇題不能全寫一樣的。」

阮眠覺得頭痛，還來不及說些什麼，電腦突然跳出新訊息提示。

李執：『在嗎？』

阮眠愣了兩秒，放下成績單，打了幾個字回覆。

阮眠：『在，怎麼了？』

李執：『妳明天有空嗎？我和陳屹打算去爬溪山，妳要是有空的話就一起來啊。』

溪山是溪平鎮唯一一個、也是最具代表性的景點，山不高，主要是上面供奉了一座擁有百年歷史的寺廟，每年都有不少人特地來這裡上山祈福，尤其是逢年過節的時候。

在阮眠猶豫的當口，阮峻已經拖著椅子過來，瞄了電腦螢幕一眼，他興奮地說：「姐，妳去吧，順便帶上我？」

「就你這個成績，還有心思出去玩？」

「妳怎麼能人身攻擊呢！」阮峻說：「不是說那間寺廟很靈驗嗎，我也去求一下，不行嗎？」

阮眠沒理他，傳了訊息給李執。

阮眠：『好啊，我能帶我弟弟一起去嗎？』

李執：『上次那個？他那麼小爬得動嗎？』

阮眠：『不是，是另一個。』

李執：『好，提前說好啊，如果他到時候走不動，我們沒人會背他（調皮.jpg）。』

阮眠：『那我滾也要讓他滾回來。』

李執：『哈哈哈，那就這麼說定了，明天早上九點，在我們今天碰見的那個地方會合。』

阮眠：『（OK.jpg）。』

隔日清晨，阮眠還沒起床，阮峻就已經收拾好背包過來敲門，「姐！姐！都幾點了！妳怎麼還不起床啊！」

還在睡夢中的阮眠被吵醒，摸到擱在床頭上的手機看了一眼，才剛過七點半，距離約好的九點還有一個半小時。

她的太陽穴突然跳了幾下，掀開被子下床，猛地開了門，「阮峻！你是不是有毛病啊？這才幾點？」

男生偃旗息鼓，抿了抿唇說：「我只是怕妳睡過頭嘛，妳看！我還帶了早餐給妳，是妳最愛吃的皮蛋瘦肉粥。」

這附近沒有賣粥的攤販，最近的一家也在北邊的溪平，阮眠一下子就氣消了，關上門說：「我換衣服，你先吃。」

門外傳來逐漸走遠的腳步聲，阮眠看到壓在桌角的成績單，無奈地笑了聲。

等姐弟倆吃完早餐也才剛過八點，離約定的時間還早，阮眠就從房間拿了一本國中英文單字書給阮峻，「背吧，今晚回來默寫第一頁的單字。」

「……」阮峻突然後悔這麼早過來了。

剩下的時間就在男生磕巴地讀單字中一晃而過，快九點的時候，阮眠和周秀君打了聲招呼，就帶著阮峻出門了。

過橋後，阮眠看到昨天和李執他們碰面的地方，停著一輛六人座的黑色商旅車，此時車門大敞，陳屹坐在車裡和站在車外的李執聊天。

兩人依舊穿得跟雙胞胎一樣，黑色羽絨衣配上深藍色牛仔褲，連鞋子都是同樣的黑白款。

陳屹比李執先看見阮眠，人從車裡出來，淡聲說：「來了。」

李執回頭，和阮眠招了下手，「早，吃過早餐了嗎？」

「吃了。」阮眠為他們三個人簡單介紹了下關係，「這是我弟弟阮峻，這是姐姐在平城的朋友，李執哥哥和——」

她突然卡頓了下，但時間很短，只有一兩秒，在周圍吵鬧的環境下不易察覺，「和陳屹哥哥。」

阮峻嘴甜又不怕生，笑嘻嘻地叫了李執哥哥和陳屹哥哥。

李執笑著揉了下阮峻的腦袋，四個人上了車，誰也沒注意到阮眠那兩秒的停頓，也沒注意到那到底意味著什麼。

溪山距離溪平鎮有半個小時的車程，越往山腳走，路面上碰到的車就越多，到最後甚至塞在了半路上。

陳屹降下車窗，山間的冷意爭先恐後地從窗縫擠進來，混雜在車內的暖氣中並不明顯。

李執在和阮峻聊天，不可避免地聊到了期末考的成績，成功讓阮峻閉嘴了。

「你旁邊這位哥哥，是你姐他們學校的年級第一，大考小考都是，我和你姐則是從來沒掉出過年級前一百名。」李執笑道：「你這個倒數第一是怎麼回事？」

阮峻：「……」

李執不遺餘力地打擊著小朋友的自信心，「缺考拿零分也就算了，你去考了還拿零分，這就有點說不過去了吧？」

阮峻沒理李執，和阮眠小聲抱怨道：「姐，妳這朋友是怎麼回事啊，老是往我傷口上踩。」

一旁的陳屹接了話，「那你努力一點，讓自己變得沒傷口讓人踩。」

阮峻見他搭話，湊過去問：「你真的每次都是你們學校的年級第一？」

「嗯。」

「你怎麼讀的啊？」

陳屹扭過頭來看他，一本正經道：「隨便讀一下就行了。」

單純無知的阮峻再一次受到了暴擊：「……」

一路上因為有阮峻的存在，車內多了不少笑聲，就連前排開車的司機也跟著笑了幾次。

這個時節來爬山祈福的人格外多，阮眠一行人下了車，跟著熱鬧的人群往山上走。

山間松柏林立，冬日也是綠意盎然，陽光穿過雲層，灑落在連綿起伏的山頭上，讓萬物都充滿了蓬勃生機。

溪山寺在山頂，還未靠近便有濃厚的香火氣從寺間傳出，門前是百級長階，寓意人間百難，皆在跨過門檻的這一刻消失殆盡，從此福照蔭庇，平安順遂。

廟裡人頭攢動，煙燻繚繞，阮眠跪在佛前的圃墊上，雙手合十，面容虔誠而鄭重。

佛祖在上，信女阮眠在此向您求願。

一願，遠在西部的父親平平安安，萬事順心。

二願，奶奶長命百歲，母親幸福美滿。

三願——

阮眠偷偷睜開眼睛，扭頭看向跪在一旁的男生，廟外有一束陽光灑落進來，恰好落在兩人身後。

浮光掠影，萬般皆是情，阮眠重新闔上眼眸。

三願——

我與他歲歲長相見。

拜了佛許了願，李執帶著三個人在山裡轉了一圈，過了午餐時間，司機才過來接他們下山。

回程的路上沒有來時擁擠，山風在窗縫間呼呼作響，遠處層巒疊嶂，陽光鋪滿群山。

半個小時後，車子在早上的位置停下，李執揉著肩膀第一個從車裡下來，外套敞著，回頭問阮眠：「一起吃個飯吧。」

確實有點餓了。

阮眠點點頭：「好。」

回來的路上，李執和阮峻聊起了遊戲，成功建立起只屬於男生的友誼。這會兒，李執勾著小男生的肩膀，表現出好兄弟的模樣，「想吃什麼？執哥請客。」

「烤魚！」阮峻常年住在這裡，有什麼好吃的他都知道，「就在橋的東邊，我爸常常帶我去那裡吃。」

「好，那就去吃烤魚。」李執回頭問他們兩個，「就吃這個吧？」

兩個人都沒意見，三個大孩子被一個小孩帶著往橋的東邊走，這個時間很多店家都休息了，街上沒什麼人，路邊的攤販也收攤了。

阮峻說的那家烤魚叫「溪山烤魚」，過了吃飯時間，店裡只有老闆和幾個服務生。

服務生拿菜單和茶水過來，點完餐，李執端起杯子喝了口茶，抬眸看著阮眠，「妳奶奶家是在南溪平？」

「對。」阮眠也問：「你家是在北邊？」

李執點頭，「橋的西邊最裡面的一家就是。」

南北兩個溪平的住戶如果不是沾親帶故的，平日裡來往並不密切，更何況阮眠和李執也不常來這裡，如果不是那天偶然在集市上碰見，大概都不知道這件事。

說起來都是緣分。

李執人活絡，阮峻不怕生話又多，一頓飯吃得還算熱鬧。

吃完飯已經接近下午三點，這一上午跑下來，四個人都有些疲憊，便沒有再安排其他活動，在橋頭分開各回各家。

之後陳屹住在溪平的那幾天，李執基本上都會叫阮眠出來玩，釣魚、溜直排輪、看電影，只要他會參與的，基本上都不會錯過。

日子一晃，春節已然在眼前，一月二十四號的那天早上，他們三個一起吃過早餐後，陳屹提著行李坐上回平城的車。

阮眠和李執送他到車站，馬路上車來車往，冬日凜冽的風穿堂而過，捲起路邊的枯敗落葉。

李執和陳屹站在一旁閒聊，阮眠落了一步站在兩人後面。這幾天溪平放晴，氣溫回升，陽光明晃晃地落下。

她抬手遮了下眼睛，目光穿過指縫落到男生那裡。

他微低著頭在聽李執說話，唇邊掛著一抹若有若無的笑，神情漫不經心，偶爾聽到什麼趣事，笑得眼尾微瞇。

肆意而鮮活。

每一個瞬間都成了阮眠的念念不忘。

很快巴士抵達，陳屹握上行李的橫桿，拍了拍李執的肩膀，又回頭看阮眠，語調溫和：「學校見。」

阮眠壓著心底的雀躍：「好，那你路上注意安全。」

「嗯。」

男生拎著行李箱上了車，車停車走，喧鬧不過一時，車影轉了個彎，很快就看不見了。

李執拍拍手，「走吧，我們也回去了。」

阮眠走出月臺，和他並肩走在湖邊，冬日的湖面水波晃蕩，在陽光下泛著波瀾。

李執不知是無意還是有意，偏頭看過來：「陳屹在你們學校挺受歡迎的吧？」

阮眠點了下頭。

「那應該有很多女生送情書給他，跟他表白吧？」

阮眠「嗯」了聲：「應該是，好像挺多的。」

李執又問：「妳見過嗎？」

阮眠不可避免地想起盛歡，眼眸微垂，「見過一個，她在我們學校的元旦晚會上公開說要追求陳屹。」

「這麼酷。」李執目光朝前看，意有所指道：「人啊，總要這麼放肆一次，才算不負青春。」

阮眠眨了下眼睛，覺得他像是在暗示什麼。

李執見她不接話，又扭頭看過來，「妳說對嗎？」

阮眠突然覺得喉嚨發癢，低頭輕咳了聲說：「也許吧，但不是所有人都能做到。」

李執：「也對，畢竟以後的事情，誰也說不準。」

阮眠心尖一跳，總感覺他話裡有話，但李執卻不再執著這個話題，很快又聊起了別的。

除夕那天，阮眠過得格外熱鬧，一大早就被阮峻叫起來貼春聯，姐弟倆忙碌了一整個上午。

中午在阮峻家隨便應付了一餐後，周秀君和表嬸忙著準備晚上的年夜飯，阮眠陪著阮峻在附近的電子遊樂場遊玩。

阮峻的成績不怎麼樣，倒是擅長玩遊戲，半個多小時的功夫就贏了一大把彩票，讓老闆都有些不滿。

結束後，阮眠在商店買了一大包零食讓阮峻拿回去，兩人一左一右地坐在家門口的臺階上吃了起來。

阮峻嘴裡塞著根棒棒糖：「姐，你們學校有人追過妳嗎？」

阮眠歪著腦袋看他，「怎麼突然問這個？」

「就隨便問問啊，作為弟弟的關心一下姐姐不行嗎？」阮峻顧左右而言他，「到底有沒有啊？」

「沒有。」

「一個都沒有？」

「……」

阮峻摸著腦袋：「怎麼可能，我姐長得這麼好看。」

阮眠被他逗笑，「那你呢，你們學校有女孩子喜歡你嗎？」

大概是戳到了阮峻的心事，小男生跟炸了毛似的，「沒、怎麼可能，沒有，絕對沒有！」

這一看就是有啊。

阮眠嚼碎了糖果，隨口問了句：「你這次期末考考了多少分？」

「兩百一十分啊，妳上次不是看過我的成績單了嗎？」

「哦，我忘了。」阮眠又問：「那她呢？」

「一百多吧，考得比我還要——」阮峻猛地一抿嘴，整個人瞬間從脖子紅到臉。

阮眠笑得樂不可支，歪著頭看他，「我可沒說她是誰哦。」

「……」阮峻害羞得不行，但事已至此瞞也瞞不住，只好把頭埋到兩腿間，悶悶地說：「那我和妳說，妳不要跟我爸媽說。」

「好。」

「是她先追我的，她是我隔壁班的朋友，平常就喜歡來我們班找我，我一開始覺得她挺煩的，成績也不好，雖然我成績也差，但我也沒差到她那個程度。可她就一直追、一直追，還說要為了我好好讀書，時間一長，我就覺得她好像沒那麼煩人了……」阮峻拿手指在地面畫圈，露在外面的耳朵紅成一片，「不過我還沒答應和她在一起，不然她肯定不會好好讀書了，她這個成績，能不能和我去同一間高中都還是個問題……」

阮峻還在絮絮叨叨，阮眠卻像是突然想到什麼，視線盯著某一處發楞，若有所思的模樣。

小男生久久得不到回應，停下話頭，抬頭看過來，「姐？」

阮眠回過神，笑了聲，「既然這樣，那你還不好好讀書，萬一人家成績變好了，你還是老樣子，那該怎麼辦？」

「那我就……」阮峻不知道在嘀咕什麼，好半天才出聲，「姐，那等過完春節，我們就開始補習吧。」

「好。」

阮峻還想說什麼，表嬸在裡面喊他，他應了聲站起來，拍掉褲子上的灰塵走了進去。

阮眠坐在原地想了很久，穿堂的風一吹，吹得眼睛發酸。她抬手揉了兩下，放下手的時候長長地嘆了口氣。

除夕當晚，阮家的年夜飯很豐盛，阮眠吃完飯，先是接到了方如清的電話，之後又接到了阮明科的電話。

阮明科去到西部已經有好幾個月，這是頭一次和她聯絡，關切了幾句，阮眠把電話拿給了周秀君。

老太太自始至終都是笑呵呵的，但等電話一掛，就別過頭抹了下眼睛，阮眠不忍心看到這場景，強忍著眼淚從家裡走了出來。

此起彼伏的煙火聲照亮了深沉的夜空。

阮眠也沒走遠，處理好情緒就順著原路返回了，到家時飯後殘局都已經收拾好，一大家子坐在屋裡圍著暖爐聊天守歲。

她搬了張椅子坐到周秀君身旁，老太太握著孫女的手，帶著厚繭的指腹摩挲著她的手背。

電視裡正放著春節特別節目，阮眠拿出手機，在新年鐘聲敲響的那一刻，上傳了一則貼文。

阮眠：『新年快樂。』

她很快收到其他人的點讚和留言，其中有八中的同學，也有之前在六中的同學。

唯獨沒有他。

阮眠握著手機猶豫了片刻，想起李執的話，又想起阮峻的話，終於下定決定點開陳屹的頭貼，傳了一則訊息過去。

阮眠：『新年快樂。』

這次很快收到了回覆。

陳屹：『新年快樂。』

阮眠捧著手機笑了很久，這天所有的惴惴不安和提心吊膽，都在這四個字中被安撫與抹平。

第七章 纏綿悱惻的曖昧

春節過後，江讓私訊了阮眠，問了她一些關於數學方面的事情，他進退得當，阮眠找不出理由拒絕。

江讓之前跟陳屹學英文，把重點整理成一本筆記本，每天都會幫阮眠講解幾頁。在學校不常聯絡的兩個人，到了假期反而成了聯絡最頻繁的人。

剩下的日子，阮眠都在讀書和輔導阮峻的課業中度過，假期截止到元宵節前。回去那天，阮眠沒讓方如清來接，而是和李執一起搭乘巴士回到平城。

周秀君雖然很不捨，但也沒有辦法，一路送她到車站，不停叮囑：「路上注意安全，有什麼事就打電話給奶奶。」

阮眠笑了笑：「好，我知道了。」

等上了車，阮眠打開車窗，看到奶奶跟在車子後面，她忍著瞬間湧上的難過，「奶奶，妳快回去吧。」

周秀君這才停下腳步，站在原地朝她揮了揮手。

阮眠關上窗戶，整個人靠進座椅裡，一旁戴著眼罩的李執從口袋裡摸出一根柳丁口味的棒棒糖遞過去。

「睡一下吧。」他說。

阮眠「嗯」了聲，接了糖果放到口袋裡，勾起帽子扣到腦袋上，視線變得昏暗，周遭的動靜也跟著遠去。

兩個多小時的車程，阮眠下了車就看見方如清在車站內等候。她遠遠看見阮眠，繞過人群走到出口。

「眠眠。」

阮眠抬頭看見她，快步走過去，和她介紹，「媽，這是我朋友李執，他老家也在溪平，我們正好順路。」

李執微微頷首，「阿姨好。」

「你好。」方如清接過阮眠的行李箱，在附近接完電話的趙應偉也走了過來，看見李執，他笑了聲，「小執。」

李執跟著笑：「趙叔叔好。」

方如清沒認出李執，正疑惑著，趙應偉才解釋道：「老李家，就我們附近的李家超市，他們家的小孩。」

方如清恍然大悟，也笑了聲：「難怪，剛才就覺得眼熟。」

兜來轉去都是同一個地方的人，等上了車，方如清問了阮眠奶奶的情況，還說過一陣子等天氣暖了，把人接過來做個健康檢查。

往年這時候，老太太的體檢都是方如清安排的，今年情況有所不同，阮眠沒說什麼，只道：「到時候再打電話給奶奶吧。」

「好。」方如清說。

一路上趙應偉接了好幾通電話，中途只好換方如清開車，阮眠聽著他的電話內容，像是在聊投資的事情。

她沒怎麼在意，偏頭看李執，他靠著椅背似乎睡著了。

此時正值二三月交替之間，平城氣溫回升，窗外陽光明亮溫暖，曬得人有些睏倦。

阮眠低頭打了幾個哈欠。

半個多小時後，車子在路口停下，趙應偉去附近停車，方如清提著阮眠的行李箱走在前頭。

剩下阮眠和李執落在後面。

「你什麼時候開學？」阮眠納悶，李執一個高三生，寒假比她們放得還要早就算了，開學也這麼晚，一點也沒有高三的緊張感。

李執甩了甩手臂，「早就開學了，只是我沒去。」

「……」

他視線落在前面，低著聲說：「妳媽媽好像誤會我和妳的關係了，剛才看我的眼神都不對。」

「啊？」阮眠撓了撓臉，「我怎麼沒看出來？」

「不信妳回去看看吧，她肯定會問妳的。」說話間，已經走到李執家門口，他和方如清打了聲招呼，又朝阮眠挑了下眉，「再見。」

等他進去後，阮眠快步跟上方如清，問了句：「趙書棠怎麼樣了？」

「還好，只是還不能走動，加上手臂也摔傷了，也不知道她這學期跟不跟得上課程。」方如清今天穿了雙平底鞋，看起來和阮眠差不多高。

「這樣啊。」

方如清偏頭看她一眼，猶豫著開口：「妳和李執是早就認識了，還是回去之後才認識的？」

還真的被他說中了。

阮眠抿了抿唇：「早就認識了，剛搬過來的時候就認識了，之前暑假那次晚上我走錯路，還是他帶我過去的。」

那都是去年的事情了，方如清也沒什麼印象，旁敲側擊叮囑道：「妳現在還小，還是要以讀書為主，其他的事情可以等升學考結束再說。」

阮眠皺了皺鼻子，「知道了。」

等回到家，阮眠被方如清推著去趙書棠的房間看了一眼。算起來這應該是她第一次進到趙書棠的臥室，不同於她那裡窄小簡單，這裡顯然更像個女孩子的房間。

趙書棠半靠在床上，左腿和左手臂都搭著厚厚的石膏，右臉靠近顴骨那裡的淤青還沒散掉，看起來有些觸目驚心。

礙著大人在場，兩人也沒吵起來，一個裝模作樣地問候，一個虛情假意地回應，誰也不比誰高貴。

慰問完趙書棠，阮眠回房間收拾行李，休息了一會兒，去樓下吃了午餐，這之後的時間過得飛快。

第二天便是開學日，趙書棠手腳不便，趙應偉和方如清跟著阮眠一起去學校，三個人去了周海的辦公室一趟。

幫趙書棠請完假，周海提到競賽班的事情，阮眠心裡一咯噔，才想起自己忘了跟方如清說這件事。

周海從方如清的表情中看出阮眠沒提過這件事，笑著打圓場道：「也就是學校舉辦的一個數理化競賽班，阮眠轉來八中以後考的幾次月考，數學都是滿分，負責數學組的嚴老師就想讓她加入競賽班，看看能不能走競賽保送這條路，畢竟阮眠現在還是有些偏科，競賽也就是讓她多一個選擇。但還是要看阮眠和二位家長的意見，如果去競賽班，可能就顧不上其他科目的學習，可一旦拿到了名次，一定能保送頂大。」

這決定說突然也突然，方如清和趙應偉互看一眼，又抬頭看了阮眠一眼，才開口道：「還是看她自己怎麼選擇吧，我們沒意見，她要是想去，我們做家長的也不可能攔著她，肯定都是支持的。」

話就說到這裡，剩下的還是丟給了阮眠，方如清和趙應偉晚一點還要去公司，和周海寒暄了幾句就離開了學校。

周海起身倒了杯水，看著站在旁邊默不作聲的人，溫聲問道：「這麼大的事情，怎麼沒和家裡的人說？」

「我忘了。」

「是忘了，還是不想說？」周海坐回位子上，語重心長道：「人這一輩子啊，無論是家庭還是生活總會遇到一些挫折的，有時候忍一忍就過去了，不要想太多，妳現在還小，有些事情妳不理解，等妳大了，自然而然就想通了。」

「周老師，您說的我都懂。」阮眠笑了笑：「但我這次是真的忘記說，我一放假心思就不在學習上，只顧著放鬆了。」

「……」周海懶得再說教，用杯蓋撇著茶沫問：「那進競賽班的事情，妳考慮的怎麼樣了？」

「周老師，我——」

阮眠之前對於參加競賽保送這條路，壓根兒就沒有考慮過，她其實更偏向於按部就班的流程。

周海一看她這欲言又止的模樣，就已經猜出了什麼，勸說道：「妳要知道，升學考是有很多意外的，妳現在的成績並不穩定，雖然還是可以考上一間很好的學校，但如果走競賽這條路，說不定妳可以到更好的環境，但不管怎麼樣，都還是看妳自己的決定，我也不勉強妳，妳再回去好好考慮一下，好嗎？」

阮眠抿唇，輕吸了口氣，「好，我知道了，謝謝周老師。」

阮眠回到教室，班上已經來了不少人，短暫的分別讓大家都顯得有些興奮。收作業的收作業，補作業的補作業，談笑風生才是青春。

阮眠一坐下來，四周的人立刻圍過來，七嘴八舌地問起趙書棠的情況，「她這學期不來上課了嗎？」

阮眠：「不是，只是請了一個月的假。」

「這麼長？她是怎麼受傷的？」

「被車撞的。」

「這麼嚴重？找到肇事司機了嗎？」

阮眠抿了下唇，「找到了。」

這些人有來關心的，也有來八卦的，她們問什麼，阮眠知道什麼說什麼，其他的一概不多說。

後來遲來的孟星闌擠開人群，把阮眠撈出來，「妳傻啊，要是趙書棠知道妳在學校說她的事情，肯定又會和妳吵起來。」

阮眠半截身子趴在走廊的欄杆上，「那能怎麼辦，她們問的都是正常的問題，我總不能都說不知道。」

聊了幾句，阮眠看到從樓下走上來的幾道身影，慢吞吞地直起身，轉過來背靠著欄杆。

孟星闌這個寒假過得豐富多彩，但仔細一聽，重點內容只剩下「梁熠然」三個字。

阮眠一邊聽一邊把目光挪向樓梯口，在看見人影靠近時，卻又裝作雲淡風輕的模樣。

江讓一早就在樓下看見站在三樓的女生，等到上了樓，他搭著沈渝的肩膀，腳步輕快。

陳屹落了幾步跟在後面，他之前剃短的頭髮又長了不少，蓬鬆且凌亂。

幾個人站在走廊聊了會天，沈渝先回到教室。江讓手握著欄杆，問阮眠：「之前給妳的筆記，妳都看完了嗎？」

阮眠沒想到他會突然提起這個，此刻總有種背著陳屹做了什麼虧心事的感覺，眼神躲了下，「看完了。」

「好，我之後再拿兩份試卷給妳。」

阮眠客套了句：「麻煩你了。」

江讓：「沒事，反正妳也有幫我補數學啊。」

孟星闌察覺出不對勁，拿肩膀撞了下阮眠的肩膀，雖然沒說什麼，但她那八卦的眼神已經暴露了她在想什麼。

阮眠揉了揉臉，餘光瞥見陳屹從後門進到教室，心臟抖了一下，明知他不會在意，可她永遠會為他的一舉一動而緊張。

開學第一天照例是模擬考，這一次考全科，兩天的考試時間一晃而過，假期殘留的興奮感也在緊張的考試中被消磨殆盡。

考試當天的晚自習照常舉行，結束最後一節英文考試，阮眠回家一趟，突如其來的生理期導致她考試時都沒辦法進入狀態。

換好衣服，路過趙書棠的房間，阮眠腳步頓了下，卻又加快腳步離開了家。

等到了晚自習，周海在班裡說了這學期學校開設數理化競賽班的事情，「學校開這個只是提議，並不是提倡大家都去報名，畢竟不是每個人都適合走這條路，報名從這週開始，大家回去和父母商量一下，有意想報名的，先去班長那裡登記。」

八中每年都會有一批競賽保送的學生，今年是頭一次針對這個專案開設輔導班，作為實驗班的學生，可能會比普通班的學生更有優勢走這條路。

但這也不是能輕易做出決定的事情，班上一時議論紛紛，周海也沒多說其他的，只是叮囑傅廣思管理一下秩序，就回去辦公室了。

阮眠一早就得到了消息，這會兒人不舒服，埋頭趴在桌上，聽著周圍同學在討論這件事。

傅廣思戳了戳她的手臂，「阮眠，妳沒事吧？」

「沒事。」她把枕在手臂上的腦袋轉過來，神情病懨懨的，「生理期。」

「那妳繼續休息吧。」傅廣思從書包裡翻出一個暖暖包遞給她，「上次買的，還有一個。」

「謝謝。」

傅廣思擺擺手，「沒事啦。」

阮眠剛開始痛得難受，貼上暖暖包之後緩和了幾分，但也睡得不沉，對於周遭的動靜並不是全無意識。

班裡亂哄哄的，混著四處走動的腳步聲，阮眠調整了下姿勢，將制服往上扯過腦袋。

沒一會兒，她在似醒非醒之間聽見江讓的聲音：「班長，幫我和陳屹登記一下吧。」

傅廣思問了句：「你和陳屹都打算去競賽班啊？」

「陳屹想去，我只是湊個熱鬧。」江讓站在傅廣思那邊的走道，視線落到阮眠這裡，裝作不經意地問：「阮眠怎麼了？」

「哦，她有點不舒服。」

「沒事吧？」

「沒事，休息一下就好了。」傅廣思壓了下筆，打岔道：「好了，已經幫你們登記好了。」

「謝啦。」

江讓回到自己的座位，傅廣思在忙自己的事情，阮眠在一片昏暗裡醒來，直到快下課才掀開制服坐起來。

傅廣思看過來：「妳有好一點嗎？」

「好多了。」阮眠揉著制服，臉色有些蒼白。過了一會兒，她問：「我們班現在有多少人報名競賽班了？」

「不多，也才五六個。」傅廣思翻開筆記本，「妳要報名嗎？妳這個成績，周老師肯定會建議妳參加的。」

阮眠扣著制服的拉鍊，「那妳……先幫我登記吧。」

「好。」

晚自習結束，孟星闌拉著阮眠去校外的手搖店買店裡推出的新品，同行的還有齊嘉和傅廣思。

這個時間店裡人正多，隊伍都已經排到了店外，四個女生接著隊伍的尾端排隊，周圍嘰嘰喳喳的全是女生。

齊嘉很快在前排的人群中看見熟人，收起手機叫了聲：「盛歡！」

原先垂頭在一旁踢小石子的阮眠，聽見這個名字，整個人倏地一僵，腳下一不留意，直接將石塊踢到了馬路上。

她抬起頭，看見如同換了個人的盛歡。

女生原先的大波浪燙成了黑長直，髮間挑染的幾縷亮色在光影下格外晃眼，她卸掉了濃妝，露出原先就很漂亮的五官，多了幾分少女感。

齊嘉託她多買四杯奶茶，孟星闌從隊伍裡走出來，四個人站在一旁聊天。

孟星闌抓著齊嘉的手臂，問：「盛歡怎麼把頭髮燙直了？」

齊嘉笑說：「還不是因為陳屹，她不知道從哪裡打聽到的消息，說陳屹喜歡黑長直、天然感的女生。妳看，她今天連妝都不化了。」

「……」孟星闌咋舌：「她可真是狠得下心。」

「她這個人就是這樣，只要是她想做的事情，她爸媽都攔不住。」

聊了一會兒，阮眠看到盛歡提著一袋子的奶茶走過來，孟星闌要把錢給她，她沒要，反而笑著說：「不用啦，我請妳們喝。」

等她走了之後，孟星闌咬著吸管哀號：「長得漂亮就算了，人還這麼好，講真的，她剛才對我笑的時候，我心跳都停了。」

傅廣思應和著瘋狂點頭。

阮眠垂著眼眸，手裡的奶茶溫熱，喝一口，甜得發苦，猶如她無人可說的少女心事。

競賽班報名截止時間到第二天傍晚。

下午最後一節生物課，周海拿到名單，看到幾個心儀的學生都在其中，心一下子就穩了。他將名單放在講桌上，開口道：「競賽班分數學組和物理組，需要大家自主選科，這週六學校會舉辦審核考試，之後會根據審核成績綜合考量，再決定是否錄取。小老師，下課去我那裡拿一下報名表，填完之後收一下，明天中午交到我辦公室。」

阮眠點了下頭，「好的。」

一節課結束，周海把陳屹和阮眠都叫去了辦公室，「競賽班的嚴老師希望你們兩個都能去數學組，你們自己是怎麼想的？」

陳屹的成績一直都很穩定，沒有太多的偏頗，但對於選科，他想了一會兒說：「我還是想去物理組。」

周海沒說什麼，又問阮眠：「那妳呢，應該去數學組吧？妳這個成績，去數學組是最穩定的。」

阮眠背在身後的手糾纏在一起，猶豫了半天才點頭說：「那就……數學吧。」

「好，那就先這樣。」周海從抽屜裡拿出一疊報名表遞給阮眠：「我也沒有其他事情了，你們回去吧。」

兩個人從辦公室出來，陳屹拿著一張報名表，看了默不作聲的阮眠一眼，溫聲提醒：「選科的事情，妳不用太在意別人說什麼，主要還是看妳自己對什麼感興趣。」

阮眠點了點頭，「我知道。」

陳屹沒再多說，回到教室，他和江讓出去吃飯，阮眠發完報名表，孟星闌也把晚餐買回來了。

吃飯時聊到選科的事情，孟星闌吸著冬粉，聲音含糊：「我覺得老周說的也有道理，妳看妳上學期每次考試，數學成績從來都沒有掉到一百四十五分以下，嚴老師在沈渝他們班都把妳誇了一遍。」

阮眠心裡始終猶豫著。

孟星闌見狀，放下筷子問：「那我問妳，讓妳自己選的話，妳想選什麼？」

阮眠壓著心跳和緊張：「物理。」

「那就選物理吧。」孟星闌重新拿起筷子，埋頭吃得起勁，「反正妳物理又不差，再加上妳也感興趣，學起來肯定不會比數學難。」

阮眠嘆了口氣，想選又不敢選。

到了晚自習，班上的同學陸陸續續回來，阮眠在上課之前收到了三張填好的報名表。是陳屹、江讓還有物理小老師代碩的，三個男生都選物理，阮眠把自己的報名表攤在桌上，盯著科目那一欄發楞。

恍惚著過了一個晚上，阮眠在最後一節自習課快結束的時候，去了周海的辦公室一趟，和他提了下想選物理的事情。

周海顯然不太贊同，「妳想好了？這可是關係到後面考試、報考學校、報考科系等等，一旦決定了就不好調整了，妳要不要再回去考慮一下？」

阮眠卻不再猶豫，「周老師，您說的我都清楚，但比起數學，我還是對物理更感興趣。」

周海沉默了一會兒，長嘆了口氣，「好吧，反正我還是那句話，怎麼選都是妳自己的事情，只要妳自己考慮好，老師沒意見。」

阮眠鬆了口氣，「謝謝周老師。」

周海笑了笑說沒事。

阮眠正準備回去，周海又想起什麼，從抽屜裡拿出幾張試卷，「對了，妳把這些試卷帶回去給趙書棠，讓她在家做完，週三妳再帶回來。」

「好的。」

晚上回到家裡，阮眠和方如清提起去競賽班的事情，方如清還是秉持著不干涉的態度，「妳自己想好就行了。」

阮眠「嗯」了聲，翻出包包裡的試卷，「這是周老師讓我帶給趙書棠的試卷，妳幫我拿給她吧。」

方如清笑了聲，「妳自己去，只是送個試卷而已，又沒什麼。」

阮眠撓了撓眼下那一塊，見方如清堅持，也不好說其他的，拿著試卷走去樓上。

趙書棠房間的門沒關，她停在走廊，抬手敲了下門板。

屋裡傳來一聲：「誰啊？」

「是我。」阮眠垂頭看著自己的鞋，語氣淡淡的：「周老師讓我拿這次模擬考的試卷給妳。」

屋裡安靜了幾秒，才聽到回應：「那妳進來吧。」

阮眠走進去，站在離床尾一公尺遠的位置，「周老師讓妳這兩天把試卷寫了，後天我再帶去學校給他。」

「知道了。」

阮眠屏著一口氣：「要幫妳把試卷放在哪裡？」

「放在書桌上就好。」

阮眠走過去把試卷放下，趙書棠看著她的身影，抿了下唇角，一句「謝謝」說得格外彆扭。

阮眠頓了下，也不轉過來看她，只是語氣放緩了幾分：「不客氣。」

從趙書棠的房間出來後，阮眠站在走廊聳了下肩膀，長舒了口氣，轉身回到自己的房間。

幾天後，學校舉辦審核考試，上午筆試下午面試，兩輪下來已經篩選掉了三分之一的學生，江讓也在其中。

新的一週來臨，八中第一批競賽班也組建完畢，阮眠如願以償地加入物理組，一班報名參加競賽班的大部分同學都在這個班，人云亦云，這也讓她的選擇顯得不那麼突出。

競賽班初期的上課時間在每週一、三、五的晚上七點到九點半，以及週六下午半天。

阮眠也確實像周海說的那樣，是個適合走競賽這條路的人才，進班之後的三次模擬考都是第一名。

最近結束的一次模擬考，她和陳屹並列第一，但因為阮眠前兩次考試都是第一，排名的時候老師就把一直都是第二名的陳屹，依舊放在了第二名。

代課的汪老師在課上開陳屹的玩笑：「陳屹，你是在第二名上挖了個坑住下了吧？」

教室裡灑滿了陽光，坐在後排的男生笑得漫不經心，「人家確實厲害，我考不過也沒辦法，總不能把人打一頓，說下次讓我考第一吧？」

這話一說，班裡全笑開了，阮眠坐在一片笑聲中，恍惚聽見自己心跳的動靜。

週六下課時間早，傍晚五點鐘天還亮著。

往常這個時間，陳屹都會和代碩他們幾個男生去球場打球，但他今天要去李執那裡，下課後就和阮眠順路一起回去。

週末學校除了高三和他們這群人，沒有其他學生，林蔭道上人影寥寥，夕陽的餘暉從枝葉的罅隙間拂落幾分。

兩人的影子落在後面，在地面上晃來晃去，時而觸碰到一起，時而又分開，多了不少纏綿悱惻的曖昧。

阮眠無意間回頭，看見兩人近乎碰在一起的影子，一晃神的空檔，陳屹腳步未停，兩道影子像是陰錯陽差地接了吻。

驚蟄過後，平城的氣溫猛然回升，中午的陽光摻上了幾分夏季的燥熱，午休的教室全是紙頁搧風的動靜。

阮眠這段時間過得格外忙碌，除了從早到晚的課程，週末還有額外的補習。空閒的時間，她還要幫趙書棠講解試卷。

說起這個，阮眠還覺得有些不可思議，她和趙書棠的關係一向是水火不容，但因為開學這一個月趙書棠請假在家的緣故，不管是周海還是方如清，好像都默認她是可以幫趙書棠一把的人。

平常在學校有什麼試卷或作業，周海都會讓阮眠幫忙帶來帶去，班上和趙書棠關係好的女生記下什麼筆記，也都會讓阮眠帶回去給她。

甚至是劉婧宜，也從一開始的陰陽怪氣逐漸轉變為彆扭地示好，阮眠猜測她大概是從趙書棠那裡聽到了什麼。

起初阮眠只負責傳遞，二月底的時候，趙書棠在家裡遠端參加了班裡舉辦的週考，成績並不理想。

之後周海找到方如清，方如清等阮眠晚上放學回來，和她提了這件事，「周老師今天找我去了學校一趟，說書棠這段時間在家裡落下不少課業，有點跟不上進度，讓妳休息的時候多教教她。」

阮眠壓了下手裡的筆，沒什麼語氣地說：「這件事我沒意見，但妳得先問問趙書棠願不願意。」

「我今天回來就問過她了，她說可以。」之前春節，趙書棠在家裡養傷的時候，方如清寸步不離的照顧讓她們之間的關係有了一些轉變，雖說仍不親近，但至少不像以前那樣抵觸了。

「那就從這週日開始吧。」阮眠當時是這麼說的。

悶熱困乏的午休在乍然作響的鐘聲中宣告結束，阮眠從試卷堆裡抬起頭，捏著有些泛酸的手腕，輕輕打了個哈欠。

下午第一節是英文課，宋老師已經提前拿著教材進了教室，還不到上課時間，大家都裝作沒看到他，上廁所的上廁所，聊天的聊天，孟星闌甚至還想拉著阮眠去福利社買東西，最後因為休息時間太短沒去成。

上課後，時間就顯得有些漫長了，尤其是剛睡完午覺的時候。阮眠在宋老師沒什麼起伏的腔調中眼皮直打架，在腦袋只差一點就要砸到桌面的時候，宋老師走過來在她桌角敲了下。

阮眠從昏昏欲睡中驚醒，耳邊是宋老師帶著笑意的聲音：「我知道第一節課比較難熬，但都這個時候了，千萬不能鬆懈，有誰還想睡覺的，去廁所洗把臉清醒一下再回來上課。」

話音一落，教室裡不少人都站起來了，阮眠揉著眼睛，看見陳屹也跟著走了出去。

連續兩堂的英文課結束後，阮眠陪孟星闌去福利社買零食，去的時候路過樓下公布欄，她們兩個在上面看見一個熟悉的名字——盛歡。

上週五因為在校內打架被記大過一次。

這件事在發生的當下就傳了出來，說是盛歡在班級裡搞小團體欺負別的女生。被人告到老師那裡的時候，她帶著人把告狀的那個女生圍在廁所打了一頓。

但實則不然，真正搞小團體的另有其人。

盛歡所在的美術班大多都是女生，她平時行事驚世駭俗，可她偏偏長得漂亮，追求者能從六樓排到一樓，班裡搞小團體的幾個女生看她不爽，故意弄出這件事。

雖說事情的起因是假的，但盛歡打人是真的，最後還是按照校規來處分。

「盛歡也太慘了吧。」孟星闌咋舌驚嘆：「果然女生多的地方，就容易生出事端。」

阮眠雖然和盛歡站在對立面，但還是能認清是非對錯，這件事說起來盛歡也是受害者。

阮眠不免對她抱有幾分同情，「希望她不要因為這件事受到太大的影響。」

「希望囉。」

後來回到教室，班上也都在討論這件事，阮眠從齊嘉那裡得知盛歡的父母和學校的董事長是朋友，記大過的事情大概很快就會過去。

她莫名鬆了口氣，卻下意識往陳屹那裡看了一眼。男生背朝著人群趴在桌上，一隻手臂墊在腦後，看不到臉也看不見神情。

上課鐘聲響起，男生放下手臂坐了起來，阮眠隔著重重人影看見他輪廓分明的側臉，依舊淡漠而英俊。

阮眠悄無聲息地收回視線，翻開課本攤在桌上，剩下的兩節課在恍惚中過得飛快。

晚上還有競賽班的課程。

阮眠陪孟星闌吃過晚餐，回教室拿書包的時候，碰見來一班找齊嘉的盛歡，女生和她有過幾面之緣，坦蕩熱情的模樣讓人根本生不出絲毫厭煩，「妳好厲害啊，我看妳上次月考的數學成績又是滿分，不像我，連妳的零頭都摸不到。」

阮眠笑了笑，說什麼好像都不對，最後只好說了句：「謝謝。」

盛歡和她聊了幾句課業上的事情，之後又繼續和齊嘉說笑。她笑起來是毫不顧忌的，露出整齊潔白的牙齒，眼睛彎成漂亮的月牙。

任誰看到都是賞心悅目的。

阮眠拿著書包和她們打了聲招呼，走出教室的時候，碰見剛從外面回來的陳屹和江讓。

正巧這時候教室裡傳出一陣笑聲，陳屹越過她的肩膀朝裡面看了一眼，阮眠心一提，裝作若無其事地擦肩而過。

天堂和地獄只在一瞬間。

下一秒，陳屹收回視線，腳步往旁邊一挪，站到從教室裡看不到的地方，和江讓說：「幫我拿一下書包。」

江讓不解地往教室看了一眼，隨即露出了然的笑容：「你有必要這樣躲著人家嗎？說不定她不是來找你的。」

陳屹皺眉，催促道：「快點，我去一樓等你，你把書包丟下來。」

江讓拍了下他的肩膀，「我真是服了你。」

還沒走遠的阮眠站在樓梯臺階上，抬頭看向遠處的夕陽，餘暉鋪滿了整片天空。

那天，似乎連風裡都摻著微妙的甜味。

競賽班的教室被安排在思政樓的小多媒體教室，物理競賽班人最多，有二十八個人。其中有二十四個男生，女生只有男生的零頭多。

阮眠過去的時候，班上還沒幾個人，被選進來的這些學生，一眼看過去大多都是很會讀書的樣子，十個有八個戴著眼鏡，頭髮剃得不長不短，斯文內斂話很少。

阮眠的鄰座是二班的一個女生，叫虞恬，是每次年級排名都緊咬著陳屹不放的第二名，也是班裡為數不多的活潑性子。

這會兒她見阮眠來了，停下筆抓著人聊天，什麼都能聊，上至天文地理下到娛樂八卦。

聊完，虞恬感慨了句：「妳不在，我都要憋死了。」

競賽班人人自危，把時間當生命，不適合做出聊天這種事，也就阮眠有時間和她聊這些。

正說著話，阮眠看見陳屹從外面走了進來，他偏好靠牆邊或者靠窗戶的位置，在競賽班也坐在邊邊角角。

但出眾的人無論坐在哪裡，都能引人注目，也就幾週的功夫，班上的同學幾乎都加了陳屹的聯絡方式。

不像阮眠，到現在也只加了虞恬和一個競賽班的群組，對比之下格外寒磣。

課程兩個半小時，中間只休息十五分鐘，下課後，阮眠和虞恬同行，在思政樓外面的花壇邊碰見不知道從什麼時候就站在那裡的江讓和沈渝。

虞恬和沈渝是同班同學，是見了面只會點個頭的那種關係。

江讓和阮眠聊了幾句，他當初也報名了競賽班，但在面試的時候被刷了下來，幾分鐘的時間，陳屹從大樓裡走了出來。

阮眠和他們說再見，拉著虞恬先走了。

虞恬和阮眠的家在反方向，她們在校門口分開，阮眠隨著人流往右走，晝夜溫差大，晚上的風裡捲著微涼。

阮眠走到家門口，還沒進去，就聽見從裡面傳來的爭吵聲。

趙應偉之前跟風隨大流學人投資，被騙走十幾萬，方如清為了這件事和他吵了好幾次。

但當時這件事吵了幾天就過去了，阮眠不知道這次又是因為什麼，在門口猶豫著要不要進去的時候，門突然從裡面被打開了。

阮眠一頓，叫了聲：「趙叔叔。」

趙應偉臉上的怒氣緩和了幾分，勉強笑出來，「眠眠回來了啊，我有點事要出去一趟，妳讓妳媽早點休息。」

說完不等阮眠接話，人就走了出去，混入夜色中找不到了。

方如清也聽見了門口的動靜，阮眠進去的時候，看見她抬手抹了抹眼睛，轉過身來，眼角還帶著紅。

阮眠抿了抿唇，「媽，妳和趙叔叔怎麼了？」

「沒什麼，就是些工作上的事情，我們兩個都有些著急了。」方如清笑了笑：「沒事，妳早點休息吧。」

一個兩個都不願意說，阮眠回到房間，想了想，還是去敲響了趙書棠的房門。隔了幾秒，裡面傳出聲音：「門沒鎖，妳進來吧。」

阮眠推門進去，趙書棠坐在桌邊，打著石膏的那隻腿放在旁邊的椅子上，頭也不回地說：「我爸想辭職去和人合夥開公司，方阿姨不同意，他們兩個就為了這件事吵起來了。」

阮眠「哦」了聲，「我知道了，謝謝妳。」

「不客氣。」

她沒久留，轉身走了出去。屋裡，趙書棠停下筆，回頭看了眼，微不可察地嘆了口氣。

這之後的一段時間，趙應偉基本上都是早出晚歸，有時候甚至徹夜不歸，段英因為這件事，偶爾還會說上方如清幾句。

有一次說得太過分，方如清和她大吵一架，也就在那天晚上，趙應偉比平時還要早回到家。

公說公有理，婆說婆有理，方如清和段英各執一詞，差點又吵起來，趙應偉幫誰都不是，最後乾脆不管了，任由兩個人折騰。

那段時間家裡總是烏煙瘴氣，段英看不上阮眠，厭惡方如清的強勢，氣趙書棠在無意間透露出來的妥協。

總而言之，家裡除了趙應偉和趙書陽，沒有一個是讓她滿意的。

就這樣到了清明節，趙應偉帶段英和趙書陽回鄉下祭祖，方如清接到娘家那邊的電話，抽空回去了一趟。

三個大人沒提前溝通，都以為彼此會留在家裡，結果到最後家裡就只剩下阮眠和趙書棠。

恰好那兩天又趕上趙書棠回診拆石膏的日子，家裡這陣子鬧成這樣，也沒人記得這件事，還是醫師打電話到家裡，阮眠才知道這件事。

她在電話裡和醫師約好了時間，去樓上和趙書棠說：「我幫妳預約了明天上午十點回診。」

趙書棠手臂上的石膏早在半個月前就已經拆除，現在只剩下小腿上的板子。聞言，她問了句：「就我們兩個去嗎？」

阮眠「嗯」了聲，「應該吧，我也不知道我媽什麼時候會回來。趙叔叔他們什麼時候會回來？」

「不知道，我沒問。」

「那我陪妳去吧。」阮眠問了句：「妳中午想吃什麼？我點外送。」

趙書棠說：「都可以。」

「好，妳先休息一下，我等等再幫妳把外送拿上來。」阮眠下了樓，等吃完午餐，在樓下看了一整個下午的電視。

隔日一早，阮眠提前叫了車，扶著趙書棠下樓，用輪椅推她去巷口坐車。

這次回診結果良好，醫師讓阮眠扶著趙書棠坐到一旁的檯子上。

拆完石膏，阮眠推著趙書棠從醫院出來，在路口等車的時候，趙書棠看著馬路上的車流，毫無預兆地開口道：「對不起。」

恰好這時有車鳴笛，近乎蓋過了趙書棠的聲音，她不清楚阮眠有沒有聽見，卻也沒再開口。

攔到的計程車司機很好心，上車幫忙下車也幫忙，把兩人送到家門口才離開。

回到家，阮眠沒能力把趙書棠送到二樓的房間，只好先讓她睡在樓下段英的房間。

幫她收拾好讓她躺下，阮眠走到門口，突然回過頭叫了聲：「趙書棠。」

趙書棠抬起頭，「怎麼了？」

「我聽見了。」阮眠說：「所以沒關係。」

這話沒頭沒腦，如果是別人大概不明白她在說什麼，但趙書棠卻很清楚，她愣了幾秒，然後發自內心地笑了出來。

阮眠也跟著笑了聲。

一笑泯恩仇。

和趙書棠的和解不在阮眠的意料之中，但總歸是這段時間難得的好事，假期結束回到學校，孟星闌很明顯察覺到阮眠和趙書棠的關係發生了變化。

下課的時候，她問阮眠：「妳和趙書棠，妳們兩個……」

「和解了。」陽光有些曬人，阮眠微瞇著眼睛，「她跟我說對不起，我說沒關係，以後真的就是一家人了。」

孟星闌驚嘆了聲，「這個假放得很值得。」

阮眠笑起來，「是啊。」

那時候風清雲朗，一切都很美好。

四月中旬迎來八中高一和高二的期中考試，阮眠的考場從最初的四十六挪到三十，又挪到十三，接著是個位數考場，現在甚至能和陳屹同在第一考場。

前三個考場多是一班和二班的學生，前後左右都是熟人，監考也比一般考場嚴格許多。

三天後，期中考成績出來，阮眠英文超常發揮，頭一次跨過了一百三十分的線，在年級的排名也因為理科和數學的高分，直接擠進了前十名。

為此，教英文的宋老師沒少在班裡誇她。

這之後沒多久，周海按照這次的排名重新調整了座位，阮眠從第三組第三排換到了第二組第三排，和坐在第一組第一排的陳屹不過只差一個走道的距離。

高二那年，班裡每一次的座位調動對於阮眠來說，既是恩賜也是折磨，恩賜是她可以離陳屹越來越近，折磨是這樣的恩賜太難得了。

但她始終認為，只要自己追逐的步伐夠快，他總有一天能把這一切看在眼裡。

可惜，那只是她「以為」。

第八章　沒有開始，沒有結局

競賽班在期中考結束沒多久後，舉行了一次正式的模擬考，考卷難度和賽制流程全都參照往年的全國大賽。

阮眠在考試當天撞上生理期，整體狀態受到影響，下午的實作考試全部失分，總排名直接從之前的第一掉到了末尾。

但好在事出有因，大家並不是很驚訝，甚至都認為她下次肯定能坐回第一。哪怕現在坐在上面的是陳屹，那個每次月考都是第一名的陳屹。

成績出爐的那天正好是週六，下課時間早，孟星闌約了阮眠去逛街，平常同行的四個男生只有梁熠然和江讓跟了過來。

江讓若有若無的示好難免讓人心生曖昧的想法，阮眠做不到心裡有人的前提下，還裝作什麼都不知道的樣子，去接受另一個人給予的好。

她的喜歡已經足夠心酸苦澀，她不想讓別人背上和自己一樣的心情，任憑心上人一句話判定生死。

但在誰也沒把話說開之前，阮眠只能選擇不動聲色地疏遠江讓，將僅存的所有可能掐滅於此。

兩人本就不多的交集因為其中一人的退步，寥寥無幾。

高二下學期的日子像風一樣過得飛快，炎炎夏日，聲嘶力竭的蟬鳴和攀滿了整個牆壁的綠葉，那些曾經共同擁有的美好，終將成為所有人記憶裡無可替代的青春。

六月最重要的那兩天，八中作為考場之一，讓高一和高二的學生騰出考場給高三的準考生，因此放了短暫的兩天假期。

阮眠前陣子忙得暈頭轉向，突然歇下來，整個人澈底懶散，七號那天在家睡了一整天，到了傍晚才出門。

李執是今年的考生，考場也正好被分到八中，但他考完沒有回去學校，而是直接回家。

阮眠昨天晚上還和他出去逛街逛了半個小時。

這會兒她慢悠悠地走到他家的超市門口，探頭朝裡面看。她沒看見李執，倒是李執的父親先看見了她，笑呵呵地招呼道：「找李執啊？」

阮眠靦腆地笑了笑：「啊，李叔叔，您在啊，李執他還沒回來嗎？」

「早就回來了，在後院呢。」李父放下手裡的計算機，神情和善：「妳進來啊，自己去院子找他，沒事的。」

阮眠點點頭：「那李叔叔您忙，我先過去了。」

「去吧。」

阮眠走進店裡，繞過兩排貨架，進了李家的院子，正好撞見剛洗完澡出來的李執。男生裸著上身，白皙精瘦的肩頸搭著一條米色毛巾，一頭碎髮溼漉漉的還在滴水，五官乾淨又好看。

只是……

阮眠前進的腳步倏地停在原地，動作迅速地轉過身，耳根和脖頸卻已染上紅意，「對不起、對不起。」

李執笑出聲，走到曬衣架那邊隨便扯了件黑色T恤套在身上，語氣帶著幾分調笑：「又不是全裸。」

阮眠還背對著他站在原地，手指攪緊，有些慌張和不好意思。

「好了，我穿衣服了。」李執說完，彎下腰拽著搭在井口邊的繩子，將丟在裡面的木桶拉上來。

阮眠揉了揉臉，這才轉過身來。

李執將泡在木桶裡的西瓜抱出來放到旁邊的石桌上，極其自然地支使阮眠幹活，「去廚房幫我拿一把菜刀。」

「好。」

晚風習習，李執和阮眠一人捧著一瓣西瓜，並肩蹲在廊簷的臺階上，阮眠咬了兩口西瓜，瓜瓤沁甜，帶著井水的冰涼，散去了不少熱意。

她吐掉嘴裡的籽，隨口問道：「升學考感覺怎麼樣？」

「也就那樣吧。」李執笑了聲，「沒什麼感覺，和平常差不多。」

「那你想好考哪間學校了嗎？」

「還沒，等成績出來再說吧。」李執偏頭看過來，「妳呢？」

阮眠手裡西瓜的汁水順著瓜瓤壁面滑落到虎口處，她伸手甩了一下，「我也還沒想好。」

「妳這學期不是去了你們學校的物理競賽班嗎，以後不打算走物理這條路？」

阮眠又低頭咬了一口西瓜，嚼了幾下才說：「再看看吧，能不能保送還不一定呢。」

李執笑而不語。

夜幕在晚風中逐漸來襲，阮眠從店裡出來，穿過熱鬧的巷道一路向西，身影被來往的人群遮掩。

李執在店門口站了一會兒，進去的時候看見從另一頭走來的陳屹，又折身往下走了幾步，「你怎麼過來了？」

陳屹也是剛睡醒從家裡出來的，整個人睡眼惺忪，連聲音都還帶著倦意，「來看看你。」

李執噗嗤一笑，「我有什麼好看的？」

「你不是才剛考完升學考嗎？」陳屹把手裡的保溫罐塞到他懷裡，「我奶奶請家裡阿姨燉的補湯。」

李執伸手捧著，「替我謝謝奶奶。」

「謝過了。」

「好，進來坐會兒吧。」李執和他一前一後進了店裡，陳屹和李執的父親打了聲招呼，跟著進了院子，周圍電線拉扯盤旋，燈光明亮，院子中間的桌上還放著來不及收起來的西瓜。

陳屹在旁邊的水池洗了手，坐下來的時候拿起一瓣西瓜吃了起來，「今天感覺怎麼樣？」

一連被兩個人問了同樣的問題，李執有點頭大，「你能讓我安心吃點東西嗎？」

陳屹覷了他一眼，倒也沒再問。

李執慢條斯理地喝完一碗湯，手指在碗沿敲了兩下，「你之前是不是和我說過要去國外讀書？」

陳屹「嗯」了聲，「怎麼，你也有這個打算？」

「沒，只是問問。」李執拇指按著唇，咬了下唇角，「那你還去競賽班做什麼？你又不走保送這條路。」

「我需要獎項加分。」陳屹容易招蚊子，才坐這麼一會兒，小腿就被叮了幾個包，他站起身，「我申請的那間學校，要求報考生在國內擁有某一類國家級獎項，如果能拿到保送名額，在成績審核這塊會比較輕鬆。」

「這樣啊。」

陳屹站到亮處，四周蚊蟲少了許多，他問：「你想好要報哪間學校了嗎？」

「還沒。」李執往前敞著腿，姿態放鬆，「先等成績出來再說吧，我跟你們這種有目標的學霸不一樣，我這個人啊，走一步算一步。」

陳屹別開頭笑了聲，沒反駁他的話。

升學考在不知不覺中過去了，剩下的日子仍然按部就班，整個學期的最後一場考試，也在夏天的炎熱躁動中如期而至。

六月的最後兩天，是八中高一和高二的期末考試。

考完英文的當晚，所有高二學生搬進了早就人去樓空的高三教學大樓，還沒來得及迎接暑假的到來，就已經提前步入了高三生活。

上了半個月的輔導課，在平城氣溫高達四十度之時，學校才宣布停課放假。放假那天，班裡鬧哄哄的吵成一團，因為馬上就要離校，教室裡只開了電風扇，微涼的風混著窗外吹來的悶熱，暑氣難消。

阮眠收拾完書包，拿著孟星闌送的小風扇朝著臉直吹，視線看向窗外萬里無雲的天，正大光明地發呆。

站在講臺上的周海老生常談安全問題，叮囑大家不要去野外游泳，外出注意人身安全，最後才祝大家有個愉快的暑假。

隨著耳邊突然響起的歡呼聲，阮眠回過神，周海已經離開教室，班上全是拖動桌椅的動靜。

孟星闌提著書包走過來，「眠眠，中午一起吃飯啊，吃完飯我們去電影院看電影。」

阮眠沒拒絕，「那我先回家放東西，妳要不要也把書包放到我家？我幫妳一起帶回去。」

「嗯……」孟星闌想了幾秒：「好，那我和妳一起吧。」

「好。」

孟星闌和其他男生打了聲招呼後，抱著一疊課本和阮眠一起出了學校。兩人在路過李家超市的時候看見了李執，阮眠停下來和他打招呼。

李執的升學考成績已經出來了，不怎麼理想，遠低於他平常在校成績，但他好像沒有很難過，拒絕了班導的重考提議，報了平城的一間普通大學。

阮眠還有事，沒和他多聊。

從超市走過來之後，孟星闌說：「我靠，你們這巷子臥虎藏龍啊，這麼大個帥哥，我以前怎麼都沒看過，他也是八中的嗎？」

「不是，他是十中的。」

「難怪。」孟星闌過了很久，還是對李執那張臉念念不忘，出去的時候非要拉著阮眠進去買東西。

阮眠拿她沒辦法，只好進去買了兩瓶水，「這是我同學孟星闌。」

李執抬頭看了一眼，「妳好。」

「……你好。」

最後李執也沒收那兩瓶水的錢，從店裡出來之後，孟星闌攥著礦泉水瓶，眼睛都快變成星星了，「啊，我死而無憾了。」

阮眠開玩笑道：「妳這樣子，不怕被梁熠然知道嗎？」

「妳不說我不說，他怎麼會知道？」孟星闌一臉坦蕩，「我只不過是欣賞一下帥哥的皮囊，又沒有真的要做什麼。」

阮眠無法反駁：「……」

中午吃飯的地點就定在學校附近，她們兩個過去的時候，包廂裡已經有人在了。除了平常那四個男生，還有兩個阮眠沒想到的人——齊嘉和盛歡。

阮眠當時站在包廂外，就已經先聽見了女生極具代表性的笑聲，整個人猶如被人兜頭潑了盆冷水，渾身發涼。

孟星闌沒注意到阮眠的異樣，拉著她坐到剩下的兩個空位，而盛歡恰巧就坐在阮眠的對面。在她的右手邊是面無表情的陳屹。

阮眠不知道自己當時是什麼表情，渾渾噩噩地坐下來，聽見孟星闌在問梁熠然：「盛歡怎麼來了？」

梁熠然搖搖頭：「不知道，我來的時候她們就已經在這裡了，應該是陳屹邀請的吧。」

「不可能，陳屹之前不是還躲著她嗎？」

梁熠然輕笑：「不然妳自己問陳屹？」

「……」

他們交談的聲音不大，只有身邊的人聽得見，坐在梁熠然另一側的沈渝傾身靠過來，「我邀的，盛歡剛好來找陳屹，我就邀她們一起來了。而且你不覺得陳屹現在這個樣子很好玩嗎？」

孟星闌看了坐在斜對面的陳屹一眼，難得看到他吃癟的樣子，噗嗤笑了聲，「還是你厲害。」

沈渝格外得意地挑了個眉。

孟星闌坐直身體，回頭看了發楞的阮眠一眼，碰了碰她的手臂，「眠眠，妳怎麼了？」

阮眠回過神，勉強笑了下，「沒事，就是在想一道題目。」

「唉，別想了，都放假了，讓自己放鬆一下也不行嗎？」孟星闌端起桌上的飲料，幫她倒了一杯，「來，降降溫。」

「嗯，不想了。」阮眠握著杯子，神經繃得很緊。

一頓飯吃得幾家歡樂幾家愁。

盛歡大方又爽朗，就連男生的話題也接得住，甚至還和沈渝約了下次一起打遊戲。

可她唯獨沒有和陳屹講話，對比起之前她對陳屹的窮追不捨，這樣的反差實在太過明顯。

連一向遲鈍的孟星闌都看出了不對勁，湊過來和阮眠咬耳朵：「盛歡這是在玩欲擒故縱？還是真的對陳屹不感興趣了？」

阮眠哪還有思考的能力，早在看見盛歡的那一刻，她就已經丟盔棄甲，心緒滿盤崩潰。

孟星闌久久等不到她的回答，偏頭看過來，發現她臉色蒼白，擔心道：「眠眠，妳沒事吧？臉色怎麼這麼差？」

「沒事。」阮眠輕吸了口氣：「應該是剛才喝了太多冰的，胃有點痛。」

「那我幫妳要杯熱飲吧？」

阮眠掐著手指，「不用了，我坐一會兒就好了。」

孟星闌沒放任她自己忍著，跟服務生點了杯熱飲，又起身幫她倒了杯熱水，「喝一點，暖暖胃。」

「謝謝。」

「跟我客氣什麼。」孟星闌還沒吃飽，照顧好阮眠又投身到桌上的美食之中。

阮眠低頭喝了兩口熱水，餘光瞥見陳屹起身，捏著杯子的手一緊，指腹被燙得發紅也沒注意。

陳屹依舊是那副誰也不理的表情，語氣也聽不出什麼情緒，「我先回去了，你們慢慢吃。」

沈渝叫了他一聲，「那你還要跟我們去網咖嗎？」

「不去了，我回去補眠。」陳屹挪開椅子往外走，才剛走出去，剛才都沒理他的盛歡突然放下筷子，起身追了出去。

隔著一道門，坐在包廂裡的人還能聽見她的聲音：「陳屹，你等等我！」

阮眠屏息許久，除去一開始奔跑的腳步聲，再也聽不見其他動靜，盛歡沒再回來。

反應快的沈渝起身走到窗邊，等了一兩分鐘，他扭頭看回來，問大家：「你們猜，盛歡有沒有追上陳屹？」

「肯定追上了，不然她也不會這麼久都沒回來。」孟星闌夾了一筷子青菜，抬頭問齊嘉，「她是直接跟陳屹走了，還是等等會再回來啊？」

「肯定直接走了吧，妳覺得她會放過這麼好的機會嗎？」

孟星闌聳了聳肩，「也對。」

阮眠鬆開緊握著杯子的手，指腹被燙得發紅，實在是太痛了，痛到她幾乎忍不住要哭出來。

那天吃完飯後，阮眠和孟星闌去電影院看了一部上映許久的韓國愛情電影，在看到男主角K親手把自己最愛的人交給別的男人的時候，廳內全是壓抑的哭聲，阮眠卻毫無反應。

直到結局出現反轉，女主角Cream對於絕症男友K做的一切事情瞭若指掌，但僅僅是為了讓男友放心離開，選擇裝作什麼都不知道時，她的眼眶一下子就紅了，眼淚不停往下掉，怎麼也止不住。

孟星闌被阮眠這種哭起來不出聲、只是不停掉淚的哭法嚇了一跳，手忙腳亂地從口袋裡翻出紙巾，幫她擦完眼淚，又拿了張覆在自己的眼睛上。

電影的結局對於大眾來說也許是個悲劇，但對於劇中的男女主角而言卻是最好的結局。不像她和陳屹。

沒有開始，也沒有結局。

盛歡和陳屹的關係，成了橫亙在阮眠心中的一根刺。

儘管第二天她就從孟星闌那裡得知，盛歡和陳屹到目前為止仍舊停在朋友關係上，儘管所有人都覺得陳屹可能真的不喜歡盛歡，但阮眠依舊無法控制自己的胡思亂想。

現在不代表將來，陳屹現在不喜歡盛歡，但總有一天也會遇到其他對於他來說更好、更合適的人。就像電影《重慶森林》裡，何志武問金髮女殺手喜不喜歡吃鳳梨的時候，女殺手回答「人是會變的，今天他喜歡鳳梨，明天他可以喜歡別的」。

就算今天不喜歡，也會有明天，以後每一天都可能會有新的喜歡，但無論他喜歡什麼，都不會和她有任何關係。

阮眠每每想到這一點，心裡總會泛起一陣無法言說的酸澀和難過，以致於平常對她來說總是充滿懷念的暑假，都變得格外難熬。

七月底，學校競賽班開課，上課時間從上學期的每週一、三、五晚自習和週六半天，調整為每週一至週五下午六點到晚上九點半，上課的教室也從多媒體教室換到了高三的教學大樓。

阮眠和陳屹的碰面不可避免，她也有想過用疏遠代替不在意，但只要他隨便一個眼神，她的所有努力就成了徒勞。

週五這天班裡舉辦週考，阮眠這段時間胃口不佳，加上天氣炎熱，白天沒怎麼吃東西，原本好好的胃硬是出現了小毛病。

考試之前，阮眠就覺得有些不舒服，虞恬幫她接了杯熱水，她喝了兩口又轉緊瓶蓋捂在胃上。

溫熱隔著一層衣服貼著胃，緩解了幾分尖銳的刺痛感。

盛夏時節，晚間的氣溫居高不下，教室裡開著冷氣又吹著風扇，冷氣到處直竄。

阮眠只穿了件單薄的短袖，考試考到一半，露在外面的手臂因為又冷又痛的關係，泛起了一層雞皮疙瘩。

監考的羅老師發現她臉色不對，快步走過來，低聲關心了句：「怎麼了，不舒服嗎？」

阮眠不想太引人注目，只是說：「老師我沒事，就是覺得有點冷。」

「這樣啊。」羅老師直起身，原本想叫坐在那裡的陳屹關一下風扇，卻又怕打擾到他，想了想還是自己走過去關。

老舊的風扇伴隨著遲緩的「吱呀」聲，停止了轉動。

羅老師關了風扇，從兩排座椅間的走道走過去，停筆整理思緒的陳屹抬頭看了眼，沒有太大的反應。

週考不怎麼正式，考試時間只有一個半小時，結束後，作為競賽班班長的陳屹起身幫老師收考卷。

他從第一排開始收起，收到阮眠那裡，她趴在桌上，考卷是虞恬幫忙交的，陳屹掃了卷面一眼又遞回去：「姓名沒寫。」

阮眠沒睡著，聽見聲音又抬起頭，拿筆補上名字。

陳屹拿著考卷繼續往後走，阮眠重新趴回桌上，或許是難受又或者是別的，總之有種莫名的難過。

不知過了多久，就在阮眠昏昏沉沉快要睡著的時候，腦袋上忽然蒙下一件外套，上面帶著熟悉的味道和氣息。

冰涼的拉鍊觸碰到她的臉頰，阮眠倏地清醒過來，拽著外套抬起頭，看見從前面走過的身影。

一旁的虞恬以為她不知道是誰給的外套，隨口提了一句：「這外套是陳屹給妳的。」

阮眠垂眸「嗯」了聲。

虞恬邊收拾課本邊感慨道：「沒想到他這個人看起來冷冰冰的，對班上同學還挺好的。」

是，他是很好，可阮眠卻更加難過了。

這不過是他從指縫間無意漏出的一點好，卻已經足夠讓她拋掉之前所有的不快樂，重新栽進這段無人知曉的暗戀。

這太不公平了。

但感情從來都不是用「公平」二字就能夠衡量的，只不過是自古以來先喜歡上的人，總會離輸到一敗塗地更近一步。

阮眠深陷其中無法自拔，在這場暗戀之中，註定是輸家。

那天放學之後，阮眠準備把外套還給陳屹，可他已經和其他同學先一步離開教室，她只好把外套帶回家。

晚上洗完澡，阮眠坐在桌邊擦頭髮，方如清敲門進來送衣服，正好看見她放在床上的黑色外套。

外套寬大，顯然不是女生的尺寸。

方如清伸手把外套拿起來，阮眠回頭看見她的動作，心裡咯噔了下，雖然沒什麼，但總歸還是有些心虛，主動解釋道：「這是我班上同學的外套，我晚上胃不太舒服又忘記帶外套，就跟他們借了。」

比起外套，方如清當然更關心女兒的身體，收起那點胡思亂想，問道：「胃不舒服？那現在好點了嗎？」

「已經好多了，可能是有點著涼。」

方如清還是忍不住數落，「妳這肯定就是這段時間不好好吃飯造成的，從明天早上開始，我會喊妳起床吃早餐。」

阮眠笑著嘆了口氣，「好吧。」

方如清手裡還拿著那件外套，「我幫妳把這件外套拿去洗乾淨，妳下週一再帶去給同學？」

阮眠抬手拿毛巾擦了下頭髮，神情自然，「好，謝謝媽媽。」

臨走前，方如清還不忘叮囑一句：「記得把頭髮吹乾再睡覺。」

「知道了。」

房間很快安靜下來，阮眠的臥室對面就是平江公館，黑夜裡，遠處亮起的一盞盞路燈宛如白晝。

在之前很多個失眠的夜晚，她就是這樣坐在這裡，數著那一盞一盞的燈，從左至右，一遍又一遍，直至破曉將近。

隔日清晨，大概是顧及到阮眠的休息時間，方如清特地將吃早餐的時間推遲了半個小時，直到快八點才叫阮眠起床。

這個暑假，段英帶著趙書陽回了趟老家，趙應偉在和方如清心平氣和地商量過一次後，依舊選擇從經營不善的貿易公司辭職，轉而和朋友合夥開公司，整個假期都在南部城市考察市場。

趙書棠報了輔導班，早上不到七點半就出門了，家裡只剩下阮眠和方如清兩個人。

阮眠吃了半飽，停下筷子擦了擦嘴，隨口問了句：「趙叔叔什麼時候回來？」

「還要一段時間，大概要到中秋。」方如清夾起醃黃瓜，「你們競賽班是不是這學期就要考試了？」

「差不多，十二月左右吧。」

方如清笑了聲，也停下筷子，「有信心拿到保送嗎？」

阮眠抿唇想了幾秒，「不太確定，但我會盡力的。」

「嗯，凡事盡力而為，自己不後悔就行。」方如清站起來收拾碗筷，邊往廚房走邊說：「我和妳爸從來就沒想過要妳多優秀、多出人頭地，妳現在這麼優秀，其實有些出乎我們的意料。」

阮眠小時候比起同歲的人，發育要遲緩很多，方如清和阮明科曾經一度以為她在智力方面也會比旁人差一些，但自從去上學之後，阮眠就像開竅似地，一路頂著好學生的名號考進了六中，哪怕現在轉來八中也毫不遜色。

阮眠端著沒吃完的醃黃瓜跟著往廚房走，用保鮮膜包起剩菜放進冰箱，靠在門邊看方如清收拾。

「當初讓妳轉學的時候，我還很擔心妳跟不上八中的進度，擔心妳因為換了新環境，各方面都適應得不好。」方如清開了水龍頭，水聲蓋住幾分她的聲音，「沒想到妳去了八中之後，成績比在六中還要好，媽媽每次想起來，心裡都會覺得很驕傲。」

阮眠笑著撓了下臉，「大概是八中老師的教學方式跟六中不同，也更適合我。」

「另一方面也是因為妳很努力。」早餐碗筷不多，方如清很快收拾完，擦乾手摟著她往外走，「書棠今天只上半天的課，我們中午去找她吃飯，下午再一起去逛街，怎麼樣？」

這個搭配和安排顯然不在阮眠的計畫之中，但她又不想拒絕方如清的好意，只能應下，「好，都聽妳的。」

上午僅剩不多的時間轉瞬即逝，中午阮眠陪著方如清去接趙書棠一起吃了午餐，又去附近商場逛了一整個下午。

阮眠和趙書棠和解後，沒多久趙書棠就回到學校上課了，阮眠幫她補習的事情自然就停了下來。

兩個人大概是覺得彆扭，平常還是和之前一樣不怎麼來往，也沒有太多的交集。今天突然走在一起逛街，阮眠也覺得怪異，多說話也不是，少說話也不是，到最後就徹底沒了話。

中途路過洗手間，方如清進去上廁所，兩個女生拎著東西站在外面，中間隔著能站下三個人的距離。

趙書棠注意到她的沉默，忍不住朝她這裡看了幾次，最後一次正巧撞上阮眠的視線。

兩個人都是一愣，阮眠先別開頭，過了幾秒，又扭頭看過來，「那個，妳輔導班要上到幾號啊？」

「……」趙書棠抿了抿唇：「開學之前吧。」

阮眠「哦」了聲，又沒了話。

趙書棠看了兩人之間的距離一眼，裝作漫不經心地往阮眠那裡靠了兩步，溫聲問道：「妳那個競賽班要上多久啊？」

「應該得上到比賽之前。」阮眠低頭看著樓下渺小的人影，「妳平時要是有什麼不懂的問題，可以找我。」

「……嗯，好。」

阮眠扭頭看著她，「趙書棠，我能問妳一個問題嗎？」

「什麼？」

「妳之前說我媽和趙叔叔結婚，是貪圖妳家的房產，所以……妳家是要拆遷了嗎？」

「……」這問題猝不及防又有些好笑，趙書棠沒忍住笑了出來，但很快就止住了，像是不太好意思似地抓了兩下脖子，「也不是，我就是無意間聽鄰居聊天提到了這個。」

其實這話是趙書棠聽段英提起的，當初趙應偉回來說要和方如清結婚時，段英就一直在家裡和她念叨這件事。

本來他們一家四口在這巷子裡過得好好的，現在突然冒出一個女人，還帶著和自己差不多大的女兒要住進來，趙書棠當然不能接受，再加上段英的偏見想法，她自然就被影響了。

「我媽去世後，我爸一直都是單身，我也以為他這輩子不會再娶，所以在他說要和方阿姨結婚的時候，我覺得他背叛了我媽，也背叛了這個家，所以……」

剩下的話趙書棠沒有再說，阮眠理解地點了點頭，「我爸和我媽離婚的時候，我也是這麼想的。」

「……」

說起來，兩人也算是同病相憐，順著這個話題聊了幾句，方如清從洗手間出來，三個人一起下樓回家。

晚上吃過飯，阮眠去了李家超市一趟，陳屹每週六都會在那裡待到很晚，她去還了衣服。

陳屹接過洗乾淨的衣服，說了句「謝謝」。

阮眠愣了兩秒才反應過來他說的是洗衣服這件事，弧度很小地笑了笑，「該道謝的是我，昨天謝謝你。」

他撓著右眼角那一片，不怎麼在意，「沒事。」

阮眠抿著唇晃了兩下腦袋，沒話找話地問了句：「李執不在嗎？」

「他在後面洗澡。」陳屹看著她，「妳找他有事嗎？」

「沒事，我就問問。」阮眠說：「那我先回去了。」

「嗯。」

阮眠從店裡出來，走下臺階時，沒忍住回頭朝店裡看了一眼。男生低著頭，正站在櫃檯邊數硬幣。

店裡光線明亮，她一時晃了眼，半天才收回視線，莫名嘆了口氣。

回到家裡，阮眠在房間看書，趙書棠拿著試卷來敲門，「阮眠，我有幾個問題想問問妳。」

她過去打開門，「進來吧。」

趙書棠每次月考成績在班裡的排名都很靠後，文科沒什麼問題，主要是差在理科。

阮眠講解完題目後，她給了阮眠一本筆記本，「這是我之前整理的國文重點，妳看看對妳有沒有幫助。」說完，人就站起來往外走。

阮眠扭頭叫住她：「趙書棠。」

女生在門邊停住腳步，回過頭來，「怎麼了？」

阮眠晃了晃手裡的筆記本，笑著說：「謝謝。」

她也跟著笑了起來，「不客氣。」

那天之後，阮眠和趙書棠的交集就變多了，雖然大多時候都是在講解題目，但之前縈繞在兩人之間的那點彆扭感，卻在無形之中消失了。

新學期很快來臨，開學之後，學校裡又多了一批陌生的面孔，今年的新生軍訓表演和開學典禮放在一起。

去年開學典禮，阮眠站在臺下，是丟在人群裡一眼都找不到的普通學生，今年她作為高三理組優秀學生代表之一站在臺上演講，是很多人眼裡遙不可及的資優生。

盛夏的炎熱延續到了九月，女生溫柔卻堅定的聲音，透過操場四周的喇叭迴盪在整片天空。

「我的發言到此結束，謝謝大家。」阮眠微微頷首，向後退了一小步，臺下隨即響起一陣雷鳴般的掌聲。

下一個要演講的是文組的學生，阮眠下來的時候，周海正在和下下一個演講的陳屹聊天，看見阮眠，也把她叫了過去。

周海說：「學校打算把你們這一批學生的演講稿，刊登在下一期校刊上，妳之後再整理一份電子版的稿子傳給吳主任。」

阮眠點頭：「好的，我知道了。」

周海捧著新買的水杯，笑道：「我剛才聽陳屹說，這次週考妳又是班排第一，好好讀啊，爭取年底給我拿個保送回來。」

阮眠點了下頭，抬手將垂在耳側的碎髮撥到耳後。

周海又看向陳屹：「你也是，別以為準備申請國外的學校，就對保送名額不在意了，你沒拿到一等獎的話，就別回來見我。」

陳屹漫不經心地笑，音調懶散，「拿不拿得到第一我說不準，但我去了，就不會空著手回來。」

「真是。」周海拿手拍了下他的肩膀，感慨道：「難怪你們汪老師喜歡你，就你這個不講理的傲氣啊。」他搖頭嘖聲，「整個八中就找不出第二個像你這樣的人。」

陳屹偏著頭笑，用大拇指的骨節蹭了下額頭。

過了一會兒，吳主任喊陳屹去準備演講，周海又在他肩膀上拍了兩下，「去吧。」

「那我就先過去了。」陳屹和周海說完，又看向站在一旁的阮眠，想和她打聲招呼，但女生似乎在發楞，沒注意到他。

他也沒在意，收回視線，從旁邊的樓梯走了上去。

周海感慨似地接連嘆了幾口氣，回頭看見阮眠魂不守舍的模樣，叫了聲，「阮眠？」

阮眠從恍惚中回過神。

周海笑了聲：「怎麼了？連站著都能發呆，是不是這段時間壓力太大了？」

阮眠搖頭：「沒有。」

「別把我說的話放在心上，拿不拿獎都沒關係，只要盡力就好。」周海怕她因為自己的話有了壓力，開導道：「反正以妳現在的成績，要考前幾志願也不是什麼難事。」

「我知道，謝謝周老師。」阮眠小幅度地深呼吸，卻始終壓不住心裡的衝動，問了句：「周老師，陳屹是準備出國嗎？」

「對，他準備去加州大學柏克萊分校讀物理，好像從去年就開始準備了吧。」周海看著她，「怎麼，妳也想去？」

阮眠眨了下眼睛，「沒有，我只是好奇。」

周海笑起來：「說實話，作為老師我當然希望妳越走越高，但作為長輩來說，一個女孩子離鄉背井出國讀書，還是挺辛苦的，我個人是不太建議妳走陳屹這條路。」

阮眠沒吭聲，只是點了點頭。

旁邊一群老師在聊天，叫周海過去，他捧著杯子摸了兩下杯壁，和阮眠說：「妳去忙妳的吧，記得把稿子傳給吳主任。」

「好，我知道了。」

阮眠快步繞過人群離開操場，走到無人處時，她突然彎下腰，大口大口地深呼吸。

分明是在空氣裡，她卻像是要溺斃的魚。

陳屹準備出國的消息，很快就在小範圍內傳開了，阮眠這才知道和他走得近的三個男生全是知情人。

一次阮眠陪孟星闌去文組找梁熠然的時候，孟星闌聊到這件事，還有些詫異，「陳屹不是在準備競賽嗎？怎麼現在又要出國了？」

「他申請的學校需要這個獎項加分。」梁熠然靠著欄杆，抬手掐了下孟星闌的臉，「妳幹嘛這麼關心他？」

孟星闌推開他的手，皺了皺鼻子，「我只是好奇問問而已嘛。」

梁熠然：「他早就開始準備出國留學的事情了，我以為妳和他同班，應該也會知道的。」

「我和他又不熟。」說完，孟星闌拐了拐阮眠的手臂，試圖為自己證明清白，「不信妳問阮眠。」

梁熠然的視線順勢看向站在一旁的女生，他對阮眠的了解不多，只限於孟星闌的好朋友，和一個比陳屹還厲害的理科學霸。

這會兒，他看著明顯剛回過神的人，彼此對上目光時頷首笑了下，又和孟星闌說：「我還有事，晚上等我一起回家。」

孟星闌撇了下嘴角，「好吧，那你先去忙。」

他又和阮眠點頭示意，擦肩而過的瞬間，抬手揉了下孟星闌的腦袋，將她精心夾了半個小時的瀏海撥弄成一團。

孟星闌直接炸毛，朝著他的背影吼了聲：「梁熠然！你有病啊！」

男生腳步未停，身影筆直修長，很快消失在走廊盡頭，晚風拂面，吹不散他眼裡的溫柔笑意。

還站在文組一班教室門口的孟星闌，邊罵邊從外套口袋裡摸出小鏡子，動手整理著自己的瀏海。

阮眠站在暮色裡，在來來往往的人影中終於醒悟，她費盡心思的努力和追逐，是別人永遠都看不見的徒勞。

沒有人會為她停留，將她無處可放的少女心事懷揣，而後再小心翼翼地安置在他的世界裡。

她有的只是在滿腔暗戀付諸東流後，剩下的心酸和難過。

那段時間阮眠過得很不好，白天的若無其事到了夜晚會被放大無數倍，像是有密密麻麻的針扎在心上，泛起陣陣叫人難以忍受的疼痛。

十月底競賽班進入加強訓練，阮眠幾乎成天泡在試卷堆裡，試圖用這樣的方法蓋過那些不受控制的胡思亂想。也因為高強度的學習，她在競賽班的成績幾乎以一騎絕塵的優勢穩坐第一。老師次次都誇獎她，同學都拿她當榜樣，就連陳屹偶爾都會向她投來幾分她曾經努力想要得到的關注。

阮眠覺得老天爺好像和她開了一個玩笑。

她幾乎都要放棄了，卻又因為他的隻言片語在心裡泛起波瀾，那些被她用眼淚掩埋的喜歡，又悄無聲息地冒了尖。

無論選擇堅持或放棄，難過和心酸都是對等的，阮眠陷入糾結中，在陳屹這座天秤上搖擺不定。

那一年對於阮眠來說，實在算不上是多好的回憶，甚至連往常她不喜歡的冬天都來得格外早。

翻過十月，平城迎來降溫，阮眠不幸中招於換季帶來的病毒性感冒，請了三天假去醫院吊點滴。

也是在這個時候，方如清接到溪平老家打來的電話，得知周秀君早上在洗衣服的時候腳下打滑，不小心摔了一跤，人傷得不輕。

附近的診所沒有足夠的醫療設備，建議家屬盡快把老太太送到大醫院檢查，但因為阮眠的表嬸何琴聯絡不上阮明科，家裡的男生也都在別的縣市工作，她在平城又沒有認識的人，再三考慮後，只能打電話給方如清，請她幫忙聯絡醫院。

方如清很快託朋友安排了醫院，周秀君在中午的時候被送過來。

老人的身體本就不同於青壯年，摔了那麼重的一跤，不僅僅是肉眼可見的傷，骨頭上的問題才是最嚴重的。入院之後，周秀君做了一次全身檢查，除了腿部的骨折，摔傷還造成了L2腰椎壓縮性骨折，情況較為嚴重，院方下午就安排了手術。

阮眠直接在手術室外吊點滴，身體的不適和對奶奶的擔心，讓她看起來格外虛弱。

方如清幫她把披在肩上的厚外套往上提，「還是先回病房吧，等奶奶手術結束了，我再接妳過來。」

「沒事。」她偏頭咳了聲，「就坐在這裡吧，反正手術時間不長。」

方如清也沒再勸下去，扭頭問何琴，「家裡都還好吧？阮峻今年是不是要考高中了，打算來平城讀高中嗎？」

「都挺好的。」何琴勉強笑笑：「就他那個成績，要是能考上我們那裡的高中就不錯了，我也不指望他往外考了。」

方如清一邊聊一邊看著阮眠的點滴瓶，期間還要時刻關注手術室的情況，忙得暈頭轉向。

手術在晚上七點十分結束，醫師出來說：「手術很成功，現在等麻醉退了，送去病房就好。」

阮眠這才鬆了口氣，方如清讓她帶表嬸去樓下吃點東西，自己留在這裡等著周秀君出來。

份。

醫院對面有不少餐廳，阮眠帶何琴去了家小吃店，點了幾道菜，吃完又幫方如清打包了一份。

晚上是何琴留在醫院照顧的，阮眠也想留，但病房只允許留一個家屬，她身體又還沒恢復好，只能跟著方如清回家。

隔日一早還不到七點，阮眠就和方如清從家裡去了醫院，但周秀君後半夜因為傷口疼痛，到早上才睡著，阮眠沒能和她說上話。

之後方如清幫何琴在醫院對面開了一間房，她去公司請假，阮眠單獨留在病房。中途醫師來巡房，叮囑了幾句術後休養的問題，阮眠聽著記著，等人查完房後，又在床邊坐著。

周秀君這一覺睡到中午才醒，看見守在床邊的孫女，露出一個虛弱的微笑，「怎麼看起來又瘦了。」

「是嗎？大概是這段時間不舒服，胃口不太好。」阮眠握著周秀君的手，叫了聲：「奶奶……」

周秀君知道她是擔心，安慰道：「奶奶沒事，別擔心，就是不小心摔了一跤，很快就會好起來了。」

阮眠握著老太太的手，說不出話來。

周秀君看了病房一圈，除了她以外，隔壁還躺了個老太太，這會兒也睡得正香。

片刻，她問了句：「我聽妳表嬸說，手術費是妳媽媽墊的，是嗎？」

「嗯。」阮眠說：「當時情況比較緊急，表嬸身上沒帶那麼多現金，我媽就先墊著。」

「之後還是要還的。」周秀君嘆了口氣：「這件事也麻煩妳媽媽了。」

方如清和阮明科離了婚，和阮家也沒什麼關係，更沒有贍養周秀君的義務，要不是有阮眠，今天這件事絕對找不到她這裡。

於是阮眠當晚回家之後，就去家裡附近的ATM領了三萬塊，隔天帶去醫院交給何琴，讓她還給方如清。

方如清沒收，之後的費用周秀君也沒再讓她付，都是阮眠拿著阮明科給的卡領的錢。

周秀君在醫院住了大半個月，出院後住進了南湖家園的房子，何琴沒辦法留下來照顧，方如清就請了個阿姨陪著周秀君。

阮眠病癒後，學校的事情幾乎占掉她大半的時間，只有週末才能抽出時間來南湖家園待上一天。

忙碌的生活讓她擠不出時間想別的事情。

二〇〇九年的最後一個月，也就悄無聲息地來到了眼前。

平城冬冷夏熱，漫長的梅雨季和冬日刺到骨子裡的凜冽，實在不是個能好好生活的城市。

週一清晨，阮眠拖著睏到不行的身體，伴隨著還未散盡的霧氣，慢吞吞地走進校園，孟星闌從後面跑過來，半個人壓在她身上，聲音充滿了活力：「冷死了，冷死了，冷死了！我大學一定要去個沒有冬天的城市。」

阮眠懶洋洋地笑了聲：「妳去海城吧，那裡一年四季都是夏天。」

「不行，太熱了也不行。」孟星闌把手收回來，揣進口袋裡，呼出的白氣成團，「你們是不是下個月就要考試了？」

「嗯，下個月十號。」阮眠低頭打了個哈欠，看起來睏得不行。

「妳最近都幾點睡啊？」

「兩點多吧。」

「真拚啊。」孟星闌咋舌：「妳跟陳屹這次不拿個獎回來，都對不起現在的付出和努力。」

阮眠眼皮一跳，斂了幾分笑意。

她和陳屹在競賽班幾乎每次都拿下第一和第二的成績，這也讓他們兩個成了老師重點栽培的對象。無論是上課分組還是其他事情，老師都會自動把他們兩個分配在一起，兩人的交集也莫名多了起來。

如果放在以前，放在阮眠不知道陳屹要準備出國之前，這對她來說無疑是一件令人欣喜的事情，但現在更多的卻是心酸。

阮眠為了他進入競賽班，為了他選擇物理組，想像有一天能被他看見，可那時候的阮眠卻從未想到，當這一天真的來臨時，卻讓人如此難過和遺憾。

她是一葉障目，以為他是池中魚，卻不想他原來是翱翔於天地的雄鷹，在她不顧一切、橫衝直撞地栽進來後，他展翅高飛離開了她所能看見的天地，去到了更遠的地方。

第九章 在陌生的城市遺失你

在距離比賽還剩下一個月的時候，阮眠突然對考試出現了極度嚴重的抵觸情緒。

一連三次模擬考都掉到了班級末尾，這讓把她當種子選手培養的老師們嚇了一跳。以前不是沒出現過這種情況，老師們緊急召開會議，不但請了專門的心理輔導老師，還給她聽了以前參加比賽的學長姐們的心得。

總而言之，能做的都做過了，可阮眠的狀態還是沒辦法調整過來，為此，周海特意讓她放了幾天假。

「這幾天呢，妳隨便玩，把讀書和比賽的事情先放到一邊。」周海也怕她狀態持續變差，開導道：「反正別有壓力，也別有什麼亂七八糟的想法。」

阮眠垂著眼，「我知道了，謝謝周老師。」

安慰的話說再多也是徒勞，這種時候只能靠她自己去緩解，周海沒再多說，只讓她回家路上注意安全。

阮眠沒回教室，空著手離開了學校，在校門口隨便上了輛公車，坐在車裡晃晃悠悠。

別人都以為她是壓力大才變成這樣，可只有阮眠自己清楚，她不過是不能面對比賽結束之後陳屹要出國的這件事。

她心裡跨不過這道坎。

那天下午，阮眠坐的公車幾乎跨越了大半個城市，夜幕來臨時，她扭頭看向窗外，眼淚掉得無聲無息。

晚上八點，公車在某站停下，阮眠從車上下來，沿著熱鬧又熟悉的街道走了很久。

放假的那幾天，阮眠把手機關機，也沒有回平江西巷，而是陪著奶奶住在南湖家園。

一天下午，家政阿姨去超市買晚上的火鍋食材，阮眠陪著周秀君坐在房間曬太陽。

冬日午後的陽光帶著薄薄的一層暖意，阮眠盤腿坐在鋪著絨毛毯的地板上，手裡撥弄著一個已經磨損到掉色的魔術方塊。

躺在床上的周秀君看完半集電視劇，抬手關掉電視，掖了掖手邊的被子看著阮眠，「眠眠。」

「嗯？」

「有心事啊？」

阮眠手裡的動作一頓，扭過頭來，笑了笑，「沒有。」

「在奶奶面前還瞞什麼。」周秀君說：「妳來的這幾天話也不多，一坐下來就發楞，這不是有心事，還能是什麼？」

阮眠垂著眼，手指無意識摸著魔術方塊。

周秀君嘆了口氣：「妳的性子和妳爸如出一轍，不管遇到什麼事情，情願爛在肚子裡也不肯說出來。但是眠眠，妳要知道，這樣活著是很累的。」

阮眠抿了抿唇。

周秀君說：「那讓奶奶猜猜，是不是在學校碰到什麼事情了？是被老師罵了？還是考試不如意？」

「……不算全對。」考試不如意是事實，但追根究底，問題還是出在人身上，阮眠背靠著床沿，抬頭看向窗外的高樓大廈，像是找到了一個傾訴的窗口，慢慢說起此事。

說遇見說喜歡，也說放棄和選擇。

她說得顛三倒四、沒有頭緒，周秀君卻聽得明白，一下掐住她心裡所想，語重心長道：「如果真的放不下，那就堅持下去，將來的事情誰也說不準，或許過不了多久，妳就會遇見別的人。」

阮眠盯著地板的縫隙不吭聲。

周秀君摸了摸她的腦袋，「以後的路還很長，現在就選一條讓自己不那麼難過的路，繼續走下去吧。」

阮眠想了很久，才低低地「嗯」了聲。

晚上吃完飯，阮眠將關機幾天的手機開機，短暫的停頓後，手機裡突然湧出一大堆訊息和未接來電。

她一則一則看完，照順序回覆後又把手機關機了。

那天晚上，阮眠難得睡了一個好覺。隔日醒來，她陪周秀君吃完早餐，決定提前回學校。

從南湖到八中要花費將近一個多小時的車程，阮眠到學校的時候，上課鐘聲已經響了，吳嚴站在校門口看見她，什麼也沒說，擺擺手讓她趕快進去。

阮眠快步走了進去，轉彎的時候，她扭頭看到吳嚴攔著幾個遲到的學生，不讓他們進去。

那天是週三，氣象局發布了大雪警報。

阮眠回到教室，座位還是像離開之前的樣子，攤開的物理課本，堆成小山的驗算紙和試卷。

傅廣思在嘈雜的讀書聲中湊過來問了句：「妳怎麼進來的？」

「走進來的啊。」

「吳嚴沒抓妳嗎？」

「沒有，他還讓我走快一點。」

「……」

沒有人在意她這幾天的缺席，好像一切都如常，沒有過分的關心也沒有八卦的打探。

晚上還有競賽班的課程，阮眠難得和陳屹同行，下樓的時候，陳屹從包包裡翻出一疊試卷遞給她，「這幾天的考卷。」

阮眠接過來，說了聲「謝謝」。

陳屹「嗯」了聲，迎面上來幾個其他班的同學，樓梯間狹窄，他走快了兩步，空出左邊的位子讓別人通行。

他單肩掛著書包，走在後面的阮眠看見他書包上的拉鍊，繫了一個類似平安符的吊飾。

只是當時的她一心只看得見眼前的人，並未在意這個細節，匆匆收回視線，快步跟了上去。

競賽班的上課時間延長了半個小時，前兩個小時考試，剩下的時間用來分析特殊題型。

十點鐘下課，阮眠和陳屹被羅老師叫去了辦公室，沿途路過一條長廊，阮眠才發現外面下雪了。

簌簌的雪花飄落進來。

到了辦公室，羅老師重提考前如何調整心態問題，老生常談了十幾分鐘才放人離開。

那時候學校裡的人已經走得差不多了，道路兩側的路燈昏黃黯淡，雪花在光影裡起伏。

走出學校碰見賣烤地瓜的攤販，陳屹停下來買了幾個，等打包好，他遞了一個給阮眠。

阮眠愣了下，心跳在叫囂。她伸手接了過來，聲音帶著克制之後的平靜，「謝謝。」

陳屹說不客氣，提著剩下的往前走。

阮眠小跑著跟上他，拿在手裡的地瓜散發著滾燙的熱意，安撫著她惴惴不安的心。

等走到巷口，陳屹瞥見沒什麼光亮的巷道，收回了原本繼續往前走的腳步，轉身和女生一起朝裡面走。

阮眠的視線落在地上，聽著兩個人此起彼伏的腳步聲，像是沒話找話：「……你不緊張嗎？」

「什麼？」

「考試。」

「還好。」陳屹扭頭看過來，光線昏暗，什麼都看不清楚。他想起她之前幾次的失利，問了句：「妳是因為緊張才沒考好的嗎？」

阮眠咬了下唇角，「差不多吧。」

陳屹像是笑了聲，「緊張什麼，就算考不好也還有升學考，再不行也可以出國啊，路很多，就看妳怎麼走了。」

阮眠點點頭，想起他看不見，又「嗯」了聲，問他：「……那你出國之後，還打算回來嗎？」

這時候正好走到光亮處，男生回過頭來，笑得肆意明朗，帶著意氣風發的少年氣。

「當然。」

翻過十二月，二〇〇九年就成了過去，新年的第一天方如清帶阮眠去了趟廟裡，求了支上上籤。

籤詩說萬事順利，心有所成。

這讓方如清高興壞了，一口氣往功德箱裡塞了幾張鈔票，和阮眠笑道：「看樣子妳這次比賽應該沒問題了。」

從廟裡回來之後，阮眠將那張籤詩夾在寫滿了她所有少女心事的筆記本裡。

之後的那段時間，只剩下寫不完的試卷和聽不完的心理輔導。比賽前一晚班上停課，羅老師放了一部電影給大家看。

電影的名字叫《當幸福來敲門》，那是前幾年的電影，阮眠早在上映時就看過了。

班裡窗簾緊閉，光線暗沉，阮眠趴在桌上睡得一無所知。

將近兩個小時的放映時間，結束時，競賽班的幾個老師都來到教室，阮眠揉著眼睛坐起來。

羅老師在電影的片尾曲裡笑著道：「我也沒什麼可以說的了，就祝大家明天考試都能取得一個好成績吧。」

班裡隨即響起一陣掌聲，這一年多來的努力終於到了收穫的時候，結束即意味著分離。

下課後，幾位老師站在門口發准考證和考試用具給大家，輪到阮眠時，汪老師把東西遞給她：「加油。」

阮眠點點頭，小幅度地朝他鞠躬，「謝謝汪老師。」

「早點回去吧，晚上好好休息。」

走出教室，阮眠扭頭看見正在和羅老師說話的陳屹，猶豫幾秒後，她故意放慢了腳步。

後來，當阮眠在很多個為課題奔波的失眠夜晚，都會在想如果當初她沒有猶豫那幾秒，而是選擇直接下樓，這之後的很多事情，會不會變得不一樣。

可惜那時候已經是很久以後，她跟很多人斷了聯絡，獨自一人在很遠的地方求學。

而陳屹也已經去了加州大學，和她相隔千山萬水，成了她永遠鮮活而美好的青春。

冬天凜冽的風從四面八方湧進來，阮眠一步當三步走，可陳屹和羅老師好像有說不完的話，一直沒有出來。

她走到樓梯口，打算再等五分鐘，旁邊的窗戶被風吹得輕顫，玻璃發出細微的響動。

五分鐘過去，陳屹還沒出來，阮眠裹緊衣服準備下樓，恰巧這時候有人從樓下跑上來，擦肩而過的瞬間，走過去的那人叫了她一聲。

「阮眠？」

她腳步一停，藉著微弱的光亮看清女生的樣貌時，眼皮莫名跳了一下，「盛歡？」

「是我。」盛歡跺了兩腳，上面的感應燈亮了起來，她往下走了兩步，「你們是不是明天就要考試了？」

「對，明天上午。」阮眠抬起頭，「妳的美術考結束了？」

盛歡是美術班的學生，這半學期一直在準備考試，阮眠很少在學校看到她。

「學科前兩天剛結束，術科還要再等一陣子。」盛歡笑了聲：「那妳明天考試加油啊。」

阮眠也笑了笑：「好，妳也加油。」

盛歡應了聲「好」，右手抓著書包背帶，沒有化妝的臉白淨又漂亮，「那我先上去了，妳回去注意安全。」

阮眠點點頭，「好。」

女生轉過身往樓上走，繫在書包側邊的一堆吊飾在空中晃了晃，發出碰撞的聲音，阮眠下意識抬頭看了一眼，呼吸倏地一窒。

在那一堆吊飾裡，有一個很小的平安符，小到和阮眠這段時間天天見到的那個一模一樣。

感應燈長時間沒感應到動靜，又滅掉了。

阮眠在黑暗裡緊握住旁邊的扶手，心猛地往下沉，她甚至回想不起來自己是怎麼走完那一段樓梯的。

思政樓很少有學生走動，阮眠走到大廳，形單影隻又魂不守舍的模樣很快引起了值班老師的注意。

「哎，同學，沒事吧？」

阮眠反應慢了一拍，才抬起頭看過去，「沒事，謝謝老師。」

值班老師手捧著茶杯，走出來看了一圈：「沒事就早點回去啊，這麼冷的天氣，別在學校逗留了。」

「知道了。」

阮眠走下臺階，凜冽的風撲面而來，像是要鑽進骨頭縫裡的冷，冷得人忍不住想哭。

從思政樓一出來有兩個大花壇，阮眠走到第二個的時候，聽見身後傳來腳步聲和說話聲。

那聲音太熟悉了。

她下意識躲進了旁邊的陰影處，男生步伐匆匆，沒注意到四周有什麼異樣，走在他身邊的女生笑著說個不停。

「陳屹！你等等我嘛，你走這麼快幹嘛！」

「你對明天的考試有信心嗎？能不能拿到保送資格？」

「我聽你們班的同學說，你準備要出國了？哎，要是我的升學考成績不理想，我也出國算了。」

「你打算去哪所大學啊，我看我能不能讓我爸花點錢把我送進去。」

「陳屹……」

「陳屹……」

說話聲伴隨著人影的遠去，逐漸剩下模糊的尾音，阮眠從暗處裡走出來，看著他們走遠的身影，心口像是被鑽了一個洞，冷風往裡直灌，滿腔熱意瞬間變得荒蕪頹敗。

那天晚上，阮眠渾渾噩噩地回到家中，趙書棠替方如清送牛奶給她，看她臉色不對勁，關心道：「妳沒事吧？」

阮眠搖搖頭，端起牛奶一口氣喝完，結果因為喝得太急不小心嗆到，低頭猛咳幾聲，再抬頭時，眼眶都紅了。

「妳真的沒事嗎？」趙書棠看她只差一點就要哭出來的樣子，抿了抿唇問：「妳是不是在擔心明天的考試啊？周老師說了，凡事盡力就好，妳也別太擔心了，早點休息吧。」

阮眠揉著眼尾，「好，我知道了。」

「那我先出去了。」趙書棠三步一回頭，等走出房間，她在門口站了一會兒，看著坐在房間裡的人，輕輕關上了門。

長夜漫漫，輾轉難眠。

阮眠這一夜沒怎麼睡好，早上起床眼睛還有些浮腫，她怕方如清看出異樣，在廁所用熱毛巾來回敷了十幾分鐘。

出來時，方如清已經將早餐端上桌，笑道：「快來吃早餐，吃完我和趙叔叔送妳去考場。」

這天是星期五，平城突降大雪市區封路，趙應偉的車在去考場的路上意外拋錨了，方如清急匆匆帶著阮眠下車，在路邊等了半天也沒攔到一輛計程車，最後還是找了在附近指揮交通的警察幫忙把人送到考場。

那會兒考生已經在入場，阮眠在考場門口看到前來陪考的幾位老師，沒說幾句，就趕著進去了。

方如清開車開了半小時才趕到考場。

周海把她帶去了臨時搭建的等候區內，「您早上沒跟阮眠一起來啊？」

「本來是我老公開車送我們來的，結果我老公的車在半路上拋錨。」方如清嘆了口氣：「正好今天市區那邊又封路，叫不到車，只能臨時麻煩警察了。」

周海：「還好沒遲到。」

「是啊，幸好。」方如清搓著手，忍住在棚裡來回走動的想法，在原地跺了幾次腳。等待是焦灼的。

此時的考場內，阮眠低頭奮筆疾書，周圍全是筆尖劃過紙頁的動靜，寫到後半段，她盯著卷面上的數字恍惚了幾分鐘，直到監考老師從身邊走過，才回過神繼續寫題目。

一場考試三個小時，十二點準時結束。

功過是非，到這裡也已經成了定局。

收考卷的動靜有些混亂，阮眠坐在教室裡，垂眸看著貼在桌角的考生資料，指腹在上面摸了幾下。

監考老師收完考卷，最後清點確認無誤後，才說：「大家可以離場了。」

教室裡響起桌椅在地面摩擦的動靜，阮眠拿著自己的東西，夾在人流中下了樓。

她在八中的集合處看見了虞恬，女生書包前背，在和旁邊的男生聊這次的題目。

見到阮眠，她笑著揮了揮手，等人走近了才問：「眠眠，我能問一下妳的考試答案嗎？」

阮眠點頭說可以，視線往四周看了一圈，沒看到陳屹。

「倒數第二大題的第二小題，妳算出來的答案是多少？」虞恬問完，還和她說了兩個答案，一個是她自己的，另一個是旁邊男生的。

阮眠聽完，心裡忽然咯噔了下，「……我好像和你們都不一樣。」

「不是吧，這才一個小題，怎麼就出現了三個答案？」虞恬擺擺手，「算了算了，我還是不對了，越對越緊張。」

阮眠被她的三言兩語勾起幾分不安，垂眸站在一旁回想著剛才的題目。

過了一會兒，八中的學生集合完畢，帶隊老師帶著大家往外走，陳屹被班裡的同學包圍著。

阮眠落了兩步跟在後面，目光落在男生的書包上，繫在拉鍊上的平安符隨著人影走動，輕輕晃了晃。

那天的風很大，她差點哭出來。

之後的日子回歸到了正常的高三節奏，比賽成績還沒出來之前，他們還是得安心備戰眼前的期末考，甚至是升學考。

也就是那一陣子，學校裡突然多出了關於陳屹和盛歡的八卦傳聞，有人說週末在市區的電影院看見了陳屹和盛歡，也有人傍晚在學校的籃球場看到盛歡送水給陳屹。

總之有太多捕風捉影的事情。

那天早上，阮眠因為昨晚忘了設鬧鐘，比平時晚了半個小時起床，到學校正好撞上吳嚴帶著人在抓遲到的學生。

眾目睽睽之下，吳嚴沒辦法對她徇私，下巴往旁邊一揚，示意阮眠站過去。

阮眠在學校很出名，成績好性格也好，是很多學弟妹崇拜的對象。當時她站過去，還有學妹跟她搭話，結果被吳嚴抓住。

學妹不死心，等吳嚴走掉，又小聲問：「學姐，我等等能加妳好友嗎？」

阮眠笑道：「可以。」

他們這一群遲到的學生，大概在外面站了有半個小時，快八點的時候，吳嚴才鬆口放行。作為懲罰，他們這一週都要負責清掃學校的公共區域。

學妹和阮眠交換了聯絡方式，走到噴泉的位置和她揮揮手，朝著高一那邊跑了過去。

阮眠和幾個高三同學往前走，等走到教學大樓底下，她在靠近樓梯口的美術班門口，看見背著書包、捧著書站在走廊的盛歡。

女生無精打采地晃著腦袋，聽見周圍的腳步聲，抬頭看見阮眠，偷偷和她打了聲招呼，「嗨。」

阮眠和她點了點頭，正準備上樓，女生又叫住她，「阮眠。」

她腳步一停，抬頭看過去，「怎麼了？」

「妳能不能幫我把這個帶給陳屹？」女生從包包裡翻出兩張試卷和一本筆記本遞給她，「我本來想等自習課結束送過去的，但我等等還要去班導那裡寫悔過書，所以就拜託妳啦，之後再請妳喝奶茶。」

阮眠接過來，「好，沒事。」

站在盛歡旁邊的女生碰了碰她的手臂，小聲提醒道：「老師出來了。」

盛歡立刻站直身體，拿書擋住半張臉，卻還是能從眼裡看出幾分真誠的笑意：「掰掰。」

阮眠「嗯」了聲，一口氣走到二樓又突然停下來。捏著筆記本的手用力到指尖發白。

她站在臺階上，低頭看著手裡的黑色筆記本，像是做了什麼重大的決定，抬手緩緩打開了筆記本。

扉頁只寫了一個名字——

『陳屹。』

阮眠比任何人都要熟悉那個字跡，曾經多少個夜裡，她在紙上學著他的筆墨走鋒，寫下一個又一個如同複製般的「陳屹」。

一瞬間各種複雜的情緒如同潮水一般朝她湧來，委屈的、難過的、無可奈何的，全都交織在一起。

阮眠往後翻了幾頁，視線逐漸模糊，她匆匆闔上筆記本，抬手抹了抹眼睛，在回教室前去了趟廁所。

一班的早自習是趙老師在管理的，等阮眠過去的時候，他捧著茶杯站在門口，開玩笑道：「被吳老師抓住了吧？」

阮眠的臉上還帶著未乾的溼意，眼角泛著紅，「嗯，被抓住了，還被罰要打掃校園一週。」

趙老師笑得幸災樂禍，「行了行了，快進來吧。」

阮眠回到座位，手裡的筆記本和試卷引起了傅廣思的注意，她歪頭問了句，「妳拿的是什麼啊？」

「盛歡讓我拿給陳屹的東西。」

「盛歡？她怎麼不自己送過來？」

阮眠吸了吸鼻子，「她好像要去班導那裡寫悔過書，大概沒時間吧，我正好從她們班路過，就讓我順便帶過來了。」

「這樣啊。」傅廣思輕嘖了聲：「喂，眠眠妳說，她和陳屹的那些八卦到底是真的還是假的啊？」

「……我也不知道。」

傅廣思搖頭嘆息，恨不能親自去找兩個當事人問清楚，一顆八卦心根本按捺不住。

下課後，陳屹人不在座位上，阮眠把筆記本和試卷放到他桌上，孟星闌走過來問了句：「那是什麼？」

阮眠：「盛歡讓我轉交給陳屹的筆記本和試卷。」

孟星闌順手翻了下，試卷是盛歡的，筆記本是陳屹的，驚嘆了句：「陳屹還真的在幫她補習啊。」

阮眠愣了下：「什麼？」

「補習啊。盛歡不是美術班的學生嗎？這學期忙著術科和學科的考試，其他基礎科目跟不上，就讓陳屹幫她補習了。」

「這樣啊。」阮眠眨了下眼睛，硬生生把快要湧上來的酸澀壓下去。

競賽成績要到二月中上旬才公布，在等成績的這段時間，學校幫高三生舉辦了幾次大型考試。

最近結束的一次模擬考，一向穩坐年級第一的陳屹破天荒掉出了前三名，和二班的一個女生並列第十。

他的成績一向穩定且優異，升上高二以來，無論大考小考都是第一名，這次的退步讓老師和同學都很驚訝。

就連平常緊咬著他分數不放的虞恬，都特意來一班找他，「陳屹，你這次是怎麼回事啊？」虞恬之前因為每次考試都排在陳屹後面，還曾被老師取了個「萬年老二」的稱號。

她來一班那會兒正好是傍晚，陳屹站在座位上笑得懶散，「小失誤，沒必要這麼大驚小怪吧。」

虞恬聳了聳肩膀，「我們大驚小怪不重要，你得想想怎麼跟你們老周解釋，他可不會相信你這是失誤。」

當天晚上，陳屹就被周海叫去了辦公室，一起過去的還有去拿考卷的阮眠。

到了辦公室，周海把試卷拿給阮眠，意有所指地誇獎道：「妳這次考得還行，國文和英文明顯都進步了。」

阮眠「嗯」了聲，「謝謝周老師。」

周海隨即把目光放到陳屹身上，抿唇皺眉，語氣不太好：「那我們年級第一這次是怎麼回事？別拿失誤糊弄我，上高二以來考了那麼多次考試，怎麼就這次失誤了？我看你就是因為——」

說到這裡，周海倏地想起旁邊還站著個人，話音戛然而止，「那個，阮眠妳先回去吧，把考卷發給大家，讓他們自己先把錯的題目整理一下。」

「好的。」阮眠抬頭看了陳屹一眼，轉身走出辦公室，還沒走遠，就聽見裡面傳來周海的聲音。

「你跟我說說，你這次沒考好，是不是因為美術班的那個女生？」周海大概是氣急，猛地拍了下桌子：「你知道學校現在都傳成什麼樣子了嗎？我之前不找你，是因為相信你不會在這時候做出什麼出格的事情，你現在太讓我失望了。」

陳屹：「周老師，這件事跟盛歡沒關係，我沒考好是因為我這幾天在準備出國的事情，沒休息好。」

周海嘆氣，「算了，我也不想說你了，明天我會去找她的班導聊聊，問問她是怎麼教學生的，一個女孩子真是……」

他又嘆了口氣。

辦公室安靜了好一會兒，阮眠才重新聽見陳屹說：「這次沒考好是我自己的問題，跟盛歡無關，跟她的人品也沒關係，我希望您……」

後來的話阮眠都沒有聽進去，她哭著走完那一段路，也終於明白，原來喜不喜歡和優不優秀真的沒有關係。

她好不好也跟旁人無關，只要他能看見她的好，就已經贏了。

成績公布的那天是二月四號，立春。

阮眠早上在學校的樓梯間碰見教數學的嚴老師，兩人聊了幾句，嚴老師問她：「今天就要公布成績了，有信心嗎？」

她摸了摸耳朵，不敢把話說得太滿，「我還是等成績出來吧。」

嚴老師笑笑：「要對自己有點信心，妳已經很優秀了。」

阮眠點頭：「謝謝嚴老師。」

嚴老師回到辦公室後，阮眠深吸了口氣，緩步走上樓，班裡參加競賽的人不少，嘰嘰喳喳都在聊這件事。

孟星闌跑過來，碎碎念道：「我不行了，我不行了，我怎麼這麼緊張，妳怎麼一點都不緊張？」

阮眠放下書包，起身往教室後排走，「緊張也沒用啊，是好是壞都已經定下了。」

「說的也是。」孟星闌看她拿著掃把往外走，問了句：「妳要去哪裡？」

「打掃。」上週三阮眠遲到，被吳嚴罰打掃校園一週，今天是最後一天。她打掃的區域是思政樓前面那一長條林蔭道，阮眠和十六班的一個女生負責其中的一小段。那一段路實在是太長，掃完的時候半節自習課已經過去，一行人浩浩蕩蕩地往回走，阮眠和幾個同樓層的同學一起行動。

其中一個男生問：「喂，阮眠，你們是不是今天就要公布成績了？」

阮眠「嗯」了聲，說：「可能要等中午吧。」

「以妳現在這成績，保送應該是板上釘釘的事情了吧？」男生說，「我們班導每次講到考試之類的話題，都會把妳當成典型代表說給我們聽。」

「對對對，我們班導也是，不過妳也太厲害了，一個女生能把理科學得這麼好，我真的很佩服。」

阮眠低頭笑了笑。

那時候所有人都覺得阮眠聰明優秀，站在一個別人可望而不可及的高度，可她卻因為喜歡一個男孩子，失去了該有的自信。

回到教室，趙祺和隔壁二班的國文老師站在走廊說話，阮眠喊了聲「老師好」，拿著掃把從教室後門走了進去。

上午兩節課結束，阮眠被仍舊緊張到不行的孟星闌拉著一起去了福利社，「我不行了，成績再不出來的話，我就要死了。」

阮眠笑嘆：「應該快了。」

兩人從福利社出來，剛走到教學大樓底下，班上的同學就從四樓窗口朝底下喊了聲：「阮眠！老周讓妳去他的辦公室一趟，比賽成績出來了。」

也是在那一刻，阮眠才突然有了緊張的感覺，挽在孟星闌手臂上的手，無意識地抓緊了她的衣服。

孟星闌問：「要不要……我陪妳一起去？」

「沒事。」阮眠深吸一口氣，「我自己去吧。」

「好，我等妳的好消息。」說完，孟星闌拍了拍她的肩膀，從側邊的樓梯走上樓。

阮眠繞去大廳的樓梯，等她到了老周的辦公室時，那間屋子裡已經站了好幾個人。

成績是以總排名的形式呈現在競賽的官網首頁。

大概是那時候查成績的人太多，周海重新整理了十幾次頁面，畫面還是跑不出來。

阮眠站在靠門邊的位置，抬頭往外看，陽光落滿了整條走廊。

「出來了！」有學生驚呼道，原先散在旁邊的人全圍了過去，唯獨陳屹靠在窗臺，神情與平常無異。

人群裡又發出一陣驚呼聲：「陳屹！一等獎！靠！太厲害了！」

「虞恬也是一等獎！我靠！」

這時候也顧不上什麼髒話不髒話的，隨著周海滑鼠往下滑，驚呼聲和祝賀聲越來越多。

這時候有人注意到了站在門邊的阮眠，也注意到榜單上一直沒出現她的名字。眾人的目光從最開始的激動，慢慢轉變成難以置信，但很快大家又裝作若無其事地收回了視線。

阮眠鬆開緊攥的手，心裡已然塵埃落定，說不出到底是鬆了一口氣更多，還是失望更多。名次只公布到三等獎，阮眠拿了二等獎，與保送失之交臂，成了這次競賽當中最大的意外。成績很快被張貼到學校門口的公布欄上，八中在這一次競賽中收穫豐盛，各科競賽的一等獎加起來有八個，剩下的二等獎和三等獎也是在全市都能排得上名次的。

阮眠的失利既在老師們的意料之中，又在意料之外。

周海在事後特意把人叫過去安慰了一番，「這次物理競賽的題目比往年要難很多，妳能拿到二等獎已經很不錯了，雖然沒能保送，但後期還是可以透過其他方式申請進入名校。」

阮眠點了點頭：「我知道了。」

「沒事，反正千萬別灰心，還有升學考呢。」周海說，「人生的路有很多條，這條走不下去，那我們就換一條，總有一條路是能走到底的。」

後來那段時間，阮眠總是睡不好，家裡也是烏煙瘴氣的，段英和方如清的矛盾不斷，趙應偉的事業接二連三地遭遇失敗，和方如清吵得不可開交。

感情再好的兩個人，一旦吵起架來也毫不留情，方如清甚至把阮眠競賽失利的原因歸咎到趙應偉身上，怪他不提前檢查車子，怪他想一齣是一齣。

那年的春節，整個家四分五裂，方如清回了娘家，阮眠陪著奶奶留在南湖，段英帶著兩個孩子回了老家，趙應偉一直在外面飄泊，十天半個月都不回家。

高三的寒假只有短短幾天，趙書棠和阮眠都在假期結束的前一天回到了平江西巷，晚上兩人一起在外面吃過飯。

在回來的路上，阮眠碰見許久沒見的李執，被他叫住留下來在店裡待了一會兒，趙書棠則先回了家。

李執去年升學考失利，去了平城一所大學讀電機系，剛結束的這半學期都忙著在學校上課。阮眠在店裡的小圓桌旁坐下，沒一會兒，陳屹突然也過來了，看見她在這裡，神情愣了下，但很快又恢復平常。

他是來送東西給李執的，家裡還有事，沒在店裡久留，也沒和阮眠說上幾句話。其實從競賽結束之後，兩個人就一直沒怎麼說上話。

阮眠失去了保送的機會，成績出來之後，重新投入了升學考的準備當中，之前因為競賽落下的部分課程，讓她忙得不可開交。而陳屹放棄了國內一所名校的保送機會，一直在為出國的事情做準備。

學校裡仍然流傳著他和盛歡的緋聞，但因為陳屹現在已經算半隻腳踏進高等學府的人，老師們還是像以前一樣睜一隻眼閉一隻眼，甚至連周海都沒再提過這件事。

她和陳屹的距離也在不知不覺中變得越來越遠。

阮眠從恍惚中回過神，卻驚覺李執不知道在什麼時候已經坐到了她對面的位置。

李執撿著水果盤裡的葡萄往嘴裡丟，輕聲笑道：「想什麼呢？這麼入神？」

「沒有。」她慢慢地深呼吸，努力藏住自己的心思，「沒想什麼。」

李執的眼睛一瞬不落地盯著她，像是把利劍直直看入人心，「妳現在這個樣子，要是被我爸看見，肯定會以為我對妳怎麼了。」

阮眠心跳一亂，對上他的目光，像是在恍然間明白了什麼，眼睛一下子就紅了。

李執把桌上的衛生紙盒推過去，「陳屹出國的事情，我很早就知道了，沒告訴妳是不想影響妳考試。」

「嗯。」

「妳也是為了他才去競賽班的吧？」

阮眠揉了揉眼睛，「不完全是，但也差不多。」

李執嘆了口氣，「其實妳沒必要這樣，妳這麼優秀，只是因為喜歡了陳屹，才會覺得卑微，但陳屹也是普通人，只不過是妳的喜歡讓他成為了妳的光。」李執說，「妳不要因為他的光，而忽略了自己的優秀。」

「這世上每個人都有自己要走的路，如果妳一直追著他跑，他又怎麼能看見妳呢？」

阮眠扭過頭捂住眼睛，她原以為自己會哭，可是沒有，心裡的那些難過和酸澀是切實的，但可能是習慣了，她竟然覺得沒那麼扛不住。

那個夜晚，有人歡喜有人憂，但黎明破曉，新的一天也來了。

新學期開始後，距離升學考也只剩短短幾個月，高三的課程越發緊張，漫天的試卷和沉重的氣氛壓得人喘不過氣。

理組一班和二班上學期參加各類競賽和各大高校自主招生的學生，加起來有三十幾個，其中有落榜的，也有拿到保送名額和加分機會的。而阮眠放棄了當初競賽拿到的加分學校，選擇報考難度更高的某間學校的醫學系。

三月中旬，八中舉辦了體檢，這是整個高三難得的輕鬆時間，從醫院體檢完出來後，阮眠和孟星闌蹺掉了晚上的自習課，去附近的電影院要了一個包廂，看了一整晚的電影。

她們為愛情電影而哭，為高三學習感到勵志，又哭又笑地度過了那一晚。

結果第二天兩個人去學校的時候，就被吳嚴抓到辦公室訓了一整個早上，還領了五百字悔過書才算作罷。

從辦公室出來，兩個人走了很遠，還是沒忍住，趴在欄杆上笑了很久。

那時風清氣爽，笑也是青春，哭也是青春。

升學考就在這樣的生活中進入了二位數的倒數計時，保送的那批人在四月下旬陸陸續續離校。

教室裡空出來的那幾個座位，很快就有了新的人，阮眠偶爾會下意識抬頭看向前排的某個座位。

陳屹收到了加州大學柏克萊分校擬錄取的通知，正式的錄取通知會在七月底公布。

他沒了留在學校的理由，以前的座位成了周圍同學用來堆試卷和複習教材的收納地。

不過阮眠還是經常能在學校的籃球場見到他，有時候是一個人，有時候是很多人，但更多時候都是兩個人。

再後來，阮眠就不常從籃球場那邊路過，也就沒再見過陳屹，直到升學考前學校召集大家拍畢業照，周海把離校的那些同學都叫了回來。

那天，整個高三亂成了一團，所有人都像是被放出牢籠透氣的猛獸，壓抑不住的激動。

理組一班是第一個拍照的班級。

周海換了身講究的灰襯衫和西裝褲，頭髮抹了髮蠟，在陽光下閃閃發亮，放下捧了兩年的茶杯，帶著他們去圖書館前面。

好像學生時代都是這樣，之前沒什麼感覺，直到拍畢業照那天才有了將要離別的不捨。

藍天白雲下，一群十六七歲的男生和女生，稚嫩青澀的笑容，那是很多人再也回不去的青春。

拍完團體大合照後，孟星闌傳訊息給梁熠然，讓他從班上過來，而沈渝也從他們班跑了出來。

他們六個人站在高三的走廊上拍了張合照，後來那張照片被阮眠收在錢包裡，卻在某一次外出時，意外被人偷了錢包，也遺失了那張照片。

而那時候，她和陳屹已經有五年沒見，她在陌生的城市丟掉了和他有關且為數不多的東西。

學校直到升學考前一個星期才放假。

收拾東西回家的那天，班上的氣氛格外傷感，阮眠收到了很多同學遞來的畢業紀念冊，其中有認識的也有不認識的，都想從她那裡討兩句祝福。

教室外有人在發洩，嘶吼聲、吶喊聲，好像要把這一年所有的壓力都吼出來，有同學把沒用的驗算紙和試卷撕碎後從樓上丟下去，沒一會兒便聽見有人哭喊著自己把准考證也扔了。

阮眠當時坐在教室寫著畢業祝福，聽見這個聲音，低頭笑了笑，筆下的祝福未停——

『祝你升學考順利，金榜題名。阮眠。』

『二〇一〇年，五月三十日。』

第十章 是告白，也是告別

放假那一個星期，阮眠白天留在房間看書，偶爾幫趙書棠講解幾道題目，到了晚上就獨自一人去外面逛街。

夏日晚風清涼，耳機裡的音樂換了一首又一首。

升學考前兩天正好是週末，李執從學校回來，加入了阮眠的逛街隊伍中，兩個人從東邊走到西邊，然後在路邊買了兩支冰棒，上了回家的公車。

那時候已經很晚了，車上沒什麼人，兩人坐在後排，風從敞開的窗戶吹進來，阮眠嘴裡咬著碎冰，哼著不成調的歌。

李執：「妳怎麼一點都不緊張？」

「還好吧，緊張也沒用啊。」阮眠吃完那支冰棒，扭頭看向窗外。

「想好要考哪一間了嗎？」

阮眠「嗯」了聲，然後說了個耳熟能詳的學校名字。

李執感慨了句：「學醫啊。」

「我也沒什麼遠大的抱負。」阮眠笑道，「就希望將來能做一個對社會有用的人吧。」

「好，阮醫師說得都對。」

「……」

升學考那兩天，平城的天氣陰沉沉的，空氣有些悶熱，阮眠的考場被分到以前的學校六中，在南湖家園住了兩天。

趙書棠被分到較遠的五中，她父親趙應偉忙著公司的事情回不來，只能由方如清負責接送。

考完國文和數學的那天晚上，阮眠接到了阮明科的電話，聊沒幾句，阮明科就又去開會了。

她放下手機去外面裝了杯水，站在陽臺吹了會兒風，那天晚上很暗，不但沒有月亮，連星星也很少。

第二天最後一場英文考試結束，天氣預報說的暴風雨沒有來，反而由陰轉晴，阮眠從考場出來，陽光也從烏雲後露出身影。

周圍全是激動的歡呼聲。

阮眠倒是沒什麼感覺，直接回家洗了個澡，鑽進臥室睡到六點半，起床洗了把臉準備出門。

周秀君已經能下床走動，和阿姨在廚房學煲湯，見她出來，問了句：「晚上還要出去啊？」

「畢業聚餐，大概很晚才會回來，您和武阿姨晚上不要等我了，我帶了鑰匙。」阮眠在門口換好鞋子，「要是弄到很晚，我就住在我媽媽那邊。」

「好，注意安全。」周秀君手揉著腰，「記得帶把傘。」

回應她的是阮眠的關門聲，老太太搖頭笑了笑，又走進廚房。

一班和二班有一半以上的老師是共同的，老師去哪邊都不適合，最後索性就把聚餐地點定在一起，在學校附近的餐廳要了兩個可以合併在一起的大包廂。

這次聚餐不是所有人都有出席，吃到一半，阮眠才看見陳屹扶著已經有些醉意的周海從外面進來。

周海這一年教出不少好學生，保送的走了兩三個，拿到獨立招生的也有幾個，剩下阮眠和另外一些人都是有機會衝擊今年理科榜首的種子選手。

他拉著陳屹，又把阮眠和孟星闌他們幾個叫了過去，語重心長地說了好些話，有叮囑也有期盼。

酒意催人傷，說著說著，他眼眶就紅了。

阮眠扭頭看向窗外，也是在這一刻她才意識到他們真的要畢業了，也許以後就很難再見到這些同學了。

想到這裡，她忍不住去看站在周海身邊的男生，一想到從今以後，她和他的距離再也不能用數字來衡量，還是偷偷紅了眼眶。

那天的聚餐吃到最後，大家都哭成了一團，班上幾個男生把老師送回家再回來，聽見包廂裡的哭聲，站在門口沒有進去。

幾個人站在走廊盡頭聊了很久。

後來裡面散場，陸陸續續有人出來，陳屹準備進去拿外套，江讓突然叫住他：「陳屹。」

男生停住腳步，回過頭：「怎麼了？」

「你知不知道……」江讓喝了好幾瓶酒，眼睛被酒精染上幾分紅意，他想了很久，最終還是沒說出口：「算了，沒什麼。」

陳屹輕笑一聲：「你喝多了吧。」

江讓搓了搓臉，也跟著笑：「你就當我喝多了吧。」

聚餐結束後，阮明科突然就從西北回來了，他沒說具體原因，阮眠只記得那段時間父親成日把自己關在書房裡。有一次，她因為屋外的大雨翻來覆去所以睡不著，起來去客廳喝水，卻發現書房的門微敞，阮明科站在窗前，背影寂寥滄桑，桌上燃著一堆未滅的菸蒂，四周煙霧繚繞，帶著嗆人的煙燻味。

或許是聽見門外的動靜，阮明科扭頭看過來，瞧見阮眠，他弄熄手裡的菸蒂，信步朝她走來，「怎麼這麼晚了還沒睡啊？」

「睡不著。」阮眠看著父親兩鬢染上的白髮，眨了下眼睛，問道：「爸爸，你是不是……」是什麼呢？她也說不上來。

「爸爸沒事，別擔心。」阮明科抬手帶上書房的門，攬著阮眠的肩膀走到客廳，「既然睡不著，就陪爸爸聊會兒天吧。」

阮眠和父親在客廳坐下，茶几上擺著阮明科往常在家時愛擺弄的茶具，他開了燈，在深夜拾掇起這些。

茶香很快伴隨著滾燙的開水，在空氣裡氤氳開來。

阮眠拽了張軟墊盤腿坐在地板上，她沒有阮明科的閒情雅致，以往幾次阮明科讓她評價茶感如何，她都只有乾癟的「好喝」二字，偶爾從詞庫裡扯出幾個聽起來還挺像回事的評價，阮明科都會笑著搖搖頭，也不多說。

阮眠抿了口熱茶，聽阮明科聊起在西北的風土民情，他們的小組建在沙漠附近，成日風沙瀰漫，到了夜間氣溫驟降，漫天星河低垂，好似觸手可及。

阮明科說了大半個小時，停下話頭時，他問起阮眠這兩年的近況。

「也沒發生什麼特別的事情。」阮眠放下茶杯，「就是讀書和考試，高二下學期參加了學校的物理競賽班，拿了二等獎，接著就是升學考了。」

阮明科：「不可能每天都只有讀書吧，難道就沒有認識新朋友？我們眠眠這麼優秀，身邊應該有不少朋友吧？」

阮眠抱著膝蓋，不好意思地摸摸鼻尖，「我認識的人不多，但好像有挺多人認識我的。」

她想起升學考離校那天寫的畢業紀念冊，一本又一本。

窗外雨聲拍打著玻璃，屋裡茶香氤氳，沙發旁的桌子上還擺著他們一家三口三年前在六中門口拍的一張照片。

阮明科順著阮眠的視線拿起那張照片，笑著問了句：「這麼說，我們眠眠在學校還挺受歡迎的，那有人喜歡妳嗎？」

阮眠沒想到父親會問這個，臉一下就紅了，支支吾吾不知道怎麼回答。

阮明科也是從她這個年紀走過來的，心裡了然，溫和地笑了笑，「那就是有了？」

阮眠下巴搭在膝蓋上，小聲說：「是我喜歡別人。」

阮明科放下手裡的照片，抬頭看過去，「那能和爸爸說說，他是個什麼樣的男生嗎？」

阮眠沉默了一會兒，才說：「他是個很優秀的男孩子，我喜歡他，但他一直都不知道。」

阮明科右邊眉毛微挑了一下，這是他表示驚訝時慣用的動作，「原來是暗戀啊。」

深夜是情緒的催化劑，它將晦澀的少女心事撕開了一道小口，然後慢慢地掀開，展露在旁人眼中。

阮眠和阮明科說了很多。

從遇見到心動，難過和心酸，想要被他看見付出的努力，為了他進競賽班的抉擇，又陰錯陽差地因為他失去了機會。

再到如今的分別。

這其中七百多個日夜，訴說起來也不過短短幾十分鐘，與之相比，顯得格外單薄而渺小，就像這漫漫人生長路，她可能也只是他生命裡不足掛齒的過客之一，會被時間的長河掩埋和遺忘。

父女倆聊到半夜。

阮明科並沒有對阮眠這段暗戀做出太多評價，他只是和阮眠說，時間會消磨掉一些東西，但也會改變一些事情，也許將來的某一天，你們會重逢，會有新的故事。

也許你會遇見新的人，有新的人生，但以後的事情，現在誰也說不準。

這之後沒幾天，阮明科開始頻繁地早出晚歸，家裡也不時有人走動，阮眠每每問起，阮明科卻總說沒什麼事，讓她不要擔心。

就這樣阮眠懷揣著對父親的擔憂，等到了自己的升學考成績。

那一年的升學考，理科總體上偏簡單，但國文作文又穩坐最難稱號，很多人都在國文這科上吃虧。

八中今年沒有出文組或理組的榜首，學校看好的那一批學生，發揮都不如平常好。

阮眠總分六百八十三，市排名第三十九，但這個分數比她預期的低了十幾分，比她要報考的學校也只高了兩分。

不過這個成績已經算得上很好了，週末阮眠去學校領志願表，周海還另外推薦幾所學校讓她參考。

「謝謝周老師。」那時候已經是盛夏，阮眠在周海的辦公室聊了會兒天，走的時候在樓下碰見班上三位同學，四個人站在樓下的陰涼處聊了起來。

夏天的風總是帶著散不盡的熱意，過了一會兒，阮眠和他們分開，回去路過人潮湧動的籃球場，她站在路邊看了很久。

後來那幾天，阮眠收到了很多人傳來的訊息，親戚的、朋友的、同學的，太多太多了。

填志願的前一天晚上，阮眠和父母在外面吃了頓飯。

自從阮明科和方如清離婚後，關係反而比之前融洽許多，對於女兒的志願填報都秉持著不插手的意思。

阮眠想去的學校只有一間，所以第一和第二志願都填同一所，再後面的幾個志願都是空著的。

等錄取結果的那段時間，周秀君想回鄉下，她就陪著老太太回去住了一陣子。

那幾天阮眠關了手機，每天睡到自然醒，中午吃了飯後教阮峻功課，晚上偶爾出去遛達，但更多時候都是留在院子裡吃西瓜、看月亮，過了一段對她來說輕鬆又舒適的生活。

直到成績公布那天，方如清打了通電話過來，阮眠才回過神想起這件事，她掛了電話，從包包裡翻出准考證，在電腦上登錄官網查榜。

方如清十分鐘打一通電話，打到第四通的時候，阮眠和她說落榜了，沒被Q大錄取。

話筒裡靜了幾秒，方如清才說：「沒事，不是還有第二志願嗎？」

阮眠關掉了網頁，起身往外走，輕吸了口氣才說：「媽媽，對不起，我第一志願和第二志願都是填這間學校。」

「……」方如清把電話掛了。

等到了晚上，阮眠又接到了阮明科的電話，阮明科從方如清的怒火中得知女兒以六百八十三的高分落榜，雖然有點驚訝，但也並非完全不能理解。

「妳媽媽一向比較在意這些，妳落榜的事情對她來說可能打擊比較大，過陣子就好了。」阮明科問，「那妳現在有什麼打算？」

「留級重考。」

「是早就想好了嗎？」

阮眠「嗯」了聲，抬頭看著天上的月亮，「對不起爸爸，我讓你們失望了，但我還是不想讓我自己留下遺憾。」

「沒關係，這是妳的人生，該怎麼走是妳自己說了算，我們做父母的不可能陪妳走一輩子。」阮明科說，「不管怎麼樣，爸爸也希望妳能夠不留遺憾地奔向更好的人生。」

「嗯。」

阮眠落榜的事情很快就被周海和幾個熟悉的朋友得知，而她也陸陸續續收到一些朋友們的好消息。

梁熠然去了F大，孟星闌和江讓去了同個城市的J大，沈渝報考了軍校，而陳屹也在不久前收到了加州大學的正式錄取通知。

他們對於阮眠的落榜感到遺憾卻能理解。

八月的某一天，阮眠從孟星闌那裡得知三天後陳屹舉辦了謝師宴，她在通訊軟體上問阮眠要不要來。

那時候阮眠已經留級轉去了六中重讀，她和孟星闌說那天要上課，大概沒有時間。孟星闌也沒再多說，很快聊起了別的話題。

週末的時候，阮眠回了趟平江西巷，打算把放在那裡的一些東西搬回南湖家園。

李執暑假拿到了駕照，開車幫她搬了一趟，阮眠請他在社區樓下的燒烤店吃了晚餐。

盛夏晚風帶著模糊的涼意。

李執抬手拍死第三隻蚊子後，端起桌上的飲料喝了一口，「妳怎麼不留在八中重讀？」

阮眠笑問了句：「六中不好嗎？」

李執跟著笑了聲：「妳知道我不是這個意思。」

阮眠垂眸想了一會兒，說：「八中對我來說是一段很美好的回憶，我在那裡度過了我人生中最值得被記住的兩年，我希望它就停在那裡。」她抬頭看向遠方的霓虹，喃喃道，「停在最好的那一刻。」

李執微聳了下肩膀，「了解。」

阮眠收回視線，落在他這裡看了幾秒，隨即朝他舉起杯子，「過去的這兩年，你真的幫了我很多，我也不知道該怎麼說，也不知道你過去發生了什麼，就祝你在平平安安的前提下，能過得快樂一點吧。」

李執神情微愣，但很快就扭頭笑了一聲，端起杯子和她碰了一下，玻璃碰撞在空氣中發出清脆的聲響。

他說：「那就希望我們都能過得快樂一點。」

那天是二〇一〇年的八月十七日，十七歲的阮眠開始了只屬於「阮眠」的新人生。

重讀那一年對於阮眠來說，其實算不上多難熬，日復一日的考試和看了無數次的月亮，陪伴著她度過了很多個漫漫長夜。

而那一年也發生了很多事情，阮眠也是在那時候才知道，她升學考之後，阮明科待在家裡的那段時間，其實是他工作的小組出了問題，他作為主要負責人之一，被上面勒令暫停一切職務，只差一點就要面臨牢獄之災了。

儘管後來事情調查清楚，阮明科也重新回到專案小組，但阮眠在那之後每每回想起來，仍覺得心有餘悸。

二〇一一年的春節，趙應偉的事業終於有所起色，在平城開了間小公司，方如清所在的貿易公司起死回生，留下來的一批老員工得到嘉獎，方如清也因此晉升為本部門的主管。

趙書棠升學考正常發揮，去了南方的Z大，只有寒暑假才會回來一趟，段英和方如清之間的矛盾依舊沒有緩和，阮眠有時週末回去，都能碰見她們吵得不可開交。

每當這個時候，她都會帶著趙書陽出去走走，一個人如果從小一直活在父母、長輩們爭吵的陰影下，會對他的性格和心理造成很大的影響。

也許是自卑，也許是叛逆，總歸不會是好事。

後來的後來，大概是趙應偉也覺得自己的母親太過無理取鬧，在平城購置了一套面積不大的二手屋，帶著方如清和趙書陽住了過去。

段英為此幾天幾夜不吃不喝，在家裡哭喊著養了個不孝子，那陣子他們三個人誰的日子都不好過。

阮眠有心無力，方如清也讓她不要多管。

就這樣一晃，又是一年立夏。

六中去年只開了六個重讀班，五個理組班和一個文組班，班裡的學生大多都是各大學校去年因為各種原因落榜的資優生，競爭壓力也不小。

阮眠記得當時分數最高的是一個叫何澤川的男生，升學考考了六百九十三，都已經被Z大錄取、上學上了一個月了，也不知道為什麼，突然就退學跑來六中重讀了。

當時退學的事情鬧得沸沸揚揚，他父母還追來六中又打又罵，非要拉著他回去復學，但他說什麼也不肯走，最後是靠自己以死相逼，換來了父母的妥協。

不過當時他和阮眠不同班，是升學考之後才認識的。

重讀生是走過一次升學考流程的人，走第二遍彷彿還有恍如隔世的感覺。

之後又是兵荒馬亂的一段時間，升學考前十天，六中放假，高三的學生亂七八糟發洩了一通，最後自發性地開始了大合唱。

阮眠的家就在學校對面，她抱著一疊課本，踩過被撕得粉碎的紙張，在歌聲中離開了學校。

後來，她再回想起這一天的記憶，只記得那天的夕陽很漂亮。

升學考那兩天，方如清特地請假來南湖家園陪考，阮眠這次的考場又被分在六中。之前一次的考試彷彿還在眼前，方如清覺得阮眠被分在六中考試這件事不太吉利，在家裡燒了兩天的香。

阮眠倒是沒什麼感覺，甚至覺得比上次還要輕鬆，結束最後一堂考試，她覺得自己這次應該考得還不錯。

當晚班裡並沒有舉辦聚餐，阮眠回到家裡洗完澡倒頭就睡，卻在半夜突然驚醒。

她起床從抽屜裡翻出那本已經快一年沒有寫過內容的筆記本，坐在桌邊翻看。

『二〇〇八年，八月十六日——耳東陳，屹立浮圖可摘星的屹。』

『二〇〇八年，八月三十一日——怎麼了。』

『二〇〇八年，十月八日——丟臉了。』

『二〇〇八年，十一月十五日——跑了第一名。』

『二〇〇八年，十一月二十六日——合照。』

『二〇〇九年，一月十日——新年快樂。』

『二〇〇九年，一月二十日——我與他歲歲長相見。』

『二〇〇九年，二月十九日——和他進了同一個競賽班。』

『二〇〇九年，九月一日——他要出國了。』

『二〇一〇年，一月二十日——我不要再喜歡他了。』

窗外夜色瀰漫，這一年平城又新建了好幾棟商業大樓，在夏天的時候湧進了一大批陌生面孔，層層高樓燈光不滅，成了黑夜的點綴。

而在這一年，阮眠好像到目前為止都沒什麼太大的收穫，和陳屹有關的事情也只剩下這麼一件。

她提筆在新的一頁寫下了這唯一的一件事。

『二〇一一年，六月八日——我又瞞著所有人偷偷喜歡了他一年。』

阮眠比那年的其他考生提前幾天知道自己的升學考成績，因為她是那一年的榜首，總分七百一十四分。

各大學校的招生電話緊隨其後，阮眠想去的B市醫學院是與Q大合作招生的，去年她遺憾落榜，今年卻提前被錄取，成了當時家喻戶曉的人。

填完志願後，阮眠拒絕了各大媒體的採訪，出去玩了大半個月。

阮明科的專案小組在那段期間結束了收尾工作，他是和阮眠一起回平城的，在飛機上，父女倆聊起去年的事情。

阮眠開玩笑道：「如果不是去年競賽失利，也許我將來會和爸爸做同樣的事情。」

阮明科：「那為什麼後來不堅持繼續學物理？」

阮眠扭頭看了看窗外的藍天白雲，有些羞愧地說：「我其實不怎麼喜歡物理。」

阮明科想到去年和女兒的夜談，心中了然，他闔上手中的書說：「當人陷在某個情境裡的時候，要做到理性選擇是一件很困難的事情，或許有時候可以理性分析，但思想和行動卻不能完全一致，爸爸理解妳當時的選擇，所以妳不必自責。」

阮眠說：「那如果我說去年升學考，我可能也在潛意識中受到了少部分影響，爸爸會不會覺得我太過情緒化了？」

阮明科好像並沒有很驚訝，語氣溫和地說：「以爸爸目前遇到的人來說，我還沒見過有誰能做到絕對理智，也許在這個世界上會有這樣的人，但不可能每個人都能做到這點，不然這就說不上是人性的弱點之一了。無論如何，那都已經是過去式了，妳不是也開始學著向前看了嗎？」

阮眠釋然地笑了笑，「嗯，謝謝爸爸。」

阮明科摸了摸她的腦袋，隨口問了句：「妳有和媽媽說過這些事情嗎？」

「……沒有。」

阮明科點點頭，卻沒再說什麼，只是偏過頭在女兒看不見的地方，長長地嘆了口氣。

回到平城後，阮眠在家裡休息了大半個月。這一年暑假，孟星闌和江讓參加了學校的一個比賽，他們兩個都留在學校為比賽做準備，阮眠也沒能和她見到面。

暑假一晃過了大半，盛夏的一天，阮眠收到了Q大的錄取通知書，她在傍晚的時候回了八中一趟。

那時候高三已經開學，周海今年又帶畢業班，阮眠過去的時候，他正在辦公室批改考卷。

阮眠在辦公室和他聊了一個多小時，臨走前，周海像是突然想起什麼，叫住她之後，又從抽屜裡拿出一個紅包，數了一些零錢放進去，「之前答應過你們，升學考考多少就給多少紅包，原本去年就想給妳，沒想到妳選擇重讀，今年倒好，考了個榜首。」

阮眠愣了下，眼眶微熱。

周海起身把紅包塞到她手裡，「妳是個好學生，老師相信妳將來肯定大有所成。」

阮眠攥著那個紅包，「謝謝周老師。」

「好了，沒什麼事就早點回去吧，我也要去上課了。」周海說：「有時間的話，要多回來看看老師啊。」

阮眠點頭，「一定會的。」

周海揮揮手，「回去吧。」

阮眠從辦公室出來，走到一樓大廳時，迎面有個男生走過來，剃著很短的頭髮，穿著黑色的籃球衣。

和記憶裡的男生很像，擦肩而過的瞬間，她追了幾步又突然停下來。

她忘了，他已經畢業了。

那天是二〇一一年的八月二十三日，距離她和陳屹上一次見面，已經隔了一年又七十六天。

九月分Q大開學，阮眠所在的科系每年招生總數不超過九十人，剛入學那段時間，她忙得焦頭爛額，整日穿梭於教室、圖書館和寢室三點一線，還沒緩過神，新學期已經過半。

聖誕節前夕，阮眠所在的手語社準備在聖誕節去郊區一所社會福利機構，為那裡的孩子籌辦一場聖誕晚會。

阮眠花了一個週末的時間，被「爭取」到白雪公主裡一棵樹的角色，開演那天，她跟另外幾棵樹舉著一塊合成樹皮，蹲在後面閒聊。

大家聊到怎麼入社的，阮眠說自己是在學生餐廳吃飯，碰見某個學院的學姐請她填寫一張表單，結果沒過幾天就有人打電話給她，讓她去一趟手語社的教室。

當時的阮眠糊里糊塗地過去，又糊里糊塗地面試，結果就糊里糊塗地加入了社團，現在大家一聊，發現都是同個伎倆。

聊了大半個小時，表演也結束，他們幾個從旁邊走下臺，晚上社內和隔壁心理學研究社合辦聯誼，阮眠想離開，卻被當初拉她入社的學姐辛玫拉著不放，「妳可不能走，我們社內單身的人就只有你們幾個，人生大事可得早點解決。」

「……」

阮眠無奈，只好跟著去了吃飯的地方，沒想到還在那裡碰見了六中的熟人——何澤川。

當初那個考了六百九十三分，去六中重讀的男生，今年升學考考進了Q大的電機系。

他顯然還記得阮眠，加上幾個學長姐聽說他們兩個都是平城六中的，更是想方設法要把他兩個湊成一對。

那年寒假，阮眠是和何澤川一起回平城的。不過兩人的關係只停在朋友這一層，何澤川沒有更近一步的意思，阮眠更沒有。

甚至在聯誼結束後的那天晚上，阮眠就和他坦白自己有喜歡的人，暫時沒有接納新關係的想法。

結果何澤川聽了，直接抬手跟她擊掌，說：「巧了，我也是。」

「……」那還是真是巧了。

後來熟悉了，阮眠好奇地問何澤川當初為什麼要從Z大退學。

何澤川從電腦前抬起頭，摸著下巴一本正經道：「因為我喜歡的人在我系上找了個男朋友，我不能接受。」

阮眠：「……」

他看著阮眠的表情，笑得肩膀直抖，「開玩笑的，開玩笑的。我當時其實是落榜才去Z大的，在那裡上學上了一個月，天天都覺得不舒坦。後來一想，還是有點不甘心，然後就回去重讀了，本來還想考個榜首玩玩，沒想到被妳搶走了。」

那會兒已經是寒假，他陪阮眠出來選電腦，聽完這句話，阮眠晃了晃手裡的信用卡，「這件事是我不對，中午我請你吃大餐。」

這之後的兩年，阮眠和何澤川一直維繫著並不頻繁的來往，兩個人誰也沒想過要跨越那道警戒線。

儘管很多人都和阮眠說，何澤川長得帥人又好，是個絕世無敵好男友，但她仍舊沒有那種想法。

第三年的學期末，阮眠所在的科系結束了在Q大的醫學培養，轉而搬去了其他校區，繼續後面五年半的臨床醫學專業學習。

而那年冬天，孟星闌和江讓所在的J大參加了由Q大舉辦的全國大學生機器人大賽。複賽場地定在Q大。

孟星闌和江讓是他們學校大一參賽團的副隊長，這種比賽對現在的他們來說，已經是小兒科。

而何澤川同樣是Q大代表團的副隊長，同樣也是負責接待各大高校的學生代表。

接機那天，何澤川還沒開口，阮眠就主動說要去幫他。

一群人舉著「歡迎XX大學」的牌子站在第一航廈的出口旁邊，何澤川穿著隊上發的羽絨衣，低頭打著哈欠，「妳今天怎麼這麼勤快？」

阮眠看著他，「我哪天不勤快？」

「……」何澤川雙手插在口袋，「我還是比較懷念我們剛認識那時候的拘謹和真誠。」

阮眠笑了聲，沒搭理他。

後來其他學校陸陸續續抵達，孟星闌比阮眠先看見她，鬆開行李就朝她跑了過來。

何澤川不了解情況，下意識拎著阮眠的帽子把人往後扯，讓孟星闌撲空。

孟星闌率先反應過來，把阮眠拽到自己身邊，「他是誰啊？」

「我們學校參賽團的副隊長，何澤川，也是我朋友。」阮眠扭頭看著男生，「這是我以前在八中的好朋友，孟星闌，也是這次J大參賽團的副隊長之一。」

何澤川不鹹不淡地「哦」了聲，主動朝她伸出手，「妳好，何澤川。」

「你好。」孟星闌簡短地和他握了一下，江讓也在這時候走了過來，幾個人認識了一下，阮眠帶他們出去坐車。

在車上，孟星闌問：「這人長得還挺帥的，該不會是妳男朋友吧？」

阮眠說：「不是，就只是朋友，我在六中重讀的時候認識的同學。」

「嗯，還好不是，不然萬一明天比賽輸給我們，我還不能太開心。」

阮眠抿著唇，欲言又止：「……」

結果第二天比賽的時候，Q大還真的輸給了J大，之後整個複賽結束，Q大這邊辦了歡送宴，孟星闌在宴會上跟何澤川拚酒，喝得爛醉，散場後，阮眠和江讓一起送她回家。

孟星闌酒品好，醉了之後也不鬧騰，倒頭就睡，阮眠幫她蓋上被子，又託同房的女生晚上多照看著點。

從房間出來，阮眠看見在外面等待的江讓，眼皮猝不及防地跳了下。

畢業之後，她換掉了手機號碼，以前的通訊軟體帳號也在重讀那年，因為長時間沒登錄被人盜用，再找回來的時候，裡面的連絡人已經被刪得一乾二淨。

阮眠索性不再用那個帳號，和班上很多人斷了聯絡，江讓也是其中之一，如果沒有孟星闌，他們可能很難再見面。

這會兒，江讓穿著黑色長款羽絨衣，露出裡面的J大隊服，清俊的面容染上幾分紅意，「下去走走？」

阮眠沒辦法拒絕，在心裡嘆了口氣，「好。」

兩個人也沒走遠，繞著飯店附近的人工湖一直往前走，冬天的B市不同於平城的溼冷，這裡的冷是乾燥的，大刀闊斧的冷。

晚上湖邊沒什麼人，只看到幾個夜跑的年輕人。

一開始誰也沒想著先開口，後來阮眠大概是覺得再這麼走下去也不是辦法，就問了句：「你們什麼時候回學校？」

江讓看了地上的影子一眼，又看了她一眼，「明天下午。」

「哦，那注意安全。」阮眠輕嘆了口氣，實在不知道該說些什麼。

走了快半個小時，江讓突然停住腳步，低聲問：「這幾年……妳有和陳屹聯絡嗎？」

阮眠先是愣了下，但很快就明白了什麼，搖搖頭說：「沒有。」

自從那次聚餐後，她就再也沒見過他，除了出國前的那兩則訊息，她和他也沒有其他的聯絡。

好像這個人已經不存在了一樣。

但阮眠自己清楚，有些人不聯絡、不見面也不代表被遺忘，兩年前她從孟星闌那裡得知盛歡也申請了和陳屹同個城市的大學，那一個月她都在失眠。

江讓笑著嘆了口氣，有大團白煙在空氣中散開，「其實過了這麼久，我還是有句話想問。」

聞言，阮眠放在口袋裡的手一緊，沒有吭聲也沒有阻攔，有些事情該有個結局了。

「高中那時侯，妳是不是在故意疏遠我？」

「是。」

「因為陳屹？」

「嗯。」

江讓笑了聲，眼尾泛著紅，「妳還記得嗎？高二那年寒假，我說要幫妳補英文。」

阮眠抬頭看著他。

「其實我給妳的英文筆記，是我之前在陳屹那裡補習整理出來的，那些考試重點和技巧都是陳屹以前教過我的，所以從一開始就都是陳屹，跟我沒有任何關係。」他笑得讓人難過，「可明明是我先認識妳的。」

阮眠抿了抿唇，抬頭看著湖對面的高塔，「江讓，我在去八中之前，就已經先認識了陳屹。」

一招將軍。

江讓笑嘆：「難怪。」

「但感情真的分先來後到嗎？」阮眠這次終於不再迴避江讓了，「就算沒有提前遇見，在八中，在平江西巷，我和陳屹遲早都會見面。遇見什麼人，又會喜歡上什麼人，說起來更像是每個人的命數，運氣好一點的得償所願，運氣不好就是所謂的劫。」

「江讓，人都是要往前看的。」阮眠說，「我已經在學著放下了，我希望你也可以。」

隔日，各大校區代表團陸陸續續地返校，阮眠沒有去送機，那天她忙著搬宿舍到新校區，等收到消息時，他們已經登機了。

後來大概過了半年左右，阮眠聽孟星闌說江讓在準備出國留學的事情，她不知道那天晚上的話到底有沒有用，只希望他正在往前看。

而那時候，她整日都在教室和實驗室之間奔波，每天都有寫不完的作業和交不完的報告，整個人忙得不可開交，跟何澤川好幾個星期都沒聯絡。

二〇一五到二〇一七年那幾年，阮眠忙完見習忙實習，在醫院實習轉科的那段時間，她更是日夜顛倒得忙，見過人生百態，旁觀過醫患矛盾，整個人的心態都被抽打了一遍。

二〇一八年的夏天，阮明科賣掉了南湖家園的房子，在市區買了一間更大的電梯大樓，打算把周秀君接過來養老。

阮眠在暑假回了趟平城，家裡的大件行李都已經打包搬去新家了，只剩下阮明科留在書房的重要資料和阮眠臥室的東西。

到家之後，阮明科正在書房收拾，這幾年她和父親各自忙於自己的學業和事業，很少見面。

「爸。」阮眠站在書房門口，像小時候很多次放學回家，連書包都不來及放，就直接鑽進書房。

聽見女兒的聲音，阮明科從書架前轉過頭來。

他今年已經五十幾歲了，鬢角和髮頂全都摻了白，大概是經常待在西北那邊，看起來滄桑了不少，連眼鏡都戴上了。

「怎麼回來也不跟我說一聲，我才能去機場接妳。」阮明科闔上書，跨過一地的廢紙，朝門邊走過去，「吃飯了嗎？」

阮眠抬手拍掉他肩上的灰塵，「還沒呢。」

「那走吧，爸爸帶妳去餐廳吃飯。」阮明科走進廁所洗手，出來往房間鑽，「我換個衣服，馬上就好。」

阮眠：「爸，哪有這麼著急，我這次回來能待半個月。」

他的聲音從臥室裡傳出來，「那可好。」

阮眠「嗯」了聲，在屋裡轉了一圈，這地方承載了她的童年和少年時代所有的回憶，一想到以後再也看不到了，莫名有些傷感。

阮明科換完衣服從臥室出來，看到她這樣，問了句：「捨不得啊？」

「有一點。」

「爸爸也捨不得，但這地方太小了，妳奶奶搬過來，再請個阿姨，就住不下了。」阮明科笑嘆，「還是有錢好啊。」

阮眠笑出聲來，「走吧，去吃飯，我都餓了。」

「好。」

阮眠過了今年生日就二十六歲了，阮明科沒催過她的終身大事，但方如清卻急得不行，見到阮明科一次就提一次，讓他也多跟阮眠提這件事。

次數多了，阮明科就把這件事記在了心裡，吃飯時旁敲側擊地問了句：「有沒有對象了啊？」

「爸，你現在怎麼跟我媽一樣。」阮眠夾了一筷子的青菜，「我現在這麼忙，哪有時間談戀愛啊。」

「總得有個苗頭吧。」阮明科說：「我有個同事他——」

「爸，你再說我明天就回去了。」

「好好好，我不說了。」阮明科看著她吃了一會兒東西，突然問：「妳是不是還記著以前那個男生呢？」

阮眠夾菜的動作頓了下，隨即否認道：「沒有。」

她沒撒謊。

她和陳屹已經太久沒見，久到她甚至快要想不起他的模樣，年少時那段刻骨銘心的暗戀，也在時間的長河中被蒙上了一層薄紗。

讀書這幾年，阮眠也有嘗試去接觸新的人，大前年，她跟何澤川的學長交往了三個月，對方因為她太忙，在Q大又找了一個新女友，結果被何澤川撞見，把他打了個鼻青臉腫。

後來這件事被何澤川笑了大半年，阮眠也對找男朋友這件事有了陰影，加上她確實很忙，感情這件事就一直耽擱到現在。

她沒有刻意記著他，只是一直沒遇上適合的人而已。

吃過飯，阮眠和阮明科回家收拾剩下的東西，她房間的衣服幾乎都裝好了，只剩下一個書架和書桌裡的東西。

但真要收拾起來也花了不少時間，阮明科約好的搬家公司在六點鐘過來運了一些行李。

阮眠還剩下書桌抽屜裡的東西沒裝。

她在書桌上的筆筒裡找到抽屜的鑰匙，大概是因為太久沒使用，鑰匙戳了半天才對上孔。

裡面也沒什麼貴重的東西，只有一本筆記本和一部手機。

筆記本的封面已經有點褪色，紙張泛黃，上面的字跡筆鋒也已經變得模糊，阮眠隨便翻了幾頁，恍惚中，好像又回到了高中那兩年。

外面突然傳來的動靜讓她回過神，阮眠闔上筆記本，拿起手機，把充電線捆在手機外面，她找到插頭插上充電，抱著試試看的心態按下開機鍵。

沒想到還真的開機了，要知道現在市面上這個品牌的手機不僅沒有發揚光大，甚至連公司都沒了。

手機開機之後有幾分鐘的緩衝期，緊接著竟然還有訊息冒出來，阮眠點進去看，原來是前幾年欠繳電話費的簡訊。

她準備退出去，卻無意間點進了寄件區，舊式手機的反應太過離譜，在她連續按了兩次返回鍵後，頁面直接跳轉進最近傳送的一則簡訊頁面裡。

『暗戀很苦，像夏季的風，聽起來很好，吹起來卻滿是燥熱。於是夏天結束了，我也不喜歡你了。』

『陳屹，祝你一路平安，前程似錦。』

時間是二〇一〇年八月二十九日，晚上六點一分。

那是很久之前，阮眠在得知陳屹第二天將要飛往加州大學，傳給他的一則訊息。

是告白，也是告別。

是她給自己晦澀難明的暗戀生涯，畫上的一個句號。

阮眠在房間裡站了太久，阮明科在外面忙完後，站在門口叫她：「眠眠，該走了。」

「哦，好。」她回過神，將手機和筆記本一同收進紙箱裡，貼上了膠帶，封得嚴嚴實實。

窗外陽光很好，阮眠抱起箱子走出了房間。

第十一章 九年了，好久不見

二〇一八年的秋天，阮眠提前通過了學校的畢業論文口試，成了B市協和醫院胸腔外科的一員。剛進醫院的那兩個月，她忙得暈頭轉向，帶她的老師又是胸腔外科以嚴格出名的副主任孟甫平，挨罵不在少數，通宵加班更是常事，一瞬間就像是回到了幾年前在這裡實習的時候，簡直心力交瘁到崩潰。

春節前夕，醫院上上下下都忙得不可開交，酒駕車禍、感冒發燒，急診和門診幾乎徹夜通明。

晚上十點，阮眠剛觀摩完鋼筋貫穿傷的手術，跟作為手術助手和手術指導的孟甫平一同回到辦公室。

那時急診大樓外面是一陣接一陣的鳴笛聲，伴隨著窗外的狂風暴雨，莫名令人心慌。

辦公室裡，孟甫平走到飲水機前接了杯熱茶，才剛喝了一口，科室同事從外面跑進來，聲音帶著幾分急促，「孟主任，郊區那邊發生緊急事故了，周院長叫您過去開會！」

孟甫平應了聲，連杯蓋都來不及放好，直接把水杯往桌上一放，跟著人跑了出去。

窗外雨聲敲打，辦公室鈴聲乍響，阮眠起身接通，聽完電話那邊的描述，急聲說：「好，我馬上到。」

電話裡沒有細說，只提到郊區一棟剛交屋不久的國宅發生了坍塌，一層兩戶，共十二層，傷亡慘重。

院裡緊急制定了救援計畫，一部分的醫師去現場參與救援，一部分的醫師留在醫院做好接收重傷病患的準備。

阮眠跟著去了現場。

這不是她第一次參與救援，但等真的抵達現場，聽著四周呼天搶地的哀號聲，看著被消防人員從廢墟裡扒出來、已經沒了呼吸的人，仍舊覺得心裡像是塞了一團棉花，喘不過氣來。

大雨加上過低的溫度，增加了救援難度，也讓很多人失去了可能生存的機會，阮眠很快收起那些不必要的情緒，投入到搶救傷患當中。

救援任務持續了半個月，那段時間漫天的電視報導，整座城市甚至是全國人民都在關注這件事，但最終的結果卻不如人願。那棟國宅有上百名住戶，最後活下來的卻只有十幾個人，有的是沒了父母孩子，有的沒了兄弟姐妹，但更多的是整個家庭都沒了。

國宅倒塌了，背後牽扯到的關係利益錯綜複雜，上到某個大人物，下到一個小小的水泥供應商，全都成了罪人。

阮眠在春節休假回平城的路上，看到了關於這件事情的處理情況。

那些該罰的一個都沒逃掉，但這個結果也只能勉強算得上對得起那些還活著的人，至於那些無辜逝去的人，無論如何，終究都是無法彌補的遺憾。

她關掉手機，扭頭看向窗外，輕嘆了口氣。

計程車在社區門口停下，阮眠隔著窗戶看見在門口等著的父親，笑著從車裡走了下去，朝著不遠處的人喊了聲：「爸。」

阮明科正在看社區裡的那些老年人下象棋，聽見聲音，抬頭看過來，很快迎了上去，笑著問道：「這次回來待幾天啊？」

「一週左右。」阮眠提著行李，「下個月要和孟老師去洛林參加一個培訓會，大概得忙一陣子。」

阮明科嘆了口氣：「妳現在怎麼比我還要忙？」

阮眠笑了聲：「奶奶最近還好嗎？」

「挺好的。」阮明科扭頭看她，「今天還說要親自下廚做好吃的給妳，比阿姨還能折騰。」

「是嗎？」

父女倆一路說說笑笑，到家裡，周秀君已經在廚房和阿姨忙著準備午餐，香味順著飄到門口。

阮眠換了鞋走過去，「奶奶，妳在煮什麼呢？這麼香。」

周秀君從廚房探出頭來，格外炫耀地說：「還能有什麼，不都是妳愛吃的那些。」

「那我有口福了。」阮眠捶了捶老太太的肩頸，然後伸手撿了塊拌黃瓜丟進嘴裡。

周秀君往她手臂上一拍，叫喚道：「洗過手了沒？就這樣吃，還醫師呢，一點都不講究。」

阮眠笑了，轉開旁邊的水龍頭洗了手後，走出去陪阮明科在客廳看電視，新聞上正好在回顧B市國宅坍塌一事，鏡頭一晃，阮明科竟然還在右下角看到了阮眠的身影。

他暫停了下，問阮眠：「那是妳嗎？」

阮眠盯著電視螢幕想了一會兒，撓了下額頭說：「是吧。」

那應該是救援的第二天，當地電視臺派記者連線報導現場情況，阮眠當時負責護送一個傷患回醫院，鏡頭大概是往這裡掃過一下，拍到了她不怎麼清楚的側影，但熟悉的人還是能一眼認出來。

阮明科繼續播放，電視聲音重新在屋裡響起，報導內容也切換到了今早才公布的調查結果，其中一個集團的總裁涉案嚴重被判了死刑。

阮明科又開了話題：「這個唐偉據說還投資了不少科學研究專案，他被抓之後，那些專案大概也要受到牽連了。」

阮眠多了個心眼，問：「你那個專案組沒事吧？」

「跟我們沒關係，我們這是上層批的經費。」阮明科皺眉想了下，「不過我有一個同事好像是……」

他話說了一半，似乎又想起了別的，和阮眠說：「對了，我這個同事他有個兒子，妳要不要考慮一下？」

「……」

阮明科笑了聲：「好，我不說了，但是妳媽那邊妳得做好準備，她可不像我這麼好說話。」

「……」

結果還沒等到阮眠做好準備，第二天一早，方如清就直接找上門來，還帶了一批優秀單身青年的資料。

方如清說：「這些都是媽媽單位同事的兒子，還有妳趙叔叔認識的一些人，我全都仔細查過了，家世清白，工作也很好，妳看看有沒有哪個是妳心儀的。」

阮眠看著手上這些跟履歷差不多的東西，有些哭笑不得：「媽，妳這也太正式了吧。」

「我還不是為了妳。」方如清苦口婆心，「妳虛歲馬上都快二十七了，再拖下去，好的都被別人挑走了。」

阮眠微微睜大眼睛，輕嘆了口氣：「媽，我現在真的沒時間談戀愛，更何況我近幾年都會留在B市發展，人家願意談這麼遠的女朋友嗎？」

「總不能一直都是單身吧，好歹交一個，萬一適合呢？」方如清又絮絮叨叨說了一大堆。

阮眠聽得耳朵長繭，最後妥協道：「那這樣，等我培訓完回來，我再聽妳的安排，好嗎？」

「真的？」

「真的，但妳得等我忙完。」

「好吧。那妳今年是跟妳爸留在這裡過年，還是去我那邊？」她沒給阮眠思考的時間，自己做了決定，「還是去我那邊吧，書棠今年回來了，書陽也很想妳。」

阮眠去年春節留在B市，後來回來也沒住上幾天，這次就沒拒絕：「好，那我明天早上過去。」

等到第二天，阮眠去趙家那邊過完年，又住了兩三天，原本想和李執約吃飯，但他回了溪平老家，暫時回不來，只好下次再約。

之後短暫的假期結束，阮眠又回到B市，在去洛林培訓之前，跟何澤川吃了頓飯。

何澤川大學之後放棄了學校的保送名額，跟幾個朋友創立了一間遊戲公司，這幾年浪裡淘沙、沙裡淘金，如今也能在業內排得上名次了。

阮眠之前去他的公司都要提前預約，就連這次聚餐也是半個月前就約好了。

點完餐，阮眠喝了口桌上的檸檬水，打趣道：「我現在見你一面比我休假還要難。」

何澤川輕笑，「說反了吧，妳想找我隨時都可以，但妳能隨時休假嗎？」

他這幾年變化不多，除了必要時刻穿著正裝，其餘都是一身運動褲加T恤，加上長相年輕，看起來就像個還沒出社會的大學生。

阮眠懶得跟他打嘴砲，畢竟一次都沒贏過，「對了，你上次說你媽要介紹對象給你，你後來是怎麼回絕掉的？」

「這個啊……」何澤川看著阮眠，笑得有些莫名其妙。

阮眠猜了下：「你該不會跟你媽說我是你女朋友吧？」

「那倒沒有。」

「那你怎麼說的？」阮眠放下玻璃杯，「讓我也學一下。」

何澤川看著她，「妳真的要聽？」

「嗯。」

他點點頭，語氣平和：「我跟我媽說我喜歡和我一樣的。」

阮眠沒反應過來，一臉疑惑地看著他。

何澤川一字一句道：「和我一樣的，男的。」

「……」

大概過了幾分鐘，阮眠格外認真地問了句：「你現在是不是已經被你媽逐出家門了？」

「沒有啊，她只是放棄介紹女生給我了。」何澤川笑了聲，「但準備介紹男生給我。」

「……」阮眠抿了抿唇，正巧服務生來送餐，她放棄了這個話題，「嗯，我們還是先吃飯吧。」

後來吃完飯，何澤川送阮眠回醫院，抵達時他問阮眠：「妳媽催妳找男朋友啊？」

「嗯，而且還很急。」阮眠解開安全帶，「我大概快扛不住了。」

何澤川動了動手指，漫不經心道：「要不然下次妳媽再催妳，妳拿我當擋箭牌吧。」

「不行。」阮眠下車後站在外面說，「一個謊言得用無數個謊言才能圓謊，如果我真的拿你當擋箭牌，我媽下一步就該催婚了。」

「好吧。」

阮眠關上車門，從車窗和他說再見：「那我先回去了，你路上注意安全。」

何澤川半趴在方向盤上，和她揮了揮手，看著她進了醫院大門，才驅車離開。

之後幾天，阮眠依舊忙得暈頭轉向，直到去洛林前一晚才交班。回去收拾完行李，又在線上跟孟甫平還有其他幾個要去參加培訓的同事，開了半個小時的會。

隔日一早，巴士從醫院出發到機場轉機，下午一點才抵達洛林，到達後孟甫平讓他們回房間休息，晚點再去當地醫院參觀學習。

阮眠和隔壁普通外科的學姐林嘉卉住同一間房，從她們房間的窗戶可以看見對面連綿起伏的山巒。舟車勞頓，阮眠先去浴室沖了澡，出來時，聽見林嘉卉在跟男朋友打電話形容這裡的山清水秀，繪聲繪色的。

阮眠笑了聲，擦著頭髮去找自己的手機，解鎖後看見上面有好幾通孟星闌的未接來電。她趕緊回電。

接通後，孟星闌問：『妳剛才在幹嘛，打了好幾通電話給妳都沒人接。』

阮眠笑了聲：「在洗澡。」

這時候，林嘉卉不知道跟男朋友聊到了什麼，突然吵了起來。

阮眠看了她一眼，拿著手機去了房間外面。

孟星闌問：『妳剛交班啊？』

「不是，在外面出差。」

『妳怎麼突然出差了？我還想找妳陪我試婚紗呢。』

孟星闌和梁熠然在大三那年正式成了男女朋友，去年聖誕節梁熠然求婚成功，雙方家長把婚期定在今年六月。

「臨時有個培訓會。」阮眠笑道，「妳什麼時候要試婚紗？」

『這個月底，妳趕得回來嗎？』

「不確定。」這次光是培訓就有十天，還不保證之後有沒有其他亂七八糟的事情，阮眠不敢把話說得太肯定。

孟星闌嘆了口氣：『那好吧，我到時候把照片傳給妳。』

「好。」

『妳在外面多注意安全啊。』孟星闌也是在工作間隙抽空打電話給她，沒能多聊。

掛斷電話，阮眠拽了下搭在頸間的毛巾，也不知道想了些什麼，在外面站了幾分鐘才回房間。

十天的培訓時間一晃而過，要走的那天，培訓會的承辦方在飯店舉辦送別宴。

考慮到職業原因，席上並沒有安排酒水，後來在場的所有人再想起這天，都對於這個安排感到格外慶幸。

阮眠記得那天是二〇一九年的三月六日，驚蟄，洛林前幾天還是陰雨綿綿，那天卻格外悶熱，人也莫名焦灼煩躁。

到了飯店，阮眠沒吃幾口，覺得有些心慌，起身準備去大廳透氣，聽見路過的服務生在討論擺在前廳的觀賞魚缸發生了怪事，說是養在裡面的魚都跟吃了興奮劑似地亂跳，把水缸裡面的水濺得滿地都是。

當時誰也沒注意到，只以為是飯店裡的人亂餵了什麼。

大中午，飯店對外營業，來往的客人眾多，送別宴安排在二樓的竹苑廳，旁邊三個廳也全都是人，大樓外面的馬路車來車往，正是熱鬧的時候。

阮眠透氣完回來，平底鞋踩著地面鋪著的柔軟地毯，恍惚中覺得地面好像晃動了下，但又很快恢復了平靜。

她以為是自己的錯覺，並沒有在意，但等走到竹苑廳門口時，之前那陣晃動越發明顯，而且越來越強，掛在牆上的吊燈也跟著開始晃動，眼前可見的一切都在搖晃。

地震了！

阮眠心裡湧上這個念頭的下一秒，整棟大樓都陷入劇烈的晃動之中，天花板開始掉落碎灰。幾乎是一瞬間的事情，六層樓高的飯店從地基開始坍塌，整個走廊和樓道擠得全是人。有人在哀號，有人在尖叫，也有人在哭泣，整片天地像是末日來臨，恐懼和慌亂幾乎要壓垮每個人。

竹苑廳靠近祕密通道，但阮眠和整個廳的醫護人員卻是最後才撤離的，前腳人剛跑出去，後腳大樓就塌了。

阮眠甚至看見有人從六樓跳下來，然後在瞬間被廢墟掩埋，生死不明。

猛烈的地震只持續了十幾秒，帶來的卻是毀天滅地的慘況，街道上不斷有哭聲傳出來。

灰濛濛的天，不時傳來的餘震，四周全是生命逝去的氣息，阮眠倏地想起什麼，從口袋裡摸出手機，在備忘錄裡分別寫下給阮明科和方如清的話。

在這種境況下，思緒都是雜亂的，她甚至不知道從何說起才好，最後只能倉促簡短地留下一兩句話。

萬一回不去了，這些隻言片語哪怕不足以慰藉生離死別，至少要給他們一點能扛過傷痛的念想。

阮眠確認備忘錄保存好，在關掉手機的那一刻，她聽見林嘉卉哭著留下語音訊息給男朋友。之前激烈的爭吵，好像只是一齣戲劇裡短暫的前情，她語無倫次地說著「我愛你」，才是真心彰顯的重頭戲。

在這個不合時宜的時刻，阮眠突然想起了陳屹。

陳屹是三月四日那天回平城的，他和沈渝剛結束外派任務，回部隊述職後，從B市開了七個小時的車，在深夜到家。

平城這幾年發展迅速，平江公館附近的老城建築被政府改建，四周高樓大廈林立，高架橋遍地通，可唯獨和公館一牆之隔的平江西巷，始終屹立在這四周的繁華當中，成為這一片現代化區域裡獨一無二的老城記憶。

夜裡十一點多，陳屹一身黑衣黑褲從車裡下來，襯衫下襬塞得整齊，皮帶是部隊統一配發的，長身玉立，眉骨硬朗。

同樣打扮的沈渝坐在駕駛座，手臂壓著窗沿，俐落乾淨的短髮壓不住眉眼間的鋒利，「這麼晚了，我就不進去了啊。」

陳屹解開袖口的兩粒扣子，單手捲起衣袖，抬手晃了兩下手指，漫不經心道：「之後見。」

沈渝隨即驅車離開，黑色的吉普車在路口晃了兩下車尾燈，消失得無影無蹤。

深夜裡，腳步碾過地面的動靜格外清晰，陳屹走到公館門口，崗亭值班的保全認識他，和他打了聲招呼後親自幫他開門。

陳家住在東南角，三層小洋房，內外中西合璧，夜裡門口也點著燈，大門換了新的密碼鎖。

陳屹這幾年幾乎不在家，試了好幾個密碼都不正確，最後一次機會用完，旁邊的警報器跟著響了起來，在一片寂靜中顯得尤為響亮。

「……」

這道門大概承受不住他一腳踢，陳屹看了四周一眼，信步走到南邊的牆角，往後退了幾步，緊接著一個猛衝，手腳俐落地翻了過去。

落地的瞬間，正巧家裡阿姨聽見警報器的動靜，披著衣服從屋裡出來，瞧見牆角下一個黑漆漆的影子，嚇得正要尖叫。

「張阿姨，是我。」陳屹三步併作兩步從暗處走出來，拍掉手上蹭到的灰，朝著老人家笑了聲，「我回來了。」

張阿姨長舒了口氣，又驚又喜，「你這孩子，好好的正門不走，偏要翻牆進來，萬一摔傷怎麼辦？」

陳屹笑笑沒多說，扶著老人的肩膀往屋裡走，「爺爺他們都睡了？」

「他早就睡了，奶奶這幾天在隔壁縣市開會，你爸媽出去辦事還沒回來。」

陳屹的父親陳書逾最近遇到了一點麻煩事，他底下有個專案的投資人前陣子犯罪，被判了死刑，牽連到很多，他這個專案之前已經進展到一半，卻因為這件事只能被迫停下來接受調查。

陳屹回來之前就從外公那裡聽了不少，但不太清楚具體的事情經過，只知道是B市郊區的一棟國宅倒塌，鬧得沸沸揚揚。

至於背後的利益牽扯，他可能還沒有那些看八卦的群眾了解得多。

這會兒，陳屹上樓沖了澡，換了身衣服，溼著頭髮從樓上下來，張阿姨幫他熱了碗雞湯。

「趁熱喝，喝完早點休息。」

陳屹走到餐桌旁坐下，「這麼晚了，您先去休息吧，我喝完自己收拾就行了。」

「好。」

張阿姨回到房間，陳屹匆匆喝完湯，去客廳開了電視，把聲音開到最低，找到前段時間B市國宅坍塌的新聞。

B市地方電視臺在事故徹底結束後，有過一次綜合回顧記錄報導，從事故最前線到後續的相關人員審判。

看了大概十分鐘，陳屹聽見門口有車開進來的動靜，沒一會兒，陳書逾和妻子宋景便從外面走了進來。

夫妻倆看見坐在客廳的兒子都愣了下，宋景先換好拖鞋，邊往裡面走邊問：「你怎麼回來了？」

陳屹按下暫停鍵，回頭看著他們：「休假。」

陳書逾也跟過來：「這次休幾天啊？」

「差不多一週。」

宋景走到餐廳倒了杯水：「你這次休假有去外公那裡嗎？」

陳屹的外公是退休的老將軍，常年定居B市某個軍宅，陳屹目前在B市某個分區就職，平常休假都會過去軍宅。

「去了，待了一天。」

陳書逾問：「外公和外婆怎麼樣？」

「都挺好的。」陳屹看了他們兩個一眼，揉了揉耳根：「吵起架來不比你們兩個差多少。」

宋景說：「胡說，我跟你爸什麼時候吵過架，那都是他做錯事，我在有理有據地陳述事實。」

陳屹笑了聲：「是，您說的都對。」

客廳電視還亮著，陳書逾看了一眼，陳屹順著看過去，畫面停留在一個醫師的側影上，但他當時沒注意，問了句：「爸，你專案上的事情嚴重嗎？」

「嚴重什麼，我們一沒收賄二沒私下交易，都是白紙黑字簽的合約。」陳書逾對調查結果不擔心，比較愁耽誤了專案進度：「現在只能盼著他們那邊動作快一點。」

陳屹也稍稍鬆了口氣。

宋景坐在他旁邊：「既然你這趟回來能待這麼久，不如抽一天去見見我之前跟你提過的、趙伯母家的女兒？」

陳屹心想我這一口氣還沒鬆完，另一口氣又提了上來，和母親打著太極：「再說吧，我這幾天在平城還有其他事情要辦。」

「你能有什麼事？一天到晚都待在隊裡滿世界出任務，身邊連隻母蚊子我都沒見到。」宋景對於當初兒子突然放棄大好前途去當兵這件事，一直耿耿於懷，「我就搞不懂了，高二那時候，你舅舅讓你畢業去讀軍校，你說不要，偏要去學物理。好，你參加競賽班出國，我們都沒意見，結果呢？大三那年你又一聲不吭地跑回國去當兵。陳屹，你到底在想什麼啊？」

陳屹對上母親責問的目光，眼神一如既往地堅定：「我只是在做我想做的事情，做正確的選擇。」

陳屹從小應該算是在軍人世家長大的，外公那邊的親戚大多都是走著老一輩的路。

他雖然對那身軍裝有所崇拜，也有過熱血男兒夢，但始終沒能理解他們穿上那身軍裝，到底代表著什麼意義，為什麼外公和舅舅還有那些叔叔一直說要和這身軍裝榮辱與共。

高二那年，他和母親去西北看望在那裡做專案的父親，陳書逾所在的天文組和隔壁物理組的研究人員住在同棟宿舍，在西北的那段時間，陳屹有幸聽到一位老教授對於國內核子物理發展的講座，從而對物理產生了興趣。

回來之後，陳屹搜集了物理相關的資料，拒絕了舅舅讓他讀軍校的建議，自己選擇加入學校的競賽班，之後一切都很順利，他也如願以償去到了想去的學校。

在加州大學的那兩年，陳屹始終都是主課教授心中的得意門生，讓他進專案組，跟前輩學習研究難題。

但日復一日的資料記錄和專案組內各種亂七八糟的關係，讓陳屹時常懷疑自己當初的決定是否正確，這一切真的是他現在想要的嗎？

所有的變故都發生在大二下學期那年。

陳屹和教授前往建在拉塔基亞郊區的物理科學研究所做報告，在回來的路上遇到當地反對派挑起的暴動，十幾個人被困在路邊一棟破爛的旅館裡向駐外館求救，外面到處都是哭聲和槍聲。

陳屹替被誤傷的教授包紮傷口，手上和衣服上全是殷紅的血跡，周圍的動靜讓人人心惶惶。

夜幕來襲，寂靜的深夜放大了恐懼，也放大了四周的動靜，牆邊窸窸窣窣的腳步聲，讓大家全都自發拿起現有的桌椅和花瓶當作武器防身。

風從窗戶的漏洞中鑽進來，陳屹和幾個年輕力壯的男生分別站在大門兩側，汗水從額角滑落。

這時候有同胞接到駐外館電話，聽完幾乎要哭出來：「外面有軍人！他們來救我們了！」

陳屹鬆了口氣，用英文重複了一遍，現場傳來小聲的歡呼，大概是外面的人聽見動靜，敲門用中文示意，確定了安全，才從外面衝進來。

一行人很快被撤離出去，巴士開往遠處，陳屹隔著窗戶看見車外那群逆行者的身影。

在那一瞬間，他突然明白了那身軍裝的意義何在。

陳屹為了躲避宋景安排的相親，只在家裡住了兩天，第三天和沈渝去了趟平城的軍區開會，之後就回到了B市。

洛林地震那天，他去軍宅看望外公外婆，在深夜收到緊急通知，匆忙回到隊裡，一萬名官兵在淩晨五點前完成遠端救援任務準備，從B市出發，前往洛林參與救援任務。

與此同時，遠在千里之外的洛林早已成為一片廢墟，當地的交通線路全斷，高大的山巒成了救援隊進入重災區最艱難的一環。

災區內，阮眠和那一批前來參加培訓的醫務人員在震感結束後，自發組建成為當時最早的一批醫療團隊，由孟甫平和另一間醫院的普通外科主任江津海做指揮，但因為醫療用品短缺，一些重傷患者還來不及得到救治，就已經沒了呼吸。

洛林離重災區洛森大概有一百多公里，最早一批武官是在下午四點抵達洛林周邊，花了將近五個小時，才打通了一條救援通道。

那時候是晚上九點，在場的醫療團隊記錄的死亡人員已經超過兩百人。

國內醫療團隊很快加入到現場的救援工作中，官兵走上廢墟開始搶救被壓在底下的傷患。

阮眠當孟甫平的手術助手，接連做了兩場大手術，歷時十幾個小時，孟甫平將最後縫合的工作交給了阮眠。

她是孟甫平帶著上手術臺的，在刀口縫合這塊，孟甫平沒操心過。

手術澈底結束已經是第二天早上五點，當時在場的救援隊已經不止之前那一批。

到了中午又來了兩小批，下午和軍隊醫療組換班休息，阮眠從林嘉卉那裡得知這兩批的其中一批是從B市趕過來的。

那會兒洛林開始放晴，空氣裡的霧霾被淨化了許多。

阮眠匆匆吃完壓縮餅乾後灌了兩口礦泉水，又投入到另外的救援工作中。

晚上七點多，救援隊在洛林北區一所坍塌的身心障礙福利機構救出一批兒童，緊急送往了臨時搭建的醫療中心。

經過檢查，這十幾個孩子傷勢不重，只有部分挫傷和擦傷，阮眠是後來才知道，這些孩子之所以沒有受太嚴重的傷，是因為地震發生當時，機構裡的十一個老師用身體為他們搭建了一個安全區，用自己的命換來他們的生。

當晚，這些孩子被安排在同一個大帳篷內休息，考慮到他們的特殊性，醫療組安排了兩個會手語的醫師在裡面陪伴孩子。

阮眠是其中一個。

這些孩子本就因為身體的缺陷而十分敏感，再加上這突如其來的災難和變故，一時很難睡著，甚至還有偷偷藏在被窩裡哭的，一直等到後半夜，扛不住睡意才逐漸安穩下來。

另一個女醫師坐在板凳上靠在床邊睡著了，阮眠也有些睏意，準備出去洗把臉，一個患上失語症的小女孩突然拽住阮眠的衣服，大眼睛眨了兩下。

阮眠停下來，用手語和她交流，才知道她是要去上廁所。

她幫小女孩穿好衣服，抱著人去了外面臨時搭建出來的廁所，再回來時，小女孩從枕頭下拽出一本故事書，想讓阮眠講故事給她聽。

阮眠搬了張板凳坐在床邊，怕影響別的小朋友，聲音放得很輕。

夜裡，帳篷外不時有人走動奔跑，今天社會福利機構的救助工作由陳屹擔任指揮，將孩子送到醫療中心後他就去了別處，這會兒忙完才想起過來看一眼。

走到帳篷外，他聽見從裡面傳來的聲音：「……『你這隻傻胖豬！』小猴子拍拍小胖豬摔得青一塊紫一塊的臉，調皮地說『這就是最好的禮物』，小猴子爬到山核桃樹上，摘下許多山核桃。牠把山核桃帶回家，請小胖豬一起吃。牠們兩個都愛吃山核桃呢……」

陳屹聽得好笑，伸手將帳篷撩開一條縫，從這個角度看過去，只能看見說話人的半邊側臉。他莫名覺得有些熟悉，但又不好貿然進去，鬆開手，轉頭看見今天去其他地方救援的隊友回來，抬腳朝那邊走了過去。

沒一會兒，阮眠從帳篷裡出來，揉著痠痛的脖頸去水池邊洗臉，冷水澆到臉上的那瞬間，她聽見背後有人喊了一聲——

「陳屹！」

阮眠頓了下，關上水龍頭往後看，卻只看見一個穿著軍裝的男人朝那邊走了過去，背影高大而陌生。

她沒怎麼在意地收回了視線。

三月十一日，洛林地震後第三天早上，當地發生了一次小範圍的餘震，只有幾秒的時間，軍隊那邊提前檢測預警，沒有造成人員傷亡，影響也不大，救援任務還在繼續，醫療團隊記錄的死亡人數超過一千，失蹤人數不詳。

臨時搭建的醫療中心不斷有傷患被送進來，一輛輛救援車拉著命危患者趕往災區外的醫院，在場的醫護人員像個不知疲倦的陀螺，一直穿梭在傷患之間，以往潔白乾淨的白袿沾上了血漬和汗漬。

阮眠上午在醫療中心，下午跟著醫療組的人去了現場，一直忙到晚上九點，才跟著最後一個傷患回到醫療中心。

回來隨便吃點東西墊墊胃後，孟甫平臨時召集協和醫院的人員去中心外面的空地開會，阮眠又拽上醫師袍急忙跑了出去。

孟甫平說：「明天救援隊會組織災區人員和部分醫療團隊人員跟隨撤離，在場有誰是獨生子女的，可以申請調回。」

他們那一批來培訓的有十幾個人，大多都是獨生子女，但孟甫平等了十分鐘，也沒見一個人舉手說要走。

阮眠雙手插在醫師袍的口袋裡，靜靜地站在人群當中，頭頂是星空，腳下是廢墟，心中一片平靜。

良久後，孟甫平笑著搖了搖頭：「好，是我低估你們了，既然大家都不想走，那就好好幹吧，別丟了我們協和的臉。」

幾個坐在暗處休息的士兵聽見孟甫平的話，抬手鼓了鼓掌，一行人回過頭，每個人臉上都帶著疲憊而堅定的笑容。

會議結束後，一行人各自回到工作崗位，檢查傷患、準備手術、清點藥品，一切都進行得有條不紊。

凌晨一點，醫療中心外突然傳來一陣急促的腳步聲，緊接著有好幾個受傷的士兵被抬進來，各個都是頭破血流。

周主任作為當晚的值班負責人，為其中四個傷勢較重的士兵緊急安排了手術。

「把這幾個送到處理室，交給那裡的醫師處理。」周主任跟車往手術室跑，語氣急促，「去叫江主任和孟主任過來！」

「好的！」護理師又急匆匆地去外面叫人。

阮眠和林嘉卉還有其他醫院的幾個醫師，在處理室聽見外面的動靜，還沒等出去，那幾個傷勢較輕的士兵就被抬了進來。

阮眠接收的士兵除了額頭的皮外傷，右小腿上還有一道很深的傷口，皮肉外翻，看起來有些觸目驚心。

護理師年紀稍長，幫他吊好點滴，關心了句：「怎麼弄的？」

大概是失血過多，男人的聲音有些虛弱：「在南區那邊的民宅救援時，碰上了二次坍塌，當時大家都在裡面救人，來不及離開。我比較幸運，在入口負責接應，牆倒下來的時候，我們隊長拉了我一把，就是我那幾個隊友……」

說到這裡，他的聲音裡已經帶了幾分哽咽，眼眶也紅了起來。

「別擔心，他們會沒事的。」阮眠戴好手套，拽了張椅子坐過去，低頭開始處理傷口，溫聲問道：「你叫什麼？」

「于舟。」

「多大了？」

「二十歲。」他是這一批士兵裡年齡最小的，救援的時候大家都有刻意照顧他。

「年紀挺小的。」阮眠先幫他清洗腿上的傷口，「可能會有點痛。」

「沒事，我不怕痛，醫師妳弄吧。」于舟咬著牙，整個右腿都在不自覺地顫抖著。

阮眠請護理師過去壓著他的肩膀，和他聊天分散注意力，手下的動作不停，那一會兒整個處理室都是各種咬牙和吸氣聲。

處理室外，送這些士兵過來的另外幾個人站在走廊，一下去手術室那邊看兩眼，一下又跑回來探頭往處理室裡面看，著急得不行。

其中一個高個子叫林隋，眼尖看見一個從大廳走過來的人影，快步迎了上去：「隊長，那幾個小孩救出來了嗎？」

那一棟民宅底下有四個小孩被壓住，上面全是厚重的水泥板，根本用不了機器，只能讓人鑽進底下。

陳屹當時是準備最後一個進去的，才剛戴好裝備，民宅就開始倒塌，整個救援節奏都被打斷了。

後來是沈渝那邊帶人過來，把埋在裡面的這些士兵拖出來，陳屹和剩下的則繼續留在現場救援。

「救出來了。」陳屹拍掉身上的灰塵，沉聲問：「他們幾個怎麼樣了？」

「小周他們四個埋得比較深，還在手術室，剩下都在處理室處理傷口。」林隋扭頭看向旁邊，聲音有些哽咽。

陳屹抬手拍了下他的肩膀：「我進去看看。」

說是處理室，其實就是用幾個醫用屏風臨時圍出來的一小片區域，在裡面放了幾張床。

陳屹走到屏風旁，藉著身高優勢直接看到裡面，離得近的于舟偏頭看到他，咧嘴笑了笑。

他跟著笑，目光順勢落到一旁低垂著頭、在幫于舟處理傷口的醫師，只看了一眼便收回了視線，正準備離開，突然感覺腳下一晃。

幾乎是一瞬間的事情，他們在外面的這幾個人全衝了進來，而處理室內的所有醫師，也都下意識傾身撲過去護著自己的病人，阮眠也不例外。

但于舟的首要身分是軍人，幾乎是察覺到異動的下一秒就要站起來，卻因為腿上有傷口，還沒站穩就被撲過來的阮眠壓了回去。

「別動！」阮眠壓著于舟的肩膀，左手扶著旁邊的桌子。最先衝進來的陳屹站在床尾，用腳抵著底下的輪子，一隻手扶著對面的一張床。

幾秒之後餘震又過去了，四周慢慢趨於平靜。

于舟被阮眠剛才那聲喝斥嚇到了，好半天才開口：「阮醫師，我是軍人，第一任務就是保護你們，下次再有這種情況，妳不用擋在我前面，太危險了。」

「在外面，你的任務是保護我們。」阮眠鬆開手，直起身看著他，「但在這裡，你是我的病人，我作為醫師，第一任務就是保護我的病人，沒有什麼危險不危險的，難道你們救人的時候會因為危險就不救了嗎？」

于舟有些語塞，卻又為阮眠這番話而感動，站在床尾的陳屹聽見這話，也鬆開手往回看了一眼，說話的人戴著口罩，看不清樣貌，長髮隨便綁了個馬尾披在腦後，身形纖瘦高挑。

大概是察覺到視線，阮眠下意識抬頭往四周看，恰巧在這時候，有人從外面跑進來：「陳隊長，沈隊長叫您過去一趟。」

陳屹收回視線後抬腳往外走，身後一窩蜂跟了好幾個人，隔了那麼近的距離，阮眠也只能看見一個背影，她沒怎麼在意地收回了視線。

一旁的護理師撿起掉在地上的器具，把它扔進垃圾桶裡，重新拆了一套新的，阮眠則繼續幫于舟處理傷口。

整個處理下來花了一個多小時，阮眠摘下手套，讓護理師幫他擦擦汗，叮囑道：「這幾天你暫時不要出去了，在這裡如果傷口感染的話是很嚴重的事情。」

于舟輕「嘶」了聲，說：「好，謝謝阮醫師。」

阮眠「嗯」了聲，低頭在他床頭的病歷上寫了幾句醫囑後，收起筆走了出去。

另外送來的幾個都還在手術當中，走廊上空無一人，阮眠垂著肩膀走到大廳就診臺，沒找到多餘的椅子，索性就站在旁邊填寫病歷。

過了一會兒，林嘉卉也從處理室出來，倒了兩杯熱水，把其中一杯遞給阮眠。

「謝謝。」阮眠筆沒停，另一隻手摸過去端起來喝了一口，「周主任他們還在手術室嗎？」

「嗯，聽護理師說情況滿嚴重的。」林嘉卉喝了口熱水，嘆了口氣。

那會兒已經是凌晨三點多，救援節奏暫緩，大廳靠東邊是睡得東倒西歪的病人家屬和一些情況不嚴重的傷患。

寂靜深夜，有什麼動靜都會顯得格外清晰。

筆尖從紙頁上劃過，阮眠聽見身後傳來一陣凌亂急促的腳步聲，以為是又有傷患被送來，停下筆扭過頭，看見幾個軍人從外面跑了進來。

不知道是不是大廳裡的燈光有些晃眼，阮眠竟然覺得走在最前面的那個人有些眼熟，心跳莫名抖了下，又覺得不太可能。

人影越來越近，男人的輪廓逐漸清晰，一雙眼睛格外深邃而凜冽，一如初見時的刻骨銘心：「您好，請問剛才——」

他的話因為落在某一處的視線，倏地停了下來，目光從阮眠別在醫師袍左側口袋上方的名字挪到臉上。

兩人都在彼此的眼裡看見了驚訝和難以置信。

高中剛畢業那兩年，阮眠偶爾能從孟星闌那裡得知一些和陳屹有關的隻言片語，好的壞的，她照單全收。

再後來，各自都有了忙碌的生活，阮眠和孟星闌也不常聯絡，陳屹這個人就像是消失在她的生活裡，沒有一點消息。

他在往前走，她也在慢慢學著忘記，祝他前程似錦是真的，不再喜歡他也是真的。

可每當夜深人靜時，阮眠還是想像過很多次和陳屹重逢的場景，但從未想到會是如今這般，她慘白著臉、醫師袍也髒亂不堪，他風塵僕僕、帶著同樣的不體面。

她看到他朝自己跑過來，除了熟悉竟然還有些陌生，他不再是記憶裡那個清風明月般的少年，也不是想像中的溫文儒雅，現在站在眼前的這個男人，穿著軍裝，剃著俐落乾淨的寸頭，五官鋒利分明。

九年真的太久了。

久到除了那雙眼睛，阮眠再也沒辦法從他身上找出一處、和記憶裡那個少年有任何相同的地方。

明明只有十幾秒的時間，卻好像過了一個滄海桑田。

阮眠壓下心裡短暫翻滾片刻的波濤洶湧，像是對待一個許久未見的老朋友，客套而疏離：「好久不見。」

她不再是當年那個追逐在他背後，用盡全力想讓他看見自己的少女。這幾年，她磕磕碰碰地學著忘記，一路跌跌撞撞，雖然偶爾會想起他，但也早就過了為他一句話判定生死的年紀。

陳屹也在這聲「好久不見」中回過神，收起眼裡的驚訝，其實這九年裡他並非對她毫無所知。

李執每年春節拍的合照內，偶爾會出現她的影子。關於她的去向，他也知道個一星半點兒。知道她回到以前的學校重讀；知道她是第二年的榜首；知道她去了北部的城市學醫。

斷斷續續的消息不足以拼湊出一個對她的完整印象，但也不是全然不知的陌生。

陳屹捨棄掉那些禮尚往來的寒暄，重提之前斷掉的話題：「剛才送過來手術的那一批士兵，現在怎麼樣了？」

阮眠壓了下筆帽，這是她工作時的習慣：「都還在手術室搶救，具體情況要等醫師出來才知道。」

陳屹眉頭微蹙，還沒來得及說話，就被長官叫過去了。來晚了一步的沈渝急匆匆地從外面跑了進來：「陳屹，小周他們怎麼樣了？于指導員那邊——」

他說這話的時候，也看到了站在陳屹對面的女醫師，一開始沒認出來，幾秒之後，沈渝睜大了眼睛，語氣驚訝：「阮眠？」

原以為他鄉遇故知，遇一個已經夠巧了，阮眠沒想到還有第二個，她放下筆，輕笑：「是我，這麼巧，你也在這裡。」

沈渝笑了聲，看看她醫師袍上的名字，又看看她，搖頭嘆道：「妳怎麼當醫師了啊，妳以前不是學物理的嗎？」

阮眠已經很久沒聽人提起過去的事情，突然被揭開那些塵封的過往，記憶像是被開了閘，如潮水般湧出。她心跳抖了一下，手指無意識扣著病歷板的邊緣，語氣卻是平常：「我不是競賽沒拿獎嗎，就不想走這條路了。」

沈渝以前就是插科打諢的性格，年紀漸長性格卻不見穩重，言語裡依舊帶著過去的影子：「果然學霸講話就是有底氣，我當初就特別納悶，妳一個女孩子怎麼能把理科學得那麼好，要知道在妳來八中之前，我可是把陳屹當神一樣供著的，可惜後來妳來了，他就被我從神壇上拉下來壓箱底了。」

「……」

阮眠下意識看了陳屹一眼，大廳內明亮的光線攏著他挺拔的身影，那張臉在光亮下格外英俊，三庭五眼端正到讓人挑不出一絲差錯，哪怕臉上滿是灰，也壓不住那一身的氣度不凡。

臉部輪廓比高中時期還要清瘦，線條變得凌厲許多，稜角被歲月打磨，也變得更加清晰成熟，多了些以前沒有的男人味。

只有那雙眼睛，和記憶裡如出一轍。

第十二章　錯過即是一輩子

她悄無聲息地收回視線，抬手往旁邊指了下：「手術室在那邊，你們可以去那邊等著，有什麼需要也可以跟我們說。」

「好。」沈渝勾著陳屹的肩膀往前走，手往下摸到他手臂上的黏膩，拿過來一看發現都是血。他忍不住爆了句髒話：「我靠！你受傷了怎麼不說啊？就這樣硬撐是什麼意思？」

陳屹也像是剛反應過來，偏頭看到左手臂的袖子破了一道口子，布料已經被血浸透。

他笑沈渝的大驚小怪：「這麼點小傷，你有必要這樣嗎？」

「放你媽的狗屁！廢話那麼多。」沈渝罵罵咧咧，讓林隋他們幾個去手術室那邊等著，自己又走到就診臺這邊：「阮眠，能幫一下忙嗎？陳屹手臂受傷了。」

阮眠從病歷上抬起頭，對上陳屹往這裡看過來的視線，壓下心裡的慌亂，將筆放回口袋裡，夾著病歷本往前走：「好，跟我來吧。」

處理室只留了兩個值班的護理師，整個醫療中心都是臨時搭建的，除了幾間手術室，剩下的房間少、病床也少，只有一些情況稍微嚴重一點的會留在裡面休息，等到隔天才會被移送到災區外的醫院。

陳屹和沈渝跟著阮眠進去的時候，原先躺在病床上的于舟還要起身向他們兩個敬禮，卻被阮眠罵了回去：「如果想要傷口裂開，你就繼續動。」

于舟躺回去也不是，站起來也不是，只好向陳屹求助：「隊長……」

陳屹走到床邊撩起他被剪碎的褲腳看了看，紗布上還有血滲出來，他伸手拍了拍于舟的肩膀，安撫道：「沒事，聽醫師的吧。」

「是！」

另一邊，阮眠已經讓護理師準備好清理工具，等陳屹走過來，她讓他坐在桌邊的椅子上，垂眸看了他兩邊的手臂一眼，問了句：「左邊右邊？」

「左邊。」陳屹脫下外面的外套，裡面是一件軍綠色的短袖，露出一截結實修長的手臂，靠近上臂外側那裡有一大片擦傷和淤青，擦痕很深，上面還殘留著各種砂石灰塵，血跡斑斕的。

阮眠戴好口罩和手套，先用鑷子幫他把傷口處的砂石撿出來，四周環境設備都很侷限，光線也不夠強。

她只能靠得很近，溫熱的呼吸隔著一層口罩輕輕落在傷口附近，陳屹盯著她的側影看了一會兒，想起剛才餘震時她朝于舟撲過去的那一幕，腦海裡像是有一團亂麻。

片刻後，他挪開了視線。

這種傷口處理起來比縫合傷口還要麻煩，有些砂石滲得比較深，鑷子觸碰過去，帶起一陣陣尖銳的刺痛。

半個小時過去，阮眠額角沁出些汗意，漆黑明亮的眼眸一眨不眨地盯著傷口，手下動作有條不紊。

處理完砂石，準備清洗傷口的時候，阮眠直起腰看了陳屹一眼，才想起來問了句：「痛嗎？」

這種程度的痛感對陳屹來說，就像是被螞蟻咬了一下，沒什麼太大的感覺，他對上阮眠的目光，搖了搖頭：「沒事，不痛。」

阮眠抬眸瞥見他額頭上的一層薄汗，覺得他這話實在沒什麼說服力，但她也說不出什麼安慰的話，只像平常對待其他病人那樣，溫聲道：「就快好了。」

陳屹「嗯」了聲，別開了視線。

整個過程，沈渝都抱著手臂，站在旁邊和阮眠閒聊，期間隨口問了句她是什麼時候來這裡的。

阮眠頭也不抬地說：「我們是半個月前來這裡培訓的，地震發生的時候我們就在這裡，之後就一直沒走。」

沈渝挑眉：「那你們不就是他們說的，在這裡組建起來的第一批醫療團隊？」

「應該是吧。」阮眠回頭拿酒精棉球：「當時情況比較危急，外面的人進不來，我們也不出去，留下來是唯一的選擇。」

「也不一定吧，就算你們當時能出去，我想你們也不會走的。」沈渝頭靠著牆笑：「之前你們協和的人在外面開會，那應該是你們的長官吧，問你們有誰是獨生子女的，可以申請調回，你們沒有一個人舉手。」

阮眠動作停了下，有些意外他怎麼會知道這件事。

沈渝說：「我當時在那後面休息，幫你們鼓掌的那幾個人都是我隊友，不過那時候我沒看見妳。」

阮眠笑了聲，沒再多說。

剩下的收尾工作處理起來快很多，阮眠十指飛快地翻轉著打出來的結，漂亮又平整。

還沒來得及交代醫囑，林嘉卉就急匆匆地從外面跑進來：「阮眠，小乎不知道怎麼回事，一直哭鬧個不停，妳快去看看吧。」

小乎是昨晚拉著阮眠、讓她講故事給她聽的那個小女孩，從昨天被救出來到現在，這是頭一次出現這麼激烈的情緒波動，今晚負責值班的兩個醫師都只是臨時學了幾個常用的生活手語，沒辦法和她交流，這才讓協和的人來找阮眠。

「我過去看看她的情況，這個病人交給妳，妳替他檢查一下還有沒有別的傷口。」阮眠把陳屹交託給林嘉卉，還來不及和他多說，起身摘下手套丟進靠門邊的垃圾桶裡，就著急地跑了出去。

「好。」林嘉卉和她擦肩走進來，剛把口罩戴上，陳屹卻伸手撈起外套站了起來。

他拎著衣服，身形高大挺拔，外套已經髒了破了，陳屹沒往身上套，拿在手裡和人說：

「不用麻煩了，沒有其他的傷口。」

林嘉卉把口罩往下扯：「真的沒了？不行，我還是幫你做個檢查吧，要不然阮醫師等等問起來，我沒得說啊。」

陳屹站得筆直，話語裡帶著幾分客氣：「真的沒事，我們還有任務，先謝謝您了。」

林嘉卉笑道：「客氣了。」

于舟剛才還很有精神，這會兒卻已經累得睡著了，連陳屹走過來都沒聽見，鼾聲大響。

陳屹替他把腿邊的被子掀到旁邊，沈渝也走過來，看著他睡著的樣子，笑著搖了搖頭：「走吧，去手術室那邊看看。」

「嗯。」

兩個人一前一後走出去，手術室那邊林隋他們幾個正在外面等待，見陳屹和沈渝過來，紅著眼眶說：「陳隊長，沈隊長，小周被推出來了，醫師說他……」

小周當時被砸下來的一塊水泥壓住腿，救出來的時候下半截全是血，陳屹早就做好了最壞的打算。

這會兒，他抿了下唇，沉聲問道：「醫師說什麼？」

「說，說……」林隋實在不忍，一句話才說了幾個字，眼淚卻先落了下來。

陳屹沉聲道：「哭什麼！當兵的第一天我就和你們說過了，既然選擇了這條路，就要做好最壞的準備，重則犧牲輕則提前退伍，都忘了嗎？」

「沒忘！」林隋抹了把臉，哽咽道：「醫師說小周的左腿可能會落下永久殘疾。」

走廊這塊沉默了片刻，陳屹站在走廊的窗戶前，對面有著一些綠色帳篷，各式各樣的人影披著茫茫夜色穿梭其中。

他雙手撐在窗邊站了一會兒，最後還是穿上那件破損的外套，回頭說：「先歸隊，其他的事情等救援結束後再說。」

「是！」

沈渝快步跟上陳屹的步伐，語氣有些擔憂：「小周來這裡之前，已經過了隊裡的綜合考察，進一隊的審核表已經交到于指導員那裡了，現在……」

「回去再說吧。」陳屹沉著臉，步伐帶風，走得很快，在外面撞見哄完小乎回來的阮眠，腳步停了下來。

沈渝見他們有話要說，就先離開了。

阮眠抬頭看他，眼裡全是熬夜和過勞造成的紅血絲：「林醫師替你檢查完了？」

陳屹搖搖頭：「沒檢查，我沒事。」

「好吧，之後記得來中心換藥。」阮眠說：「我不在的時候，你找協和的其他醫師也可以，我會提前跟醫療團隊裡的人說。」

「好，麻煩了。」陳屹多問了句：「那個小孩怎麼樣了？」

阮眠一板一眼，跟彙報工作似地：「已經睡著了，可能是受到了驚嚇有點低燒，所以才導致情緒不穩。」

陳屹大概也覺得她太正經，但這個時候也沒心情說笑，只道：「好，我先過去了。」

「好。」

阮眠習慣性把雙手放在醫師袍口袋裡，看著他走遠，夜色拖著人影，她沒忍住喊了聲：「陳屹。」

已經走出幾公尺的男人回過頭，動作還帶著以前的影子，有那麼一瞬間，阮眠好像看見了高中時候的他。

時隔九年，彼此都有了變化，陳屹也不再是那個站在原地等她開口的人，他又往回走了兩步：「怎麼了？」

阮眠的視線落在他臉上，露出笑容：「注意安全。」

他愣了幾秒，應了聲「好」。

等人走遠後，阮眠長嘆了口氣，抬腳往中心裡走，繼續在就診臺那邊寫病歷。

過了一會兒，林嘉卉從處理室出來走到她旁邊，細長的眼睛眨了兩下，八卦道：「妳認識剛才那個男生啊？」

「高中同學。」阮眠說：「好幾年沒見了。」

「不止是同學吧？」林嘉卉湊近道：「哪有和老同學說好久不見的，這個詞太曖昧了。」

林嘉卉識人認人，比起阮眠的通透又多了幾分圓滑，尤其是在醫院這地方待得久了，看人是人看鬼是鬼，心思多著呢。

阮眠停下筆，手壓在板子上，笑道：「這哪裡曖昧了？」

「怎麼不曖昧了？」林嘉卉掰著手說：「一般人和以前同學在這種地方碰面，都會說『好巧啊，你怎麼在這裡』。如果是前任，尤其是那種當初分手分得不體面的，見面了都會當做不認識，嚴重的說不定都會打起來。但要是還有舊情的，對視一眼都能有劈里啪啦的火花，然後再隔著人群深深地說一句『好久不見』。」

「……」阮眠重新提筆，「懶得聽妳胡扯。」

「我可沒有胡扯哦，後來進來的那個人也是妳同學吧？你們兩個說的第一句話，就是我說的第一種情況哦。」

林嘉卉和阮眠是同一所學校畢業的，算起來還是她學姐，不過她是後來考進去的。在讀博士班的時候，她就聽說過有個學生是所有老師最看重的得意門生，長得漂亮、性格好、成績也好。

後來兩個人的導師在同個飯局上出席，她們兩個也自然而然地成了朋友，畢業之後又先後進入了協和，加上兩個人的家都不在本地，就一起在醫院附近合租了房子，關係就更深了一層，雖然平時不在同個科室，但醫院的圈子就這麼大，有什麼事情都傳得很快。

阮眠在孟甫平手下實習，雖然被罵得很慘，但整個胸腔外科都知道，她是孟甫平親自培養的接班人，說不定將來還會成為第二個「孟甫平」，或者更甚，前途無量。

林嘉卉有時候還挺羨慕她的，不過每個人都有自己的活法，有得必有失，阮眠事業有成，但感情上的空白卻一直都是院裡人討論的重點。

現在好不容易有了點苗頭，林嘉卉當然不希望她錯過：「所以，妳跟他以前是早戀呢？還是早戀呢？」

阮眠實在是沒心情再寫下去，心中一團亂，抬頭朝她看過來，又垂眸想了很久，才低聲說：「不是早戀。」

「那就是沒在一起的互相喜歡？」阮眠在林嘉卉眼中，一直都屬於做什麼都很優秀的那種人，所以她壓根兒沒往其他地方想。

「也不是互相喜歡。」阮眠像是想到什麼，抬眸看著遠方很輕地笑了下：「是我單方面喜歡他。」

「……」林嘉卉愣了好一會兒，才找回自己的聲音：「妳這麼優秀的人，也玩暗戀這一套啊？」

阮眠單手轉著筆，指尖摩挲著紙頁：「我以前高中的時候，可能是性格比較內斂吧，除了成績也沒什麼出眾的地方，朋友也不多，我跟他就像是兩個世界的人，是不會有交集的。」

林嘉卉沒想到自己這個看似平靜淡然的學妹，還有這麼一段晦澀心酸的感情史，忍不住嘆了口氣，卻又忽然想起什麼，驚道：「那妳這麼多年都不找對象，不會是還惦記著人家吧？」

「沒有，早就忘了。」阮眠垂頭：「都過去這麼久了，再深刻的喜歡也會被歲月消磨掉。」

四年前，阮眠和大學室友去隔壁城市旅遊，她在那裡弄丟了畢業時和陳屹拍的一張合照。

當時的她以為自己會很難過，因為那是她僅有和陳屹有關、為數不多的一樣東西。

可是後來，室友陪著她在熱鬧的街頭找了很久，等到要去附近派出所報警時，阮眠卻突然不想找了。

也許是那時候她才真正意識到，有些人一旦錯過，也許就是一輩子的事情。

她有想過重逢，卻沒想過會在這裡、以這樣的方式重逢。

窗外夜色散去，破曉將近，初升的太陽浮在東邊的雲層後，金色的光芒慢慢灑向大地。

阮眠只睡了兩個多小時，在六點多醒來的時候，她傳了訊息給阮明科和方如清。

除了那天地震通訊剛恢復時，打了幾通斷斷續續的電話給父母，之後就一直靠著這樣的方式跟他們報平安。

簡單漱洗完，阮眠往帳篷區那邊走，小乎昨天有點不舒服，她昨晚答應小乎今天早上會去陪她吃早餐。

看護的兩個醫師已經把小朋友叫醒，帶著他們到水池邊漱洗，小乎拿著自己的漱洗用具蹲在一旁刷牙。

阮眠走過去幫她洗臉，之後後勤那邊過來送早餐，一人兩塊麵包和一瓶牛奶。

後勤人員問：「醫師吃過早餐了嗎？要不要拿一份？」

「不用了，給他們吧，醫院那邊有早餐。」阮眠幫小乎拿了一份，坐在旁邊空地上看她吃。

七點是救援隊交班的時間，那些熬了一夜的人陸陸續續從其他地方回來，臉上都帶著疲憊。

陳屹也在其中，穿著部隊發的短袖，灰頭土臉的，手臂上綁著的紗布也從白的變成了黑的。長官叫他和沈渝過去說話，說了幾句話，長官拍了下他的肩膀，剛想說辛苦了，結果拍出了一層浮灰，又笑又嫌棄：「快去洗洗，休息一下吧。」

「是。」陳屹原地敬禮，等長官走了，拍拍身上的灰塵走到水池邊洗了把臉，露出原本清俊白皙的臉龐。

他高中的時候就比其他人還要白，屬於越曬越白的那種人，每次跟隊裡的人站在一起，都跟一顆燈泡似的，白得發光。

剛當兵那兩年，隊裡知道他的背景，看他爬得快，常常在背地裡叫他小白臉，陳屹頭一次聽見，直接把人從宿舍拎到訓練場打了一架，硬是把對方打得低頭認錯。

他舅舅宋淮知道這件事之後，直接從隊裡下來，把陳屹打了個半傷，關了一個星期的禁閉。

宋淮當時是這麼問他的：「你是覺得你有這個身分背景，就可以在這裡面橫行霸道了，是嗎？我告訴你，這是不可能的，這裡是部隊，不是你想怎麼樣就可以怎麼樣的，別人說你兩句怎麼了？男子漢大丈夫，被罵都是少不了的事情，別人說你兩句，你是會掉塊肉還是會死啊？」

那時候的陳屹被宋淮打得不輕，顴骨腫著，坐在床邊，兩手搭著膝蓋，垂頭不吭聲。

「你有這個背景，是外公和那些前輩先烈靠命打下來的，你以此為榮沒問題，別人沒有說你兩句，你可以靠實力說話，你靠拳頭算什麼？就算你今天把人打到認錯，小白臉這個稱號就能過去了嗎？」宋淮兩手插腰，「是男人，就用實力去證明自己，再有一次這樣的情況，我會立刻把你送回去，聽見了沒？」

陳屹悶聲：「聽見了。」

這件事情過去後，陳屹就沒再把那三個字當回事，只靠實力說話，接連幾次比武都是第一名，出任務也是衝在最前面的那一個，每次怎麼去就怎麼回，任務圓滿完成，升官調任走得穩紮穩打，後來就沒人再說這件事了。

這會兒，沈渝洗完臉又把腦袋伸到水龍頭底下沖洗，陳屹站在一旁，裝作不經意地踢了他一腳。

沈渝腳下不穩，整個人往前滑，及時用手撐了一把才沒讓自己摔倒，他猛地直起身，怒氣沖沖地吼了聲：「你他媽有病啊？」

陳屹抖著肩笑了聲，這幾天連轉不休的救援任務壓得人喘不過氣，加上隊裡的事情，這是難得的輕鬆愜意。

沈渝抹了把臉，衝著他吼了一通後，罵罵咧咧地笑了出來，兩個人並肩靠在水池邊，盯著遠處的太陽閒扯。

林隋幫他們拿了早餐過來，陳屹問了句：「小周和另外幾個人怎麼樣了？」

「小周那邊今早有長官去慰問了，情緒還算穩定。」林隋說：「另外幾個也在半夜的時候轉去隔壁市的醫院了，剛才有消息傳來說人都醒了，問題不大，但應該不能參加接下來的救援任務了。」

沈渝鬆了口氣：「沒什麼大問題就好，至於小周，等回去之後看看上面怎麼說吧。」

其實能怎麼說，大家都清楚，這種情況最差也就是提前退伍了，怕影響大家情緒。陳屹拍拍林隋的肩膀，安撫道：「沒事，告訴大家，接下來的救援任務多注意安全，回去我請他們喝酒。」

「是！」林隋笑道，「謝謝陳隊長。」

「去休息吧。」

陳屹和沈渝看著林隋往回走，收回視線時聽見那邊有人在喊「阮醫師」，兩個人同時看了過去。

阮眠陪小乎吃完早餐，正準備回去，帶隊老師手語不精，和小朋友交流有障礙，只好請她去幫忙。

沈渝看著在用手語和小朋友交流的阮眠，仰頭喝了口水說：「你不覺得阮眠跟以前比起來，好像變了很多嗎？我記得她高中的時候還挺害羞的，跟我們出去玩也不太愛說話。」

陳屹「嗯」了聲，收回視線。

他想起來那天晚上在帳篷外看見的那張側臉，腦海裡緊接著浮現出之前餘震發生時，她不顧一切朝著于舟撲過去的樣子。

以及後來她說的那番話。

這些重逢時的阮眠和高中時期的阮眠比起來，現在的她的確像是換了個人，落落大方的，也沒了少年時期的含蓄。

過了一會兒，他不知又想到了什麼，莫名笑了一下。

洛林地震後時有餘震發生，阮眠她們待的那個醫療中心是當時最先搭起來的，離震區不遠，那天受到餘震波及後，陳屹就把這件事跟上頭彙報了下，後來隊裡的長官調了一批救援隊，準備在第二醫療中心附近重新搭建一個。

救援隊經驗老道，只花了一天半的時間就按照之前那個醫療中心，搭了一個新的出來。

準備搬過去的那天，孟甫平和幾個主任開了會，決定把一部分的病人移送到災區外的醫院，剩下的病人和醫療用品全都在剩下的半天裡完成遷置。

新舊兩個醫療中心有一段距離，步行來回一趟得花半個小時，軍區那邊派了專車運送貨物和病人。

剩下零零散散的全都裝推車，以人力運送，阮眠和林嘉卉負責清點藥物，等差不多了，就跟著最後一批人往新的醫療中心走。

那會兒已經是晚上，拉車的是醫療團隊裡的男醫師方程，阮眠和林嘉卉走在推車兩側，扶著藥物箱跟著使力，周圍全是車輪碾過地面的碎石發出的沉悶動靜。

走到半路，三個人誰也沒注意，車輪過了一個坑，半邊輪子陷在裡面出不來，方程使了勁，最後也只能嘆口氣說：「哎，不行了，我這一天跑得太多了，已經沒力氣了。」

林嘉卉也累得滿身是汗，插著腰在旁邊喘氣：「好，我們三個也別瞎折騰了，我回去叫人，你們在這裡等我。」

「好。」

阮眠和方程站到路邊，夜色如水，遠處的動靜一陣一陣地傳過來，過了幾分鐘後，阮眠看見林嘉卉往這裡走過來的身影，而她後面還跟著兩個人。

還是兩位大熟人。

林嘉卉笑咪咪地跑過來：「超級巧，剛走到一半就碰上妳這兩位高中同學，我就順便找他們幫個忙，不介意吧？」

「這有什麼好介意的。」阮眠收回視線，扭頭看向後方，朝著來人點頭笑了下。

陳屹和沈渝一個拉一個推，沒怎麼費功夫就把推車拽了出來，剩下的半截路，他們兩個就順便幫他們送過去。

一路上五個人，人雖然多，卻沒怎麼說話，多半是方程問他們一些救援的情況。

阮眠和林嘉卉落後幾步。

等到了新的醫療中心，陳屹和沈渝又幫忙把箱子搬進去，林嘉卉塞了兩瓶水給阮眠，讓她拿過去給他們。

阮眠跟拿了塊鐵一樣，在門口站了一會兒，等到人都要走了才追上去：「今天麻煩你們了。」

「這種時候就不用客氣了。」沈渝接過水：「對了，我們那個隊友小周，周自恒，他這兩天情緒可能不太穩定，辛苦你們多注意一些。」

「好，我之後會和醫療團隊裡的人說一聲。」阮眠收回手，習慣性地把雙手插進口袋，看了陳屹一眼說：「那你們先忙吧，我也回去收拾了。」

「好。」沈渝蓋上瓶蓋，搭著陳屹的肩膀往回走。

阮眠走到醫療中心門口，最後又回頭看了一眼，兩個人的身影很快消失在茫茫夜色之中。

她莫名嘆了口氣，揉著肩膀朝裡面走。

林嘉卉對完藥品清單，把板子夾在手臂底下，朝著這邊走過來，神神祕祕地說：「我都幫妳打聽好了。」

阮眠低頭整理醫師袍：「打聽好什麼？」

「妳那個高中同學啊。」林嘉卉笑道，「他不是有個隊友住在這裡嗎？我昨晚就和他聊了一下，這位陳隊長還是單身哦。」

「單不單身跟我有什麼關係。」阮眠拿起旁邊的查房表，在今天的日期下方簽下自己的名字：「我先去忙了。」

「喂——」林嘉卉眼疾手快地拉住她，以過來人的語氣說：「別這樣，男未婚女未嫁，現在好不容易重逢了，多合適啊。再說了，妳以前不是喜歡人家嗎，現在有這個機會，還不好好把握？」

「妳也說是以前了。」阮眠雙手合十討饒：「學姐，我求求妳了，別幫我亂點鴛鴦譜，我好不容易遠離了我媽，妳又來這套，能讓我消停一會兒嗎？」

「妳就嘴硬吧，將來有妳後悔的時候。」林嘉卉鬆開手，「今晚我值班，妳查完房就回去吧。」

阮眠晃了晃手裡的病歷，示意自己知道了。

和其他同事一起查完房，阮眠過去跟林嘉卉打了聲招呼，就離開了醫療中心。在回去休息之前，她去了趟小乎那裡。

這一批身心障礙的兒童，從有記憶以來就住在洛林的社會福利機構，最大的孩子已經住了九年了，現在社福機構沒了，老師也去世了，政府那邊暫時還沒有聯絡到合適的單位能一下子接收這麼多孩子，只能先將他們安置在這裡，等到後期再移送出去。

阮眠過去幫小乎量了下體溫，哄完她睡覺，其中一個叫小原的男孩打手語說要去上廁所，她過去幫人穿好衣服，牽著人出去。

等到了廁所門口，阮眠蹲下來和他用手語交流，讓他自己進去，她在外面等他。

小原大概是在陌生環境，有些害怕地抱著她的腿，不敢自己進去。

阮眠無奈地站起身，正糾結著要不要帶他隨便找個地方解決，身後冷不丁傳來一聲。

「怎麼了？」

阮眠心跳咯噔了下，扭過頭，看見站在近處的陳屹，語氣卻是溫和：「能不能麻煩你帶他進去上個廁所？他有點害怕，不敢一個人進去。」

「好。」陳屹往前走了幾步，低頭和小朋友說：「走吧，我帶你進去。」

小原卻沒有動作，眨著大眼看著他，一臉的無措。

「他聽不見也不會說話。」阮眠揉了揉小原的腦袋，蹲下身用手語和他解釋，他才把手遞給了陳屹。

陳屹順勢牽住，往前走了幾步，他突然回頭問：「妳剛才和他說了什麼？」

阮眠愣了下，才解釋道：「叔叔是軍人，讓他帶你進去好不好。」

聞言，陳屹卻沒再多說，抱著小原走了進去。

阮眠在原地站了一會兒，碰見幾個來上廁所的士兵，視線對上的瞬間莫名覺得有些尷尬，只好往旁邊走了幾步。

她站在草地旁，下面原先是一座湖，卻因為地震導致板塊變化，湖水也乾掉了，露出底下的爛泥和沉在下面的垃圾，在空氣中散發著異味。

過了幾分鐘，阮眠看見陳屹牽著小原從裡面走出來後，就走了回去，小原掙開他的手朝她跑過來。

阮眠被他撞得往後退了一小步，站穩後，朝他比劃了兩下，小原又看著陳屹，動了動手。

這次沒等陳屹問，阮眠就先說：「他在和你說謝謝。」

陳屹看了小原一眼，又抬頭看著她，猝不及防地問了句：「不用謝，用手語怎麼說？」

「啊？」她一愣。

陳屹笑了聲，又重複了一遍。

阮眠只好比劃了一遍，三個字比劃起來很簡單，他學得也快，看一遍就會，拎著褲腳蹲在小原面前，依樣畫葫蘆地比劃了一遍，唇邊掛著一抹笑意。

那時月夜如水，黑漆漆的夜空布滿了繁星，清冷的月光灑下朦朧的光芒。

阮眠藉著這道光看清男人清晰俐落的輪廓，忽然回想起記憶裡的那個少年，不同於如今的沉穩，總是帶著蓬勃肆意的少年氣。重逢至今，好像只有剛才那個瞬間，她才從他的眉眼看出過去的一星影子。

在她晃神的空檔，陳屹已經從地上站起來，視線自然而然地落到她身上，「走吧。」

阮眠回過神，牽著小原去洗手。

洗完手往回走的路上，陳屹問了句：「妳怎麼會手語？」

「我大學加入了手語社，中間去一些社福機構舉辦了幾次活動。」阮眠說：「社長召集我們學了一段時間。」

「挺好的。」

阮眠「嗯」了聲，看著地上的影子，還是像以前一樣少話，卻沒了當初的緊張和侷促。

陳屹順路送她們回帳篷區，也沒多說什麼：「早點休息吧。」

「好。」阮眠牽著小原進了帳篷，隔著一道簾子，她聽見外面離開的腳步聲，垂眸輕嘆。

隔日一早，阮眠和晚上值班的同事交班，之後去了處理大廳那邊，今天是于舟換藥的時間，護理師已經把人扶過去。

他腿上的傷口還不能拆線，只有額頭上的口子需要定期換藥。阮眠走過去，先彎腰掀開他的褲腳看了一眼：「這幾天還是盡量少走動。」

「了解。」

「沒什麼不舒服的地方吧？」阮眠走過去戴上護理師準備好的口罩和手套：「有什麼需要的，就及時和醫療中心的人說。」

于舟憨憨地笑了聲：「沒有。」

阮眠「嗯」了聲，開了旁邊的照明燈，揭開他額頭上的紗布：「還好，恢復得還行，再換兩次藥就可以了。」

「哦，好，謝謝阮醫師。」

「沒事。」阮眠低頭整理手上的東西。

于舟又問道：「阮醫師，我聽林醫師說妳跟我們隊長是高中同學？」

「嗯。」

「那我們隊長以前是什麼樣的人啊？」

「天之驕子那一類的吧。」阮眠語氣平常：「成績很好，老師和同學都滿喜歡他的。」

于舟繼續八卦道：「那他交過女朋友嗎？」

「不清楚。」阮眠手裡動作不停，不想他再繼續問下去，隨口胡謅道：「我們其實不太熟。」

才剛說完這句，頭頂冷不丁掉下一聲笑，「不太熟嗎？我怎麼覺得你們挺熟的。」

阮眠和于舟同時抬頭看過去，剛才說話的沈渝抱著手臂站在門邊，一旁是沒什麼表情的陳屹。

于舟頓時有種在背後討論長官八卦，結果卻被長官當眾抓包的慌張，有些侷促地撓了撓臉，不敢再開口。

阮眠慶幸自己臉上戴了一層口罩，收回視線，不再繼續這個話題，加快了手裡的動作：「好了，讓護理師送你回去吧。」

說完這句，她起身走到一旁開始收拾東西。

沈渝拍了下于舟的肩膀，開玩笑道：「你這麼想知道你們陳隊長以前的事情，怎麼不過來問問我啊，我和陳隊長不也是同學嗎？」

于舟幾乎要哭出來：「沈隊長……」

陳屹看了那道身影一眼，收回視線，把人架過來：「走吧，先送你回病房。」

于舟有點怕陳屹，一路上心都提著，等到了病房看陳屹離開，才有鬆了口氣的感覺。

從病房出來，沈渝追上陳屹：「我記得你高中那時候跟阮眠的關係還行啊，她怎麼會跟別人說和你不太熟了？」

「我怎麼知道。」陳屹的語氣漫不經心，像是不在意，等再回到處理大廳，已經不見阮眠，沈渝幫他叫了另外一位醫師過來換藥。

他的傷口不嚴重，但恢復的情況算不上多好，隱隱還有些發炎。

醫師打好結，說了句：「你們什麼時候休息，過來吊點滴吧，傷口有點發炎，我怕再拖下去會引發感染。」

「現在還不確定休息時間。」陳屹穿上外套：「到時候再說吧，等休息之後我再過來，麻煩您了。」

醫師笑道：「沒事，反正要多注意一些。」

「好。」

陳屹和沈渝並肩往外走，還沒走到門口，聽見本部那邊發出緊急集合聲，兩個人心中一緊，拔腳就跑。

跑到大廳，迎面有幾個傷患被送進來，腳步匆匆的阮眠推著移動病床和他們擦肩而過。

忙起來又是一整天，白天上午送過來的一批傷患全都是重傷，軍隊醫療組那邊的急救中心收治不過來，送了一部分的傷患來這裡的醫療中心。五場大手術，各大醫院的各科室主任齊齊上陣，結果卻不盡如人意，送過來的五個人只救回了一個。

另一邊，陳屹和沈渝在收到緊急集合後，得到繼續前往洛林更深處挺進的命令，帶隊去洛林北部。那裡遠離洛林的中心，靠近山腳，地震發生時整個村落都成了廢墟，幾乎沒有人逃出來。

救援隊在那裡搜救了一整天，都沒有找到生還者，抬出來的全都沒了呼吸，有一戶一家五口，最小的還在繈褓裡，陳屹把孩子從廢墟底下抱出來時，附近幾個男子漢全都紅了眼眶。

沈渝罵了句髒話後別開視線，整個隊伍的氣氛都很壓抑，不知道有誰哽咽著說了句「如果我們能早點過來就好了」，當時沒人接話，全都沉默著，加快了救援的速度，一直到天黑才回家。

等到了本部，陳屹過去和長官彙報搜救結果後，去附近隨便沖了下冷水澡，才溼著衣服回到帳篷。

他脫掉衣服打著赤膊，露出整齊的八塊肌，沈渝從外面掀開簾子走進來，看見他手臂上的傷，想著早上醫師說的話，提醒道：「今晚我帶隊值班，你去醫療中心換藥，順便再吊個點滴吧，不然還沒把人救出來，就先把自己搞垮了。」

陳屹套上短袖，撈起旁邊的髒衣服丟進一旁的桶子裡，抬頭覷他：「能說點好聽的嗎？」

「靠，我這不是關心你嗎？」沈渝把手裡的外套往他那裡一丟，嘴裡嘮叨個不停。

陳屹懶散地笑著，眉眼間是散不盡的疲憊，他拿下外套丟進桶子裡，提起桶子去外面的水池洗衣服。

那時夜朗星空，阮眠和同事匆匆從水池前走過，說話聲卻是溫柔的，像風一樣飄過來。

「孟主任今天做了三場大手術，十幾個小時沒休息，下了手術臺後人就暈倒了，現在大概還在中心那邊躺著。」

「那怎麼辦，傷患還在手術室躺著，等著救命呢。」

「這樣吧，我還是先去找孟主任，你去聯絡一下其他醫院的醫師，看看有誰現在是沒進手術室的。」

「好的。」

兩人交談的動靜伴隨著人影逐漸消失，陳屹重新轉開水龍頭，三兩下洗完衣服，拎去旁邊的空地搭在晾繩上。

忙完這些瑣碎的事情，陳屹又去和隊裡的人開會，快十一點才去醫療中心。幫他換藥的還是早上那位醫師，姓宋，她幫忙換完藥後順便幫他吊了點滴。

宋揚靈看陳屹是軍人，本想著讓他行個方便，幫他在處理大廳找張床躺一下，陳屹卻拒絕了她的好意，自己拿著點滴去了外面的大廳。

她跟著跑出來，幫他倒了杯熱水放在一旁：「那你有什麼需要的話再叫我們。」

「好。」陳屹略一頷首，態度始終客氣：「麻煩了。」

宋揚靈一笑：「沒事。」

陳屹要吊三瓶點滴，一瓶小的點滴吊完換上大瓶的，他看著點滴的速度，推測出大概時間，靠在椅背閉上眼睛。

大概是作為軍人的習性，在陌生抑或是這樣的環境裡，他並沒有睡著，依舊能聽見四周的動靜。

腳步聲、說話聲、偶爾的啜泣聲，紛紛擾擾，人間百態。

快十一點半，阮眠和林嘉卉從外面回來，之前那場手術安排在軍區那邊的急救中心，她回來叫了孟甫平，但手術主刀是其他醫院的醫師，孟甫平是助手。之後，她和林嘉卉留在那邊幫忙接診了其他傷患，一直到現在才空下來。

「哎，累死了。」林嘉卉走過去接了杯涼水，一口氣灌完：「這趟回去，我絕對要和主任申請一個禮拜的假，起碼得在家裡睡個三天三夜才行。」

阮眠輕笑，也是一身疲憊：「那也要他同意才行。」

「……」林嘉卉長嘆了口氣，整個人轉過來趴在桌上，視線順勢落在對面的大廳，驚疑道：「喂。」

「怎麼了？」阮眠偏頭看她。

「那是妳高中同學吧？」她下巴往前一抬。

阮眠隨著她的視線看過去，看見坐在那裡吊點滴的陳屹。他靠著椅背，看樣子像是睡著了。

她收回視線，指腹搭著杯子扣了兩下，不知道在想些什麼。

林嘉卉直起身，撞了下她的肩膀：「好歹也是同學，不過去關心一下是什麼情況？」

「等等吧。」阮眠說：「人家在睡覺呢，我總不能把他叫醒吧。」

林嘉卉哼笑，露出一臉「看透妳了」的表情。

阮眠卻不理她，放下紙杯：「我出去洗把臉。」

「好，去吧。」

阮眠走出去，迎面的風裡全是灰塵和散不掉的淺淡血腥味，她在門口站了一會兒，去外面的水龍頭底下捧起涼水澆在臉上，這麼一刺激，人也清醒了不少。

等再回到裡面，她從陳屹面前走過，沒隔幾分鐘，又回來，手裡還拿著醫用毛毯。

男人睡著的樣子有些漫不經心，這個習慣和高中時如出一轍，兩隻手交叉著搭在腰腹間，長腿微敞。沒了灰塵掩飾的臉龐清俊白皙，密長的睫毛微顫，呼吸低沉。

阮眠停在原地看了幾秒，往前傾身，正準備把毯子蓋到他身上時，原先閉著眼睛的男人卻突然睜開眼，抬手抓住她的手腕，攔住她的動作。

阮眠嚇了一跳，手一抖，毯子掉在他腿上。

視線清明的瞬間，陳屹眼神閃了下，鬆開手，聲音有些啞：「抱歉，我以為是……」

「是什麼？」他剛才有些用力，儘管很快就鬆手，但阮眠皮膚又軟又白，還是留下了一圈淡紅的指痕，她把手插進了醫師袍的口袋裡。

陳屹順著她的動作看過去，什麼也沒看見，抬頭笑了下說：「沒什麼。」

阮眠也沒在意，走過去看了他正在吊點滴的吊瓶一眼，是傷口發炎時用的消炎水，底下的醫師簽字寫的是宋揚靈的名字。

她抬手替他調節了下吊點滴的速度，交代了句：「夜裡大廳有點冷，你蓋著這條毯子吧。」

陳屹「嗯」了聲，把掉在腿上的毛毯往上提了提，搭到腰間的位置，像是沒話找話：「早上送過來的那幾個傷患，都救回來了嗎？」

「只救回來一個。」阮眠順口接著這個話題問：「你們今天如何，有找到倖存者嗎？」

陳屹抿唇搖了搖頭：「沒有，北區那邊是洛林的重災區，現場情況很嚴重，大概……」

人在天災面前總是顯得渺小，阮眠這段時間已經見過太多生死，溫聲安慰道：「你們已經盡力了，盡人事，聽天命，有些時候很多事情我們也無能為力。」

陳屹「嗯」了聲。

阮眠又說：「好了，你休息吧，今晚我在這裡值班，你有什麼需要幫忙的可以來找我。」

「好。」陳屹看著她走遠，等快要看不見時，看見她把手從口袋裡拿出來，從這裡看過去，有點像是在揉手腕。

他想到自己剛才的動作，動了動握過去的那隻手，仰頭闔眸沉思。

後半夜，又有幾名傷患被送來醫療中心，等到阮眠忙完出去時，陳屹已經不在大廳，毛毯也疊好放到椅子上了。

阮眠揉著肩膀走過去，幫陳屹吊點滴的宋揚靈神出鬼沒地從旁邊走了過來：「阮醫師，能問妳一件事嗎？」

「什麼？」阮眠彎腰拿起毛毯，搭在手臂上。

「妳和陳屹以前是不是認識啊？」宋揚靈說：「我剛才從裡面看到你們兩個在說話，看起來滿熟的。」

宋揚靈是B市醫科大附屬醫院的醫師，這次是跟隨醫院那邊來災區支援的，人長得水靈，講話也輕聲細語的，很溫柔。

阮眠一時摸不准她是什麼意思，但也沒隱瞞自己和陳屹的關係：「我們以前是高中同學。」

「這麼巧啊。」宋揚靈也沒再多問，從口袋裡摸出手機：「妳通訊軟體的ＩＤ是什麼？我加妳好友吧。」

阮眠報了自己的ＩＤ，又說：「我忘了帶手機，等我拿到手機再同意妳的好友申請。」

「好，沒事，那妳先忙吧，我交班了。」她和阮眠揮揮手，轉身往外走，很快就看不見了。

阮眠回頭看了一眼，又收回視線，往裡面走的時候，突然想到陳屹剛才說的那句「我以為是……」。

她腦洞開了下。

難道他剛才以為是宋揚靈嗎？

很快阮眠又笑自己多想，是誰和她又有什麼關係？

一夜過去，又是大晴天。

陳屹一大早就醒了，去了趟軍區的醫療隊找人要了樣東西。

他昨天凌晨兩點左右才回到隊伍裡，大概是吊了點滴，人有些昏沉，找到休息的卡車車廂坐了進去。

睡在旁邊的沈渝半夢半醒地甩了一件乾淨的外套給他。

他笑了聲，拿過來搭在肚子上，雙手交疊墊在腦後，閉上眼睛卻沒有睏意，滿腦子胡思亂想。

想到最近馬不停蹄地救援，想到早上醒來後要指派任務給大家，也想到過去的很多人、很多事情。

想到高中時期和他說句話都緊張的人，現在也能坦然地站在他面前安慰他，總歸是變了。

九年的時間，到底還是改變了很多，不僅僅是他，別人也是。

這會兒，陳屹從外面回來，沈渝已經在帶一隊和二隊的人集合，準備繼續前往下一個救援點。

他抬手戴上帽子，帽簷底下的下頷輪廓凌厲分明，聲音低沉：「出發。」

「是！」

一行人浩浩蕩蕩地小跑著，向更深更遠處挺進，隔著不遠的新醫療中心，都還能聽見那一陣陣的腳步聲。

阮眠又只睡了兩三個小時，早上漱洗完回來，碰見其他醫院的同事，叫了她一聲：「阮醫師，大廳的就診臺有妳的東西。」

她應了聲：「好，謝謝。」

阮眠有些疑惑，她不知道在這個地方、這個時候，會有誰送東西給她，下意識連腳步都快了許多。

東西就放在就診臺旁。

是一瓶雲南白藥噴霧，底下壓著張字條，上面寫了一句話，沒有落款，但那字跡對阮眠來說，幾乎是刻在骨子裡的熟悉——

『協和阮眠醫師收。』

林嘉卉從旁邊路過，見阮眠盯著張紙條發呆，湊了過來：「看什麼呢？這麼入迷。」

「沒什麼。」阮眠眼疾手快地將手一握，把紙條塞進口袋裡，拿著那瓶噴霧往外走。

「怎麼神神祕祕的？」林嘉卉嘀咕了句，但也沒在意，拿著病歷朝裡面的房間走。

阮眠從大廳出來，暮春七點多的陽光還沒有太多暖意，手心裡的東西卻格外燙人。

高中那兩年，她和陳屹私下的接觸算不上多，和他有關的東西也是寥寥無幾，更別提是他主動給的。

印象裡最深刻的一次，是在高三上學期快要競賽那會兒，她和陳屹晚上結束競賽班的課程從學校出來，在校門口碰見賣烤地瓜的。

他買了幾個地瓜，給了她一個。

阮眠到現在都還記得那個地瓜拿在手心裡的溫度，還有當初收到地瓜的那份驚喜和雀躍。那時候，她把喜歡藏得很深，旁人幾乎無法察覺，那是不顧一切、沒有絲毫怨言的喜歡。現在時過境遷，他們兩人都有了變化，阮眠看著手裡的東西，有些說不出來的感覺。

她站在原地出神，直到孟甫平叫了聲她才回過神，抬手拍了拍臉，快步跑了過去。

災區的醫療團隊分兩批，一批是軍區那邊的，另一批是各大醫院的醫師。兩批當中又分ABC組，輪流替換著跟救援隊去現場，阮眠所在的B組今天跟著去現場。

這已經是救援的第八天，其實大家都很清楚，在這樣的情況下，這麼長時間過去，幾乎很難再找到倖存者，可在場沒有一個人說要放棄，救援節奏也在無形之中加速。

到中午那會兒，醫療團隊記錄今日死亡人數五人，已找到倖存者零人，阮眠看著孟甫平幫最後一個人蓋上白布，哪怕見慣了生死，心情依舊鬱悶，微紅著眼扭頭看向了別處。

不遠處的山坡上，陳屹和隊裡的人依舊不停在廢墟中找尋可能存在的希望，大約下午一點左右，從那邊傳來一聲驚呼：「這裡有人！」

救援隊的其他人幾乎是飛奔過去，醫療小隊緊隨其後。

那是一座建在山腳下的公共廁所，地震發生後，山上爆發了土石流，幾乎將這處掩埋，救援隊從幾塊大石頭的縫隙中探尋生命信號，嘗試向裡面喊了幾聲，隱約聽見有回應但並不怎麼清楚，接下來再往裡喊卻沒了回應。

陳屹和沈渝緊急制定救援計畫，孟甫平則聯絡醫療中心做好接收和移送傷患離開災區的準備。

大概花了半個多小時，壓在上面的石塊被挪開，露出底下的情形，那應該是一對母子，母親坐在地上，孩子坐在她懷裡，側邊有一塊突出碎裂的水泥板，鋼筋從右胸的位置穿過，扎進了孩子肩膀的位置，由於光線原因，孟甫平也無法判斷具體情況，但看樣子兩個人都已經陷入昏迷，任憑救援人員呼喊也沒有任何回應。

不確定附近有無支撐點，加上建築崩塌堆疊的結構複雜，陳屹怕會造成二次坍塌，只好帶人徒手扒掉周圍的石塊。

周圍全是灰，阮眠看見男人的手指從灰黑慢慢染上鮮紅，緊接著又被灰土覆蓋。

他們只用了十幾分鐘的時間，徒手扒出了一個可供一人進出的洞口，陳屹趴在洞口邊，探進半截身子往四周看了一眼，裡面是被各種水泥板架空出來的空間，很窄。

他站起身，回頭和沈渝說：「我先下去看一下母子倆的情況，你帶人繼續擴大洞口。」

「好，你注意安全。」沈渝叫隊裡的人拿繩索裝備過來。

「不用，太麻煩了，裡面空間很小。」陳屹收回視線，看到站在一旁眼睛微紅的阮眠，目光頓了下但沒有停留，身影很快消失在眾人的視線當中。

阮眠的心隨著他跳下去的動作顫了一下，手指在無意識間被掐紅。

洞口與地面直徑距離不長，底下很快傳來陳屹的聲音：「大人已經沒了呼吸心跳，孩子還活著，呼吸很微弱。」

孟甫平踩著碎石靠近洞口，光聽描述太片面，他也準備進到裡面，但因為這段時間過度的勞累，讓他身體早已是透支狀態，實在不適合下到這麼危險的地方，沈渝拿著繩索有些猶豫。

阮眠看出他的擔憂，走上前說：「我來吧，我是孟老師的學生，他想知道什麼情況，我會比其他人更清楚一點。」

聞言，站在廢墟底下的陳屹抬頭往上看了一眼，區域有限，只能看見醫師袍的一角。

這個時候時間就是生命，廢墟外的沈渝沒再猶豫，把繩索套到她腰間，溫聲說：「別怕，陳屹會在下面接著妳，有什麼情況我們也會把妳拉上來。」

「好。」阮眠走到洞口，隔著微弱的光對上陳屹的視線，心裡突然安定下來，扶著旁邊的支撐點往裡面跳。

陳屹上前一步，在她落地時扶了一把，下巴蹭著她的額頭，溫熱的觸感稍縱即逝。

兩人都沒有在意這個細節，阮眠很快蹲低檢查母子的情況，陳屹起身去接沈渝遞進來的醫療箱。

外面的人也沒有停下動作，洞口不停被擴大，有陽光慢慢透進來。

陳屹替阮眠拿著手電筒，彼此都沉默著，幾分鐘後，阮眠停下動作，抿了下唇角才說：

「母親已經不行了，先救孩子吧。」

陳屹對上阮眠的視線，看見她眼尾泛著紅，抬手關掉手電筒，站起身說了聲「好」。

「沈渝，把阮眠拉上去。」說完這句，他蹲下去，讓阮眠踩著他的肩膀往上，掌心握上腳踝的瞬間，兩人的心跳都亂了一下，只是誰也不知道。

阮眠回到廢墟之外，和孟甫平彙報情況：「母親是貫穿傷，失血過多已經沒了呼吸。鋼筋插在孩子的右肩，未貫穿胸腔，胸口有大片淤青，失血量不多，無其他外傷，生命徵象有些微弱，處於昏迷狀態。」

「好，辛苦了。」孟甫平拍了下阮眠的肩膀，緊接著又投入到接下來的救援當中。

孩子是在十分鐘後被救出來的，救援隊切斷了他和母親最後的聯絡，將他送了出去，而他的母親卻永遠留在了這裡。

沒有人知道這八天裡母子倆是怎麼過來的，但這個孩子將會永遠記得，他的母親給了他兩次生命。

孩子被救出來之後，醫療團隊緊急將他送往醫療中心，孟甫平跟著隊伍回去，阮眠和另外三名醫師繼續留在現場營救。

廢墟底下，陳屹和隊友剛剪斷母親和水泥板之間的鋼筋，卻突然感覺頭頂有一陣接著一陣的灰往下掉，周圍有崩裂聲傳出。

陳屹反應迅速，抬手把最靠外的隊友推了出去，緊接著這一片空隙就被承受不住重量而塌下來的碎石掩埋。

當時阮眠正在附近替一個受傷的士兵包紮傷口，卻突然聽見後面傳來一陣驚慌的大喊聲。

「陳屹！」

「隊長！」

「陳隊長！」

她還沒反應過來，坐在地上的士兵卻倏地站了起來，拔腿朝著之前的廢墟跑過去。

手臂上還沒有綁好的白色繃帶在風中飛舞著。

應該有好幾秒的時間，阮眠才從地上站起來，往回看，沈渝和隊友近乎瘋狂地徒手扒著上面的石塊。

都說人死前才會把這一生走馬看花似地放一遍，可阮眠卻在往廢墟那裡跑去的短短十幾秒內，把過去的那些事情全都回放了一遍。

腦袋瞬間被那些飛影似的片段塞滿，等她跑到廢墟處時，整個人像是不堪重負一樣彎下腰大口呼吸著，放在膝蓋上的手緊緊抓著衣服，猶如在大海中抓住一塊浮木一般用力。

重逢至今，她以為自己已經足夠坦然，可在生死面前，那些坦然不過都是虛張聲勢罷了。

沈渝他們很快把上面的碎石板塊扒乾淨，原先的洞口重新露出一點，他近乎撕心裂肺地朝裡面喊：「陳屹！陳屹！聽得見嗎？」

周圍都安靜了，只聽得見風聲。

——《沒有人像你》未完待續——

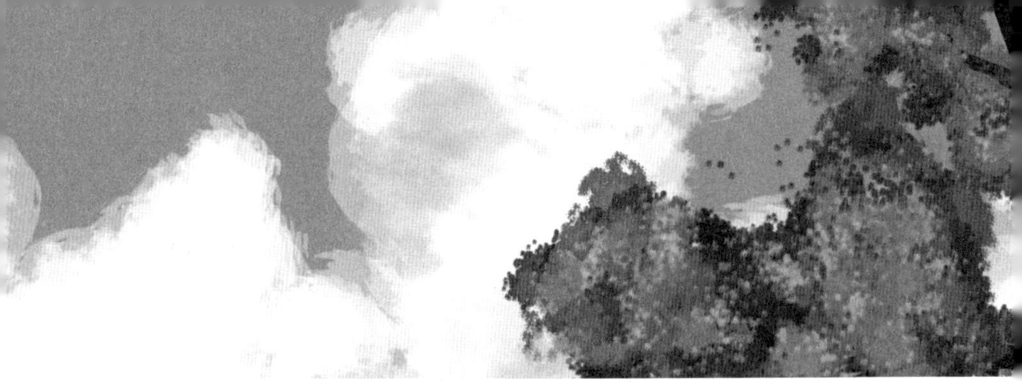

高寶書版集團
gobooks.com.tw

YH 153
沒有人像你（上）
作　　者　歲　見
封面繪圖　夏　青
責任編輯　眭榮安
封面設計　夏　青
內頁排版　賴姵均
企　　劃　何嘉雯

發 行 人　朱凱蕾
出　　版　英屬維京群島商高寶國際有限公司台灣分公司
　　　　　Global Group Holdings, Ltd.
地　　址　台北市內湖區洲子街88號3樓
網　　址　gobooks.com.tw
電　　話　(02) 27992788
電　　郵　readers@gobooks.com.tw（讀者服務部）
傳　　真　出版部(02) 27990909　行銷部 (02) 27993088
郵政劃撥　19394552
戶　　名　英屬維京群島商高寶國際有限公司台灣分公司
發　　行　英屬維京群島商高寶國際有限公司台灣分公司
法律顧問　永然聯合法律事務所
初　　版　2024年3月

本著作物《沒有人像你》，作者：歲見，由北京晉江原創網絡科技有限公司授權出版。

國家圖書館出版品預行編目(CIP)資料

沒有人像你 / 歲見著. -- 初版. -- 臺北市：英屬維京群島商高寶國際有限公司臺灣分公司, 2024.03
冊；　公分. --

ISBN 978-986-506-916-2(上冊：平裝). --
ISBN 978-986-506-917-9(下冊：平裝). --
ISBN 978-986-506-918-6(全套：平裝)

857.7　　113001466